邓九刚 著

驼村寡妇

内蒙古出版集团
远方出版社

图书在版编目(CIP)数据

驼村寡妇/邓九刚著.--呼和浩特:远方出版社,2016.7
ISBN 978-7-5555-0731-4
Ⅰ.①驼…Ⅱ.①邓…Ⅲ.①长篇小说—中国—当代Ⅳ.①I247.5

中国版本图书馆CIP数据核字(2016)第150299号

驼村寡妇

策　　划	杨　敏
责任编辑	杨　敏　云高娃
封面设计	晓　乔　韩　芳
版式设计	王改英
出版发行	内蒙古出版集团　远方出版社
社　　址	呼和浩特市乌兰察布东路666号　邮编010010
电　　话	（0471）2236471总编室　2236460发行部
经　　销	新华书店
印　　刷	北京振兴源印务有限公司
开　　本	710mm×1000mm　1/16
字　　数	280千
印　　张	16.5
版　　次	2016年7月第1版
印　　次	2016年7月第1次印刷
印　　数	1—5000册
标准书号	ISBN 978-7-5555-0731-4
定　　价	36.00元

如发现印装质量问题，请与出版社联系调换

目 录

红衣女骑手 /001

养驼人家的新媳妇 /007

初遇 /015

身世之谜 /022

拜师 /027

买药 /034

卦象 /038

对话 /046

无聊的女人们 /051

风波 /056

抢夺羊毛毡 /062

海子蒙冤 /077

母驼寤生 /086

生财之道 /098

戚家驼夫 /101

目 录

驼队远行 /105

喀尔喀草原 /111

乌兰穆图山口 /116

驼村"活寡" /122

第三十三家养驼户 /130

劫戏 /137

短暂的夏夜 /144

看不见的魔影 /151

沙滩上的女儿 /159

独闯鬼门关 /163

把兄弟与女人 /170

寻找海九年 /178

牛二板之死 /185

毛尔古沁峡谷的秘密 /194

目 录

叠尸 /203

悲戚的女人 /215

醉生梦死 /221

走驼道的女人 /225

黄泥小屋 /237

死而复生 /245

海掌柜名声大振 /253

一等一的好女人 /256

红衣女骑手

那是一个初秋的午后,阳光炽烈似千万道金箭在地上弹起一道道炫目的光线。暑气闷人,七哥和与他一般大小的一帮小子在村子东边的沟河里耍水。耳听得一阵马蹄声嗒嗒响,就见一骑飞驰过来,在河对岸停住。七哥与众孩儿们都停止了嬉戏,立在水里向对岸望去,见是一红衣骑者坐着一匹白马在岸崖上,那骑者和白马在阳光下显得十分耀眼。

这河汊原本是扎达海河上游的一条支流,阴山深处的一个很旺的泉水是它的源头。每到汛季,泛滥的洪水就在河床里奔腾咆哮,就像地震似的发出巨大的声响,轰轰隆隆,经久不息。洪水把河床冲刷得很宽,足有一里地光景。河的两岸很陡,皆有丈余深浅,不发洪水的时候,河里流水浅,水宽超不出两丈。水流很小的河床里布满了房大的、牛大的、狗大的、拳头大的、鸡蛋大的石头,大大小小的石头被阳光一照迸射出五颜六色的光辉,煞是好看。那骑马人在河对岸上的崖上扬鞭喊道:"小弟弟们,这里可是贴蔑儿拜兴村吗?"

一帮孩儿们齐喊:"就是就是,就是贴蔑儿拜兴!"

他们又问:"你找谁?你做甚?"

骑马人说:"贴蔑儿拜兴走外路的驼队可回来啦?"

娃儿们都喊:"回来啦回来啦,早回来啦,回来已经好多天了!你要做甚?"

那骑马人不答了,策着马向河的上游跑去,不一会儿又折了回来,问:"小弟弟们,从哪里可以过河?"

一帮娃儿们乱喊:

"往下游三十里有座桥!"

"那座桥在归化城里呢……"

"哪儿也过不来……"

"你蹦过来吧!"

"有胆量吗?"

"你是个兔子胆儿吧?"

"哇哈哈哈哈哈!"

娃儿们七嘴八舌,乱喊一顿,喊完了嘻嘻哈哈大笑,笑了一阵便把骑着马在对岸崖上兜圈子的红衣人丢在一边不管了,只顾打着水仗戏耍起来。水花飞溅,一片水溅声和喧闹声把河床装满了。

七哥一个猛子扎下去,脑袋刚刚露出水面,就听见一阵昂亢的马嘶声传来,寻声望去,但见那白马载了红衣人四蹄舒展如同起飞的天鹅一般跃下了河岸。白马在河床上的巨石间蹦跳腾跃,眨眼间便来到了他的面前。七哥和小伙伴儿们立在水中一个个都看呆了。也不知怎么的,七哥的身体便飞离了水面,像个轻巧的包裹被红衣人夹在了腋下。白马载着红衣人和七哥跃上了河岸。

七哥胳膊腿乱挣扎着,喊:"放下俺!放下俺!"心下不免又慌乱又害怕。

红衣人说:"不用害怕,小兄弟!"

红衣人的胳膊肘子一旋,七哥便被翻上了马背。在红衣人的怀抱里,七哥闻到一股强烈的野杏子油的香味儿。

白马没有进村,而是逆着河岸向上游跑出一箭之远,收住了蹄。红衣人将七哥的身体摆正,望着他的眼睛说:"娃子你不用怕,告诉我你叫什么名字?"

"我叫七哥。"

"好,七哥,我有事问你。"

七哥定睛再看时笑了，打断红衣人的话说："哎呀，闹了半天原来你是个女人！"

"俺问你，贴蔑儿拜兴有家姓戚的驼户你可认识？"

"一个女人家家的竟然有这般好骑术，怪哉！"七哥只顾上下打量那个红衣人，心里生出好多疑问。

红衣人又问了一遍，七哥答道："咋不认识！俺爹就是给戚家牵驼的驼夫。"

"那么戚家有个儿子叫戚二的你可知道？"

"咋会不知道，你说的就是戚二掌柜嘛！"七哥抽抽鼻子，把红衣姑娘身上散发出来的野杏子油香味儿吸到肚子里，"你是要寻戚二掌柜吗？这太好了，算你能认得出好赖人。戚家哥儿俩老大是个大烟鬼，连俺都不搭理他。戚二掌柜可是条好汉，俺最喜见！"

红衣姑娘不作答，"嗯呐"一声，脸上微微泛起一层红晕。

七哥又说："你要找戚二掌柜这事好办，俺带你去！"

"不用！"

红衣姑娘赶忙制止住七哥，伸手到怀里掏出一只羚羊角号，放在嘴上吹出呜呜的响声，然后将羚羊角号交在七哥的手里，说："这个送给你，喜欢吗？"

"自然好！"七哥喜不自胜，接过羚羊角号仔细端详，银灰的颜色中透着暗紫的花纹，像瓷器似的在手里滑来滑去。

红衣女子说："你替俺办件事怎么样？"

"甚事？"

红衣女子略一踌躇，说道："你回村子里走一趟，替我把戚二叫来。"

"你为甚不进村里去？戚二掌柜家俺惯熟得很，俺领你去。"

"不用，你只管替我把戚二唤来就是，别的甭问。"

七哥果然不再问，光着身子把羚羊角号抱在胸前，飞也似的跑去了。

不大一会儿，戚二掌柜骑一匹光肚子铁青马来到河边。戚二年方十八，紫红面膛，阔嘴方脸，蚕眉杏眼，一根又长又粗的辫子在颈项间缠绕着，穿一件黑色灯笼裤扎着腿带，双腿紧夹马肚，腰间扎一条红布腰带，两条黑红的胳膊裸着，结实的肌肉在皮下弹动。铁青马烦躁地在地上打着旋，戚二掌柜紧勒马缰满脸狐疑望着红衣姑娘。

红衣姑娘将戚二上上下下打量一番，问道："你就是戚二掌柜？"

"在下正是戚二，"戚二掌柜懵懵懂懂地说，"你是……找俺吗？"

红衣姑娘并不正面作答只是点点头，又将戚二掌柜仔仔细细打量了一遍，直看得戚二掌柜浑身不自在，双眉紧皱起来。戚二掌柜心下就有些不悦，又问了一句："找俺有甚事你快些说，家里正在给骆驼灌冰糖水，忙着哩。"

红衣女子依旧是不说话，把戚二掌柜里里外外看完了，轻拨马头双腿一夹马肚走了，留给戚二掌柜的只是扭回头时的嫣然一笑。

那年七哥五岁。后来七哥才知道，他在浑然不觉之中竟然为戚二掌柜办成了一件大事。原来那红衣女子不是别人，正是贴蔑儿拜兴村东四十里察罕拜兴村的养驼户宇文大义的闺女。早听得宇文家闺女人品出众、才貌双全，戚家有意将其迎娶进门给二小子做媳妇。春天里戚家老掌柜差自家的长工王锅头往察罕拜兴送下了帖子，一晃半年未见回音，戚家父子只道是这门亲事没了指望，哪承想好事早在红衣女子的遽然造访中已然铸成。

这宇文家的闺女名唤秀儿，虽算不上大家闺秀名门千金，只因父母膝下只有这么一个独生女儿，却也是当宝贝疙瘩似的养着，真可谓含在嘴里怕化了，捧在手上怕滚了，事事娇宠着。秀儿自幼无拘无束在村子里疯跑着，长大性格如男孩儿般泼辣。长到十五岁一身野气脱尽，出落成一个身材苗条眉目清秀的大姑娘，不再与村中的小伙子们舞枪弄棒，走路静静的，一笑脸上一边一个深深的酒窝，遇到生人便容易脸红。她也很少出门，将自己关在院子里，忙时帮着母亲打火做饭侍弄骆驼，闲时稳坐炕上专心于女工。

俗话说一家女百家求，待字闺中的秀儿吸引来不少上门求亲的人。然而那些求亲的人都被宇文大义一一婉拒了，或是因家境不怎么好或是因小伙子本人有什么缺点，都没有被相中。直到贴蔑儿拜兴戚家的媒人送上帖子时，秀儿的父母才动了心。戚家老掌柜与秀儿的父亲宇文大义是驼道上结识的老朋友，又同是归化万驼社的成员。戚老掌柜为人诚善敦厚，这一点宇文大义最了解。而且戚家的两个儿子，宇文大义也都亲眼见过。归化地方习俗，家业再大也大不得家中养游手好闲的子弟，每次驼队走外路，戚家的两个儿子都在父亲的驼队中充当驼夫角色，跌打滚爬，长途跋涉，与雇来的驼夫一无二样。大儿子高个儿，骆驼性格，怠惰少语。二儿子敦实粗壮且有心计，最招他喜爱。几年前戚掌柜给大儿子娶了亲，眼下已生有一男二女，其中两个女儿是双胞胎，这些宇文大义都彻底尽明。见是戚二的帖子送到，宇文大义心下高兴，与秀儿母亲商量后说与秀儿。

秀儿听了只是不答，催急了才说："俺得亲自见见他！"

"哪有大闺女家自己去相亲的道理，"父亲说，"大闺女抛头露面的不成体统，是要招人笑话的！"

秀儿说："若是不让我亲自见人，这门亲事我就不答应。"

"爹爹看中的人还能有错吗？"

"既然爹看中了，那爹爹你自己嫁给戚二好了！"

秀儿就像犟牛顶墙似的不肯回头。

无奈之下秀儿爹只好答应了宝贝女儿的要求。

秀儿见了戚二之后，第三天戚家便收到了宇文家的回帖，帖子上书写了秀儿的姓名和生辰八字。请算命的王锅头一掐算，两人的生辰属相正合大吉，于是大喜，商定当年冬至良辰迎娶新人。

那一年秀儿虚岁十六，周岁才十五。

戚家迎娶新娘进门的时候用的是骆驼轿。一色儿的白驼个个雍容华贵，气宇轩昂，高贵的白驼总共是九峰，峰峰披红挂彩、威风凛凛。为首的公驼六岁口，体格分外健迈高大，公驼的峰梁间搭两根染了红漆的白蜡木杆，挑起一对轿子，那轿子是拿俄国毛毯搭成，水红的轿篷，猩红的垫毡。

压轿的娃儿便是穿戴整齐的七哥。瓜壳黑帽红缨穗，小辫子梳得油光水亮拖在身后。全村一二十个小子单单选中了七哥来压轿，一是因为七哥长得浓眉大眼、脸盘端正，再者无意间七哥成了秀儿与戚二掌柜之间穿针引线的人物，促成了这桩美姻缘。七哥做了受孩儿们羡慕的压轿娃，新婚之夜还享受了替新人滚被窝的殊荣，使村中的小子们羡慕得直流涎水。七哥长大果然勇猛干练，段家在七哥手里逐步发达起来的时候，村人便这样议论："段家发起来有甚惊奇！那是天数，十年前就预兆见的，七哥小时候便与一般娃娃不一样，不然戚二掌柜娶亲时在全村二十几个小子中单单挑准了七哥去压轿滚被窝？"

回来的路上七哥与新娘子秀儿一左一右分坐在驼轿的两个卧斗中。骆驼一耸一耸地走，驼轿一悠一晃地颤，七哥心中好不惬意！脑袋伸出轿子，看见新郎官戚二掌柜头戴礼帽身着长袍，大红绸带十字交叉挂在身上，胸前是一朵盆大的红花。七哥心中欢喜，就掏出新娘送他的羚羊角号吹起来，呜呜的号角声夹杂在两只唢呐的吹奏声中，风风光光地开回了贴蔑儿拜兴。

养驼人家的新媳妇

秀儿过门之后便被村人称作戚二嫂。

戚二嫂的公公戚五十六自年轻时起就是吃驼道饭的，拉骆驼一干就是几十年。给两个儿子都娶过媳妇，辛苦了一辈子的老驼夫也走到了自己生命的尽头，不久就去世了。风里来雨里去，戚五十六拼着性命、拼着血汗挣下了一百二十峰骆驼的家业。临死前戚五十六把两个儿子叫到跟前，亲自主持着给他们分了家，不偏不倚一百二十峰驼的家业一人一半。

末了老人拉着二儿子的手说："我本来盘算着给你再盖一处院子，可惜来不及了……爹对不住你，你自己张罗着盖吧。谁都知道的，你哥他能耐不如你，还不争气染上了大烟瘾。这处院子就留给你哥。你的宅基地爹已经替你看好了，那地场就在村子东边挨着刁三万家的院子。我请王锅头看过风水了，王锅头看得仔细呢，说那是块好地场。"

戚二嫂和丈夫跪在炕前泣不成声。

老驼夫又说："别怪怨爹，你妈她死得早……往后你们哥儿俩要好好处，你哥他不如你，我死了他能守得住分在他名下的这些骆驼，不受穷苦，九泉之下我也就放心了！"

或许是老驼夫原本就没抱什么指望，他没来得及听完大儿子指天画地地向他发誓保证戒掉大烟，便咽了气。

果不其然，戚五十六死去还不到一个月，戚老大的大烟瘾便又发作了。开始是悄悄抽，隔个十天八日的寻个借口到城里的烟馆过过烟瘾。后来渐渐地就管不住自己了，隔三岔五地往归化城的烟馆里跑，没有银子就把自家的骆驼牵去卖了换大烟抽，没有多久，就把父亲留给他的那六十峰骆驼全都化作蓝幽幽的毒气吸进肚子里去了。再没有什么可变卖的东西，戚老大就开始偷，不管是左邻还是右舍，见着什么拿什么。偷到后来就偷起了骆驼，公驼、母驼、健仔驼只要遇在他的手里，捉住就牵到归化城的驼桥上换大烟。戚大做这些事都选择村里的驼队走外路的时候，男人们都不在家，被偷了驼的人家就去寻戚二嫂。戚大是丈夫的亲哥，这事戚二嫂不能不管，没办法只好把自家的骆驼让人家牵了去。一个秋天和一个冬天，戚二嫂替大伯子抵债损失了自家的三峰小驼。

但是等戚二从驼道上回来，事情立刻就爆发了。正是黄昏时候，戚二走向驼圈，一看到自己家的骆驼不够了数，立刻就向老婆发了火。

"咦！咱家的骆驼咋不够数了？"

"这事么，是有原因的。"

"什么原因？你立马给我说清楚！不然我可饶不了你。"

戚二嫂赔着笑脸拉着丈夫的袖子，"有什么话咱回屋里再说。"

"那不行！"戚二一扭身子把戚二嫂甩开了，"我的驼都哪儿去了，你立马就得给我说清楚！"

"干什么呀你这是……"

戚二嫂依旧是赔着笑，面色桃红撒着娇去抓戚二的手。

戚二掌柜啪的一下把媳妇的手甩开了，吼道："天王老子来了也不行，你立马给我说清楚！"

红晕迅速地从戚二嫂的鼻梁向两腮消退下去，她变白的双唇抖动着，吐出来的字已经是冷冰冰的了："你想知道我就告诉你，那些驼全都被你哥换大烟抽掉了。"

"什么！"戚二掌柜一下扑到戚二嫂脸前，眼睛瞪得牛大，牙齿咬得咔吧咔吧响，气得说不出话来了。

戚二嫂说:"我还不是为了你,戚大再不好也是你的亲哥哥,俗话说一笔写不了两个戚字,他的事别人可以不管,咱不能不管。再说了你又不在家,我撒手不管还不让人笑话我,你脸上也不光彩。"

"我要那光彩熬蛋吃!一滴汗珠摔八瓣儿,那些驼是我流了多少汗水才换回来的,你不知道吗!你这个败家的玩意儿……"

戚二掌柜伸出手一推,毫无防备的戚二嫂便倒下去在尘埃里一连打了好几个滚儿。

性子起来的戚二掌柜脚步咚咚地走进哥哥的院子,将骨瘦如柴的戚老大一只手提溜着牵到院子里,简单地问了几句抬手就扇耳光子,直打得戚老大口鼻流血躺倒在地方才罢手。众人好说歹说把戚二掌柜拖出了戚老大的院子。

曾经在许多个失眠的夜晚被戚二嫂热切盼望着的久别胜新婚的激动人心的场面没有出现,当天晚上,被失去心爱的骆驼折磨着的戚二哭了几乎一整夜,他的哭声像狼嚎似的冲撞着房间的四壁和顶棚。

三天之后他们夫妻和解了。夜里,戚二嫂冷淡地依偎在丈夫的怀里,听戚二解释着:"咱哥是个败家子,他染上了大烟那就是没救了!你管得了他一时,能管得了他一辈子吗?既然他能把自己的六十多峰驼都抽没了,他也就能把咱家的这些骆驼都给你抽光,咱能陪伴得起吗?"

第二天戚二就向村人郑重宣布:往后戚大的事他不再管,任戚大偷了谁家的东西他戚二概不赔偿!谁也别再找他戚二的麻烦。

戚二放出这话不久,戚老大就因为偷了胡德全家的一峰仔驼被打折了腿。

胡德全是村子里仅次于养驼首户蹇家的养驼大户,拥有健驼四百余峰。胡德全本人还担任着贴蔑儿拜兴村驼队驮头的重要职务。贴蔑儿拜兴不是一般意义上的村庄,村中清一色住的全都是养驼户,用现在的话说就是驼运专业村。这个村子的养驼户集体加入了归化城的万驼社,一应业务往来全由驮头胡德全负责联络、组织和安排。除了胡驮头,贴蔑儿拜兴村再没有其他的行政负责人,因此驮头的权威在贴蔑儿拜兴可以说是至高无上的。

胡德全本人生得熊腰虎臂,身高在一米八以上,浓眉豹眼,左脸上嵌着一道刀痕——那是十几年前在驼道上暴客留给他的纪念。那一次贴蔑儿拜兴的驼夫在胡驮头的带领下与抢劫驼队的土匪整整厮杀了一个下午，胡驮头手里的黑蟒皮鞭在暴客们的头顶上嗖嗖嘶叫着，那一天黑蟒鞭是既啃骨头又咬皮，直打得暴客吱哇乱叫好似鬼哭狼嚎。好一场恶战，当下死在胡德全蟒皮鞭下的暴客就有三个，被打折了骨头抽得浑身鲜血淋淋的暴客更是难计其数。那一场厮杀使胡德全的名声传遍了归化驼运界。戚老大偷东西偷到了胡德全的头上算是兔子撞到枪口上了，该着他自找倒霉，当下胡驮头掐着戚老大的脖子带他去见戚二掌柜。

"戚二掌柜，你哥他偷了我一峰半岁仔驼换大烟抽了，你管还是不管？"

戚二正在自家院子里的马厩旁给他的杏黄马拾掇鞍具——他要进城去办事。他从马肚子下边看了看，见自己那不争气的哥哥被胡德全像掐小鸡似的掐着脖子推搡着。戚老大又瘦又细的脖子被胡德全的大手掐着只能喘上半口气来，抽抽着嘴巴，一个劲儿地朝他弟弟眨巴眼睛。

戚二掌柜没有搭理他哥，继续着他手里的营生。

胡德全又说："戚二掌柜，你说这事该咋办？我等你一句话。"

村子里男女老少有几十号人围在胡德全和戚老大的身后看热闹。戚二掌柜觉得心里非常别扭，脸上就有些发烫，但是他没有发作，压了压性子朝胡德全看看又瞄了瞄他哥戚老大，答复道："我说过了，今后我哥的事我一概不管。我戚二历来说话算话。"

言罢戚二掌柜不再搭理胡德全，只管使劲勒着马肚带，也不知道是手劲使得太大了还是怎么的，杏黄马很不舒服地直踏蹄子。戚二掌柜将缠在掌心的马缰绳往怀里使劲一揽，杏黄马就老实了。扣好了马肚带，戚二掌柜又把马鞍子正了正。

"你当真不管你哥的事？"胡德全又追了一句。

"吐口唾沫是颗钉，我戚二的脾性胡驮头你该知道的，别再废话！"

"那好，"胡德全说，"你把话挑明了就好，那么我怎么处置戚老大你就管不着了，话我可是递给你了，你别怪怨我！"

胡德全手指头一使劲儿，戚老大疼得嗷嗷叫起来。

"你别吓唬我，没用！愿告官愿私了随你胡驮头的便，我哥的事与我戚二无关。"

戚二抻了抻缰绳牵着马走出院子。

眼睁睁看着戚二掌柜从自己面前走过，胡德全恼了，说道："哼！让我告官，我才没那么傻呢。一峰骆驼的钱不够给二府衙门的官老爷抹油呢。我要你哥的一条腿！让他以后长点记性，看他还再敢偷我胡德全的驼！"

"随你的便！"

戚二掌柜纫镫攀鞍翻上了马背。

戚二掌柜抖了抖缰绳，催动着坐骑从胡德全的面前过去。

但是还没等戚二掌柜的杏黄马走出几步，一阵鬼哭狼嚎般的惨叫就像旋风似的蹿起来。杏黄马被那陡起的怪叫声吓了一跳嘶鸣着抬起了前蹄，没有防备的戚二险些被掀下马背。戚二在马镫上站了起来，胸脯紧紧地贴在马脖子上，他控制住自己的坐骑，把缰绳狠狠地往怀里搂着，听了听身后的动静，接着又催动着马走起来。

人群中发出一阵阵的惊叫。被惨烈的情景吓坏了的小孩子哇哇地哭叫起来，女人们都拿手捂上自己的眼睛。

戚二嫂扑到院门外面喊道："戚二！你回来！"

戚二掌柜好像什么也没听见，座下的杏黄马却越走越快了。

"戚二！你哥的事你不能不管！你这畜生！"

胡德全冷笑一声说："骂得好！戚二嫂，骂得好！"

戚老大抱住一条折断的腿身子缩成了一团，惨叫着在地上打滚儿，衣服上裹满了尘土，被剧痛逼出的汗珠子像黄豆一样大，从他蜡黄的脸上流下，鼻涕眼泪都出来了。

胡德全冷眼看着在他脚下翻滚着的戚老大，说："这是第一次，只要你一条右腿。下次再敢胡来，我就再打折你的左腿，我把话撂在这儿了。俗话说得好，有再一再二，没有再三再四，倘若是第三次让我抓住，就折断你的脖颈！"

话音未落，就见戚二嫂像股迅疾的旋风冲向了胡德全，还没等他反应过来，也不知道戚二嫂是用手推的还是用头撞的，众人就看见胡德全咚的一声跌坐在地上。

胡德全被戚二嫂的突然袭击搞懵了，愣在那里一时间不知道怎么办好，只是直着脖子听戚二嫂叫骂。

"姓胡的！你也不是人！你和戚二一个样，你们都是畜生！"

胡德全嗖的一下蹿起来与戚二嫂扭打在一起。

他们一起在地上翻滚着，一会儿你把我压在身下，一会儿我又骑在你的上面，呼哧呼哧喘着气，同时在嘴里断断续续地咒骂着对方，后来也不知道怎么的，两个人互相撕扯着一起从地上站起来。戚二嫂的一只眼睛肿胀起来，眼见着就现出了青色，胡德全嘴角上淌出了血，两个人狠狠地揪着对方的衣领不肯放松，四只强有力的胳膊像麻花似的拧结在一起，在人群围成的圈子里忽而东忽而西忽而左忽而右地打着旋子。

围观的人一会儿像受惊的鸟儿惊散开去，一会儿又聚拢过来。村子上空飘着女人的尖利叫声、孩子的嚎哭以及男人们一阵阵沙哑的呐喊：

"啊……啊……停下……"

"别打啦……"

"要出人命啦……"

"流血啦！不得了哇……"

"刁三万，你他妈的看什么热闹，快上前去拉架呀！难道你没看见吗，这里除了女人、娃娃和老头子，就只有你一个壮汉了，你还看甚！"一个麻脸妇女拿放驼用的哨棍敲打着身边中年男人的脊背，把他推出了人群。

这个名叫刁三万的驼夫汉子长着一颗南瓜似的长脑袋，他有一个非常特殊的地方，就是与脑袋同样粗的脖子像狼一样不能自如转动，这是因为在他的脖子两侧长着一根结实有力的大筋，两根大筋直接将他的脖子固定，这样他要想朝后就必须先扭转肩膀，这样的动作非常像狼，于是人们送他一个外号——狼人。

由于紧张，狼人刁三万脖子上的那两根粗壮的筋络绷直起来，他扭转肩膀朝自己的麻脸老婆看了看，犹犹豫豫地走向打架的人，同时把两只粗糙的大手攥成拳头。"他妈的！我说，别打啦！"

打架的人对刁三万的话根本不加理会，好像没听见一样继续扭打着，在人群围成的圈子中间旋转。显然，无论是胡德全，还是戚二嫂，都不把刁三万放在眼里。狼人刁三万说话没有分量，在贴莨儿拜兴，刁三万只是一个仅有三十几峰骆驼的小驼户的当家人。

过了两袋烟的工夫，蹇家老爷子跟在王锅头的身后到了。人群闪开让出一条道，白头发白胡子的蹇家老爷子拄着拐杖走过来。

蹇老头八十多岁的年纪，中等身材，面色苍白，清癯而消瘦的脸上有一双鸷鸟般的锐利眼睛。在胡德全之前，贴蔑儿拜兴驮头的职务一直是由蹇老头担任，历时有二十年之久。蹇家有八个儿子且个个如虎狼一般强壮，其中蹇大在父亲交卸驮头职务时意欲继承父亲的职位，但是蹇老头说："出头的鸟儿挨打，出头的橡子先烂。"

老头子制止了自己的儿子，把权力交在了胡德全的手里。这是蹇老头积半生经验做出的明智之举。蹇老头虽然放弃了驮头的职务，可是蹇家在贴蔑儿拜兴首户的显赫位置却无人能够替代——蹇家拥有骆驼八百余峰，占去驼村骆驼总数的三分之一还多，再加上蹇老头膝下有八个如狼似虎的儿子，其势之大没人可以动摇。所以说来说去贴蔑儿拜兴的事情最终还是蹇老头说了算。蹇老头放在手杖上的手有规律地颤动着，另一只手掠掠胡子，厉声喝道："都给我松手！你们是吃了疯狗肉啦，还是咋的，简直是无法无天啦！"

蹇家老太爷一挥拐杖，跟在老爷子身后的八个儿子呼呼啦啦地拥上前，七手八脚、喊里喀嚓立刻就把胡德全和戚二嫂分开了。

蹇老头把胡德全和戚二嫂带到村子北边的关帝庙跟前，老头子自己在高高的台阶上站好，居高临下地望着并排站在台阶下的胡德全和戚二嫂，问道："这件事你们是愿意经官呢还是私了？"

"愿听蹇老太爷发落。"两人同时回答。

"好！"蹇老头说，"那我就裁决了，戚家老大偷了胡德全的骆驼理应照市价赔偿，胡德全打折了戚老大的一条腿理应为其疗治，戚老大赔偿胡德全的骆驼钱与胡德全为戚老大治伤的钱相抵，现在你们两清了，从今往后谁也别再找谁的麻烦。散了吧！"

一场争执就此了结。

过了三个月，在驼队即将起程的时候胡德全又一次来到戚家，他们和解了。在驼运业务上胡德全特意给了戚家些许照顾。

但是戚二夫妻之间因此结下了怨怼，当夜戚二嫂拒绝了戚二的亲热，她把自己的行李搬到大红躺柜上去了。从此对丈夫的厌恶，在戚二嫂的心里牢牢地扎下了根。

贴蔑儿拜兴又恢复了往日的平静。在一座座赭黄色的房屋里，男人们、女人们和孩子一起消磨着许多个相同的白天和夜晚。但是不管大人还是孩子，在每一个贴蔑儿拜兴人的梦境是多么不同，有一点是共同的，那就是他们的梦中都会出现骆驼，没有骆驼的人在企盼着拥有自己的骆驼，而有骆驼的人则盼望着自家的骆驼越来越多！

可怜可悲的戚老大整整在炕上躺了一个月不得动弹。直到两个月的头上村人才看见戚老大在村中露面，他拄着一根红柳枝拐杖横着身子在村道上一步一步地挪动，已然是衣衫褴褛面呈菜色没了人样，谁见了他都避着走。好端端的一个人家就这么败了，眼看着日子没了希望，灰了心的戚大老婆就跟新疆来的一个驼队走了，去给一个哈萨克族的驼夫做了老婆。又过了不到一年，戚大就死了。

初遇

　　戚二嫂和海九年初次相识在一个春夏之交的上午,温暖的阳光很充足地照抚着贴蔑儿拜兴村。戚二嫂短衣短裤短打扮,袖子挽到了胳膊肘以上,喜滋滋地端着一个盛满了炖羊肉的大盆从屋子里走出来。戚二嫂歪着脑袋躲避着蒸人的热气,将盛羊肉的大盆放在院子中间的一块大青石上,朗声喊道:"各位掌柜子们,歇歇手,预备吃饭吧。"

　　戚家今日拓展院子。旧的院墙推倒,新的土板院墙刚刚夯起一半,院里院外到处都是人,石夯砸土的咚咚声、打夯人的嗨哟声以及男人女人大人孩子发出的喊喊喳喳的说话声把戚二嫂的声音淹没了。戚二嫂放开嗓门又喊了两声,干活的人们方才明白了她的意思,纷纷放下手里的工具。

　　相夫立业是妇道的本分,仅仅几年的工夫,戚二嫂就帮着丈夫把戚家六十峰骆驼的家业发展成了一百多峰。不但骆驼的数量增加了,在驼种上也由各路杂牌骆驼变成了清一色的科布多优种驼,队伍十分整齐。据此戚家由一家普通的养驼小户一跃成为贴蔑儿拜兴十大驼户之一,其地位已经排到驮头胡德全身后第五位,于是戚二掌柜也成了村子里的重要人物。

　　在贴蔑儿拜兴衡量一个人的能力、价值和财富,唯一的标准就是看你拥有骆驼数量的多寡。贴蔑儿拜兴人从不喜爱死的钱财,他们不喜欢拿钱去盖好房子置办好家具,更不喜欢去买田置地。倘若他们手里有几个钱,只要数一数够买一峰骆驼,立刻就会把手里的钱换成一峰骆驼牵回来。外人走进贴蔑儿拜兴,单单从住房上你是看不出他们的贫富差别,各家各户的房子几乎一模一样,都是用村后大青山上的青石打根基,土坯垒墙,房顶拿红柳笆子压栈,屋顶上抹一层和着麦苇的黄泥,远远望去整个村子尽是一片赭黄的颜色。

要说有什么不同便是院子的大小,院子的大小也只是依着主家饲养骆驼的数量而定,骆驼多则院子大,骆驼少则院子小;院子再大也不会种什么蔬菜花草,只用来养驼。大家遵守着古老的约定俗成,只要你有骆驼好养,尽管放心大胆地去扩展自家的院子,绝不会有谁来阻止你干涉你。事实上恰恰相反,若是看见谁家把旧墙推倒了,挖出新鲜潮湿的黄土夯筑新的院墙,村人除了羡慕便只能是高兴。每当这时候不用主家招呼,但凡是本村人,不论男女老幼都会自动前去搭一把手。就是插不上手甚至什么活儿也做不了的女人娃娃也要去凑个热闹。凡是来的人主家一概欢迎,一概请吃饭,为的是图个喜庆。拓展院子是贴蔑儿拜兴人最引以为自豪的事情,一般来说主家都会杀猪宰羊,就像办喜事似的去操持。

戚家如今成了村子里数得着的养驼大户,地位不同一般,所以戚家拓展院子,来的人就更多,一般的驼夫驼户就不要说了,连驮头胡德全和大户蹇家、段家、刁家的掌柜子都来了,甚至领房人牛二板也例外地到了。

牛二板乃是贴蔑儿拜兴唯一的领房人。由于他所操职业的特殊,在贴蔑儿拜兴占据着不可替代的重要位置。又因为他是回族在饮食方面多有不便,因此村子里类似的活动一般是不参加的。

牛二板胸厚肩宽,长着一个粗壮结实的脖子,前胸后背和两条胳膊上到处都是一棱一棱的腱子肉,整个人看上去从上到下呈有力的倒置三角形。由于干活出了力,牛二板紫红的脸膛上淌着汗,他一边拿自己带来的干净毛巾在脸上擦着,一边在戚二嫂特意为他摆好的小炕桌旁边坐下。牛二板把头上的白色圆顶布帽摘下抖抖重新戴好,拿手掌理理颏下稀落的山羊胡子。这时候就见戚二嫂斟了茶双手递给了他,"这茶壶茶碗我都洗了好几遍,牛领房你尽管放心地用。"

今儿个牛二板破例出现在帮忙的人群里,算是卖给戚家一个大面子,这就让主家感到分外荣幸。戚二嫂知道牛二板是回族,吃喝上讲究,特意将家里的小炕桌搬出来,又单独预备了一套茶具和碗筷。

"我又不是什么外人,二嫂你何必这么用心!"牛二板笑着说,"你快忙着招呼别人去吧。"

这时候戚二嫂一扭脸就看见本村的小人人二斗子领着一个高个子后生,沿着邻家刁三万的院墙朝这边走过来。"小人人"是归化特殊的语言习惯派生出来的专有名词,特指那些发育不良个头矮小的人。二斗子已经十八岁出头了,从面相上看也像个大人,但个头仍然像十三四岁的孩子那么高。戚二嫂看了一会儿,喊道:"二斗子,跟在你身后的那个人是谁呀?"

二斗子答道:"他叫海九年,是俺新结交下的朋友!"

"那好,那好!"戚二嫂热情招呼,"既然是你的朋友那就不是外人,来得早不如来得巧,正赶上开饭,快叫你那朋友一起来吃吧!"

戚二嫂张罗着给揎忙的人们开饭,她抱着一大摞碗从屋子里出来。刁三万的老婆——一个满脸麻子的粗壮妇人——蹲在大青石的旁边给大伙儿盛肉。热气腾腾的炖羊肉在大海碗里堆得冒了尖,羊肉上面放一个半斤重的大馒头,每人一份,汉子们都蹲在地上吸吸溜溜地吃起来。

戚二嫂拿眼睛找二斗子和他的朋友,看了一圈却见那海九年与二斗子依旧站在推倒了的院墙外面踌躇呢,就又喊:"二斗子!咋不赶快带你那朋友进院里来呀?哦,我倒忘了,你的朋友他叫什么名字来着?"

"他叫海九年……"

吃饭的人们的咀嚼声和说话声响成了一片,二斗子还说了一句什么戚二嫂没有听清,她抬高了嗓门喊道:"喂!那位姓海的兄弟,你为甚不进来呀?是嫌弃俺家的饭食不好还是咋的?"

戚二嫂这一说有了效果,只见海九年略略迟疑了一会儿就跟着二斗子走进院子。

戚二嫂把盛满了羊肉的碗递给海九年,见他脸红红的垂着头像个大姑娘似的,便忍不住笑了。戚二嫂拿一只手背捂在嘴上咯咯地笑起来,不高不矮、不胖不瘦的身体被那笑牵动着,忽儿前、忽儿后、忽儿左、忽儿右地摇摆,就像风中的嫩柳似的。

海九年矮下去，蹲在地上吃饭，本来就拘束，再被戚二嫂一笑，那脸更红得像红布似的。他觉得戚二嫂的笑从上边落下来都变成扎人的麦芒钻进他的脊背，慌乱地吃完饭，便随二斗子干活儿。

　　日薄黄昏，新的院墙夯筑成功，院门也安装好了。揎忙的人们或蹲或站抽烟喝茶聊着轻松的话题，准备着散去了——依乡俗，揎忙的人是不在主家吃晚饭的，有多少活儿计也都要在一天内做完。海九年跟在二斗子身后来到戚二嫂面前。

　　戚二嫂把许多铁锹拾起来抱在怀里，问二斗子："你有事？"

　　二斗子说："二嫂，俺这个朋友想找事做。你拓展院子肯定要用人，俺就把他领来了。"

　　说着二斗子把海九年往戚二嫂跟前推了推。

　　"人倒真是要用的……"戚二嫂把怀里的铁锹往紧搂了搂，认真地打量着海九年。后生被戚二嫂一看脸又红了。于是戚二嫂又想笑，她把笑拿嘴抿住，问道："后生，你一准是个念书人吧？"

　　"九年他不是念书人，"二斗子抢着替他的朋友回答，"他原来是个……"

　　那后生伸手扯了扯二斗子的衣袖，二斗子就把话打住。

　　戚二嫂平静下来打量了一番海九年，见那后生个头倒是挺高，只是清清瘦瘦的身子太单薄，就答复道："俺戚家只不过是一个小门小户的养驼人家，只想雇个能拉得了骆驼走得了大程的人。"

　　"我就是想给你拉骆驼。"

　　戚二嫂说："这位兄弟，拉骆驼这碗饭你吃不了。"言讫自管抱了铁锹往院子西边的厢房走去。

　　二斗子在后面喊："哎——哎——哎，戚二嫂你听俺说呀！"

　　戚二嫂头也不回地又甩了一句："小庙供不起大神佛，请另寻高处去吧！"

　　二斗子啐了一口，骂道："日他！真是骆驼屁眼儿——撅得高！"

　　九年不说话，两只棕色的眼睛恓恓惶惶地看着二斗子，分明是在问：咋办？

　　"不应急！"二斗子把牙齿咔咔吧吧地咬了一会儿，"戚二嫂她不过是个女流，做不了主，咱问戚二掌柜！"

二斗子领着海九年来到戚二跟前。

戚二从裤腰带上抽出烟袋，就地蹲下说："我们戚家如今是……"

戚二的一句话未说完就被戚二嫂打断了。

"你说什么？二斗子，"戚二嫂在厢房门口出现了，一边在衣襟上拍打着，一边走向二斗子，"你给我把话说清楚，你说我是个女流做不了戚家的主，是不是？那好，现在当着诸位掌柜的面，我就做一回主给你看看。"

显然二斗子刚才的话刺激了戚二嫂，也不等二斗子答话，戚二嫂脚步噔噔地走到院子当中，在刚才放肉盆的那块大青石跟前站住，用眼睛看着海九年，伸手一指那块石头说："这块上马石在我家旧院门口，现在院墙向前拓展了五丈，这位姓海的兄弟，你若能搬起这块上马石把它放到新起的院子门口，你就留下。若是搬不起来，就请抬脚走人，再也别说什么废话！"

众人觉得有热闹可看，都兴致勃勃地围拢过来。

小小年纪的七哥不知从哪儿蹿进了人群，两手叉着腰大模大样地抬起一只沾满了泥巴的光脚丫踏在大青石上，小眼睛眯缝着，拿鄙夷的目光瞄住海九年，说道："我告诉你这位后生，拉骆驼这碗饭可不是那么好吃的。你若没有一只胳膊提两百斤货驮子的气力，就别想着端拉骆驼这饭碗！你若是没有一天一夜不吃不喝不睡走两百里的脚力，就别想着端拉骆驼这饭碗！你要想清楚了。"

"小孩子家少插言！"戚二嫂抬手把七哥扒拉在了一边，正言正色地对海九年说，"这位兄弟，能搬不能搬你自己夺量。我可不是跟你闹着玩的。"

"这位兄弟，"刁三万上前两步拦住了海九年，"依我看你还是拉倒吧！俗话说得好，不干哪行不知道哪行的难，这块上马石往少了说也有三百斤，你搬不起来！别逞强了，弄不好出点毛病就不划算了。昨天你一进村我就说了，戚家院子如今是栽着梧桐树的，人家是要招凤凰呢！像你这样的料只配到我这种小户人家，干点儿轧轧草放放驼的营生，凑合着混碗饭吃也就行了。"

"刁掌柜说得是，后生，依我看这石头你也是不搬得好！"

王锅头也劝海九年。

但是海九年不说话，也不退却，两只眼睛死死地盯着那块大青石，目光中渐渐透出了恶狠狠的意味。两只手在裤子上使劲擦着,后来就把手移向了腰间,将裤腰带解开。在场的人都看出这个年轻人是真的要搬那块上马石,不少人都叫起好来。

"像条汉子。"

"对啦,是骡子是马拉出来遛遛就知道啦。"

"闪开……闪开!"

胡德全走进圈子,毫不客气地用双手把王锅头和刁三万推了出去。历来喜好逞勇斗狠的胡德全显然对海九年身上的那股恶狠狠的劲头非常欣赏。他绕着海九年走了一圈,伸手拍了拍海九年的肩膀,竖起一根大拇指,说:"好!像条汉子!"

海九年谁也不看,一圈一圈地慢慢缠着腰带。恶狠狠的目光死死地盯在那石头上,仿佛要将大青石击穿似的。从这时候起,海九年养成看什么东西目光都恶狠狠的,就像电焊能咻出火花来的怪癖。

院子里骤然安静了下来,可以听到空气在海九年喉咙里流动发出的呼呼隆隆的声响。在许许多多男人女人大人孩子的高高低低的目光中,海九年慢慢弯下身子,把双手伸向大青石。在一片寂静中猛然爆发出一声吼叫,就见那大青石一点一点离开了地面。海九年慢慢直起了腰,一张脸完全变了样子,在粗涨的脖子上在两颊上有许多青色的血管爆起来,两排白色的牙齿撕咬着咔咔吧吧地炸响……

众人让出一条路来,都跟在海九年的身后一步一步地挪。一步、两步、三步……五步!海九年觉得自己简直就像在搬一座大山一样,他感到就像绷紧的牛皮绳在他的小腹和嗓子眼儿之间扯着,而此刻他生命的全部能量就变成他体内的那一条看不见的线。可这根生命线在每一个瞬间都有可能断裂!在他艰难地迈出第五步的时候,纵贯他身体的那股看不见的线终于撑不住了,他听到自己身体嘭的一声响,与此同时眼前突然亮起了许多星星,有一股湿漉漉的东西从他的嘴里喷射出来,接着便什么也不知道了……

海九年醒来的时候发现自己仰面躺在地上,周围有很多人。一个声音在叫他:"九哥!九哥!"他听出二斗子带着哭腔的呼叫越来越近了。

二斗子拿什么东西在他的脸上摸着。海九年抓住了二斗子的手问:"你在干什么?"

"我给你擦擦……血!"二斗子声调颤颤地回答。

从二斗子的声调和眼神中，海九年朦朦胧胧地感受到一种紧张和恐怖。海九年推开二斗子，自己用手撑着地爬起来。鄙夷的、讪笑的、同情的、怜惜的目光从四面八方包围住他。

王锅头走到九年的跟前，双手颤抖着抓住他的手说："你不该不听劝，这可不是凭一时的义气能做的事！看看，吃大亏了吧！你还是嫩着哩，不知道这里边的厉害。这逞强的事往后可万万做不得了。"

老人形容消瘦，长着一双忧郁的黑色眼睛，稀疏的杂色眉毛足足有一寸长。九年强烈地感受到了老人那目光的温暖，把那双温暖而又忧郁的眼睛牢牢地记在了心里。

人群让开一条道，戚二嫂走过来，她摊开手把几粒碎银子亮在海九年的面前。

"对不住了，这位兄弟！这一点儿碎银子你拿去抓几副药吃，我最知道身子骨就是穷人的本钱，你这呕伤的病最要紧的是医治要及时，千万不可耽误！"

海九年把目光从碎银子上移到戚二嫂的脸上，又从戚二嫂的脸上移到那碎银子上，然后慢慢抬起头望着戚二嫂的眼睛摇了摇头。海九年转身走出了戚家的院子。临出大门的时候他又回头朝那块上马石看了看，他的黑色目光射在石头上迸溅起一簇簇火花。

身世之谜

海九年留在狼人刁三万家做了短工。海九年从以吝啬出了名的刁三万手里领到一件破旧的老羊皮皮袄,也不知过了多少个年头的白茬皮袄皮板子挂满了黑色的陈年油腻,闪闪发亮了。但是它还算暖和,夜里放场的时候海九年就把老羊皮皮袄一半铺在身下一半盖在身上,老羊皮皮袄陪伴着海九年安全地度过了在贴蔑儿拜兴最初的一段艰难日月。刁三万只管饭不给工钱,他知道海九年是个没有着落的人,急需一个栖身之地。

海九年和二斗子一起住在刁三万家的西厢房。这是一间非常简陋的黄泥土屋,从来也没有油漆过的门窗和炕沿,由于年代太久,尘土与污物已经涂染成灰黑的颜色,墙壁上挂满了尘土,房顶上暴露着的椽檩被烟熏得黑漆漆的,就像涂了一层黑色的釉子,在墙角的顶端挂着一张巨大的蜘蛛网,一只肥硕的蜘蛛在网上伏栖着一动不动,看不见的气流使蜘蛛网轻轻摇晃着,闪出一束束银色的微光。这就是海九年和二斗子的家了。

地上零乱地堆放着一些破旧的驼屉、鞍鞯,倚着门口的墙角立着一根一人高的红柳哨棍……那是二斗子放牧骆驼用的劳动工具。除了那卷行李,屋子里还有另一样东西是属于二斗子的——一个半尺高的关帝爷塑像。这个泥制的小塑像是二斗子花了二十个铜板从归化城街上买回来的,他亲手在小屋的北墙正中位置掏了一个神龛。这关帝像便成了他家里最尊贵最显眼的物件。其实认真地讲,真正属于二斗子个人财产的也只有这尊关帝像，屋子里其他东西都是属于刁三万的，甚至连二斗子本人也是属于刁三万——名分上他是刁三万的干儿子。

二斗子是刁三万在归化城的驼桥上以二斗麦子的代价买回来的，二斗子的名字也就由此而得。

初时刁三万的老婆麻三婶不会生养，刁三万把二斗子买回来是要他给自己做儿子。可是自从二斗子进了刁家的门，奇怪的事情发生了。就在刁三万把二斗子买回来的当年秋天，麻三婶出人意外地怀了孕，第二年初夏就生了一个小子，长着一张和刁三万一模一样的瓦刀脸，放到秤上一称居然有八斤多重！这一下可乐坏了刁三万，当天就牵了一峰骆驼到城里的驼桥上卖，用卖驼的银子把村子里关帝庙内的关老爷塑像重新修了一遍。刁三万和老婆为生儿子曾经向关帝爷许过愿，他履行了自己的诺言。

麻三婶一旦开怀生养便一发不可收，紧接着一口气又生了四个孩子，而且全都是儿子。刁三万这个人生性吝啬刻薄，他有了自己的亲生儿子，就不再拿二斗子当儿子看待，二斗子打四五岁时起，刁三万就开始逼着他跟着自己放骆驼、轧草，在村西的草滩上拣拾驼毛，什么活儿都让他干。二斗子长到七八岁的时候除了走驼道不能去，家里的活计什么都能干。一个七八岁的孩子做活儿能顶一个成年人。可是有一样，二斗子他不长个儿，长到十七八了个头还像十几岁的孩子那么高。村里的人都说是刁三万过早地使唤二斗子做活儿，把孩子弄坏了。

刁三万如此对待二斗子自然会引起村人的不满和议论，免不了就要有人给二斗子掏掏耳朵，讲一讲他的身世和来历。追本溯源二斗子原本是新疆一个维吾尔族大驼商家的小少爷，为了躲避战乱，二斗子的父亲带着全家和全部财产，由新疆往归化迁徙。不幸的是在路上遇到暴客抢劫，强盗残忍地杀死了二斗子的父母、两个哥哥、一个姐姐以及随行的长工，总共二十三个人！只留下二斗子一个，那时候他才八个月。大概是强盗在挥刀结束他幼小生命的时候动了恻隐之心，二斗子才得以侥幸活了下来。于是在二斗子幼小的心灵里就有一颗种子牢牢地扎下了根，他认定自己不是刁三万的儿子，他真正的家是在新疆，他的亲生父亲是一个维吾尔族大驼商。渐渐长大，二斗子知道的事情多了，在感情上与另一个人越来越亲近，这个人就是牛二板。

有一次因为过失，二斗子遭到了刁三万的殴打。那年二斗子才十二岁，刁三万扒下他的裤子把他绑在一把条凳上，拿红柳条子抽了足足半个时辰，直打得二斗子皮开肉绽，鲜血把半条裤子都染红了。如此严厉的惩罚为的是什么呢？仅仅是因为二斗子在放牧骆驼的时候，不小心让一峰三个月大的驼崽掉进了河沟里。是牧驼狗追逐着小驼戏耍，那峰小驼不慎失蹄栽进了两丈深的沟汊里把脖颈折断了。三天以后可怜的驼崽死了。

刁三万把一峰驼崽看得比人还值贵，一怒之下竟然把二斗子打得一连好几天起不了炕。消息在村子里传开来引起了公愤，为抱打不平牛二板找碴与刁三万狠打了一架。都是在驼道上闯世界的野莽汉子，一样的身强力壮，牛二板虎背熊腰，刁三万五大三粗，要说区别那就是从印象上看牛二板就像一只豹子，而刁三万则活像一头蛮牛。也许是因为牛二板更灵活一些，或许是因为刁三万自觉理亏的缘故，一场恶斗的结果是刁三万一点儿便宜没占上，倒被牛二板生生地将两颗门牙打落在了自家院子里。半个村子的人都跑来看热闹，当着大家的面，牛二板指着刁三万的鼻子对二斗子说："二斗子，你要记住……姓刁的他不是你的爹，更不是你的亲爹，他是用二斗麦子在驼桥上把你买回来的，他有了亲儿子不把你当人待……以后你再别叫这个畜生爹！"

从那以后二斗子就管刁三万叫干爹了。

渐渐懂事的二斗子与干爹刁三万疏远的同时，一日日地和领房人牛二板亲近起来。每天晚上吃完饭，二斗子往怀里揣上几个熟山药就去找牛二板，心甘情愿地为牛二板的骊马磨豆子轧草洗刷身体，为牛二板打酒买烟跑腿子。只要是牛二板不走驼道的日子天天如此。

在贴蔑儿拜兴所有的驼夫和驼户掌柜子中间，二斗子最为佩服的一个人就是领房人牛二板。在他很小的时候，就向往着将来有一天自己能够像牛二板那样身着一件黑色的狼皮大氅，脚下蹬一双香牛皮高腰马靴，座下骑一匹宝马，带领着贴蔑儿拜兴的驼队过草原跨戈壁威风凛凛……领房人吃香的喝辣的受各种人的捧敬，领房人吆五呵六，连村子里最大的驼户掌柜塞老太爷和驮头胡德全都敢骂。牛二板虽说是没有娶媳妇成家，可村子里好多姑娘媳妇都敬重他爱恋他，只要他在村子里，总有睡不完的女人……

二斗子人小鬼大且又善解人意，他天天在牛二板的身前身后跑来跑去做这做那，手脚勤快细心周到，却从不轻易向牛二板提起有关领房人在驼道上的秘密。他知道，有关驼道上的秘密是领房人的看家本领，也是他们的命根子！驼队远行选择什么样的路线，冬天怎么走、夏天怎么走、白天怎么走、黑夜怎么走都有一定之规；从哪里走可以绕过官府的税卡，在哪里能够找到水源；在阴天的黑夜里、在沙暴肆虐的沙漠中如何识别方向……所有这些都是属于领房人的秘密，而这些秘密是领房人积几十年的血泪经验凝结成的结晶！这些宝贵的经验浇铸着的往往是几代人的心血，这就是为什么归化驼运界的领房人行业总是父子相传世代相袭的道理之所在。

驼运行有两句顺口溜唱道："十个驼夫十个彪，百个驼夫出领房。"领房人是强悍的驼夫队伍中的人尖子。就像马群里的头马，羊群里的头羊。在绵绵驼道上的一个个风雪雨雾的长夜里，领房人独自骑一匹上好的走马走在整个驼队的最前面，凭着《驼路歌》的引导辨别方位、寻找水源，在日出日没的荒野上带领驼队航行，就像船只行驶在茫茫大海一样。领房人是受过上天点化的宠儿。领房人聪敏过人、胆识超群。领房人潇潇洒洒、八面威风。一粒种子在小人人二斗子的心里萌生，他也想做一名威风八面的领房人。

转眼过去三年，二斗子与牛二板已经混得如亲哥热弟一般，一次趁着牛二板喝酒喝到高兴的时候，二斗子小心翼翼地问："二板哥，黑夜里在驼道上你是咋识别路径的？"

"你问我咋识别路径？"牛二板咂一口酒脱口说，"俺识别路径靠的就是《驼路歌》。"

"《驼路歌》是一首什么歌？"

"《驼路歌》是教领房人走路的歌，是我爹传给我的。驼队上路，什么地方该紧走什么地方该慢行，什么地方应直走什么地方应拐弯儿，在哪儿扎房子到哪儿去找水，什么地方的草原上有毒草，哪里的泉水人不能喝，所有这些在《驼路歌》里都唱着哩。要是遇上刮风下雨、阴天飘雪辨别不清方向也用不着发愁，俺唱上两段《驼路歌》立马就能知道该往哪里走了。"

"二板哥，"二斗子给牛二板酒盅里斟满酒，借着热乎劲儿提出了多年埋在心里的要求，"你能不能也教教俺唱《驼路歌》？"

"傻话！"牛二板说，"你倒以为《驼路歌》那么好学？光是在嘴上唱一唱就能学会了?"

二斗子以为牛二板不肯教他,扑通一声跪在了牛二板的面前,说:"二板哥,你就收下我这个徒弟吧!我上没有父母,左右没有兄弟姊妹,我连自己的姓氏都不知道,我不知道自己是谁,我知道二板哥也是没有父母兄弟的人。谁都知道刁三万待我不好,我再也不想给他做儿子了!我想拜你为师学学本事,将来也像你一样做个威风八面的领房人!"

牛二板望着二斗子觉得自己的眼睛发潮了,他把一只大手放在二斗子的头顶上摸着,说:"你就死下这条心吧!我不会把《驼路歌》教给任何人的!"

拜师

这是一个寒意料峭的春天的凌晨,偎在大青山脚下的贴蔑儿拜兴村被嗡咚嗡咚的驼铃声和狗激动昂亢的吠叫声吵醒。大青山还黑沉沉睡得正稳,看不出它的形影,只能透过黑黑的夜气感受到它的庞大身躯。驼铃声和狗吠声在大山的身上撞击,回声散开在旷野里荡出去很远。从各家各户的烟囱里升起的匆匆忙忙的炊烟搅在一起驱赶着春夜的寒气。驼夫们吆喝骆驼的喊叫声,骆驼的沉闷杂沓声,人的咳嗽声,女人们匆忙的尖利叫喊声,把贴蔑儿拜兴的凌晨闹得喧喧嚷嚷。贴蔑儿拜兴的驼队要远行。

黑压压挤在一起的驼群在村巷中熙熙攘攘,成千峰骆驼散发出的腥臊气味,与不断跌落下来的冒着热气的新鲜驼粪的酸溜溜的刺鼻子味道混合起来,充斥在空气中。狗在驼群中穿行,制造着紧张忙乱的气氛。

牛二板站在村口的一棵大榆树下,他的身边是那匹黑炭般闪闪发亮的骊马,马的缰绳牵在二斗子的手里。

二斗子声音颤颤地叫了一声"二板哥",说:"你就带上俺走吧!俺不拖累谁,俺能放驼、喂马、拉骆驼……"

在二斗子幼稚的童心里,驼队在遥遥无期的驼道上艰难跋涉,驼道尽头的异域风情,暴客的袭击,骆驼与驼夫精力殆尽后的死亡,都像童话般美丽而又传奇。还有那首神秘奇异的《驼路歌》，更是对他具有无穷的诱惑。

牛二板对二斗子的话置之不理，纫镫攀鞍跃上马背，牛似的吼一声："伙计们——起程！"

骊马扭着屁股走起来。二斗子抓着马镫不放，肩上的驼毛褡裢一个劲儿地往下滑。他掂掂向下滑的褡裢，目光紧盯着牛二板的脸。他的两眼涌着泪。为了能够跟着驼队走驼路，他准备了整整一个月。驼毛褡裢里装着牛鼻子鞋，装着足够他吃的炒面、熟山药蛋。

骊马出了村在卵石散布的土道上越走越快。二斗子抓着马镫的手始终没有松开。他跟着马跑起来，白茬子老羊皮袄扑打着他的脚梁面啪哒啪哒响。后来骊马突然耸动四肢大跑起来，二斗子终于被抛在了后面。他气喘吁吁望着越跑越远的骊马与骑在它背上的牛二板变成一个小小的黑点，消失在浑黑的夜气中。

二斗子擦干了眼泪。他早就打定主意，这一次不管牛二板点头不点头他都要跟着驼队走！只要他悄悄跟在驼队的后面走出十天半月的路程，牛二板就是想把他送回来也不可能。

二斗子悄悄地跟在驼队的后面，每天下午驼队起程他也起程，深夜驼队扎房子休息他也停下来。他与驼队始终保持一定的距离，免得被人发现。夜里他也不敢点燃篝火，啃干粮喝冷水，然后把老羊皮袄在地上铺开，压在身下的一半做褥子，折回来盖在身上的那一半就成了他的被子。翻越大青山用了整整两天的时间，以后的路都是平缓的草地。十二天之后驼队跨越了一片戈壁，走进一片陌生的草原。

整整三十天了，二斗子神不知鬼不觉地尾随在驼队的后面。他一天天地把贴蔑儿拜兴把大青山抛在了遥远的后面。他像一只飞出蛋壳的小鸟，他的全部灵性都在心里活跃起来。他用全部的感官感应着这个世界——那神圣的太阳，幽香的芍药花，远处的胡杨林，长满红色蒲棒的沼泽，远去的大雁……于是一段《驼路歌》的歌词从他的心里流出来。他小声唱给自己听，并把它牢牢地刻在心上。

其实牛二板早就发现了他，作为一个有经验的领房人，他不但有责任保证驼队行进的方向正确，寻找水源，安排扎房子的地方，放牧骆驼的草场，同时也得时时刻刻注意着可能给驼队造成危害的一切迹象。牛二板在黑夜里常常骑着骊马在整个驼队的前前后后奔跑，关照每一个驼夫不要打瞌睡，不要掉队。有时候他纵马驰上高地，居高临下观察整个驼队的行进状况。驼道远非宁靖，领房人对偶然发现的陌生驼马粪便与篝火余烬绝不敢轻易放过，都要经过观察研究判断出是商旅或是暴客的踪迹。牛二板洞幽察微的双眼时时刻刻都在注意着闪烁在草丛间的各种"灯光"。幽绿的、浅蓝的、月白的和橘红的。他能从那些突明突暗、突亮突动的"灯光"中，准确判断出它们是狐狸、黄羊、羚羊、山猫或是凶残狡猾的狼，或者仅仅是一只跟在驼队后面专捡些残渣剩饭吃的狼獾。

牛二板鸷鸟般的目光当然不会放过尾随驼队的那个"小动物"。驼队走"小动物"也走，驼队停那"小动物"就消失。他知道那不是羚羊、狼獾，也不是狍子、狐狸，牛二板断定那是一个人，因为他的眼睛不发光；他又不是一个荡游的暴客，因为他没有骑马；他不会对驼队造成什么危害。走到第二十一个程头的时候，牛二板突然想到他是二斗子！是一心一意想要做领房人的二斗子！他被这个可怜孤儿的顽强感动。送他回去已经成为不可能，牛二板只好看着他跟在驼队的后面走。他要看看这孩子到底有多大的承受力和忍耐力，只是对他的安全更加注意。

夜里牛二板骑马悄悄靠近二斗子。掐指算算已经整整三十个程头，他实在不忍心让这个孩子独自跋涉。二斗子偎在一片草丛中，身上盖着一件老羊皮袄。清亮的月光照着他熟睡的小脸，汗污把那张脸画得花花哨哨。二斗子的一只手臂露在外面，一柄锃亮的牛耳尖刀被他的小手紧紧抓着。牛二板默默望了二斗子许久，觉得心里直发哽，有热乎乎的气在向嗓子眼冲。他将熟睡的二斗子抱上马背。这一天驼队拉大程，一程放出来整整一百二十里。

睡梦中二斗子喃喃呓语，那音调极有节奏，铿铿锵锵，悦耳有力。牛二板知道这孩子是在唱自己编的《驼路歌》。

二斗子睁开眼，看见牛二板盘腿坐在自己的身边。这时候已经是另一个上午的辰光，牛二板正端着一个海碗吸吸溜溜地喝油茶。是油茶香喷喷的味儿和自己咕咕乱叫的肚子把二斗子吵醒的。看着眼前的一切，二斗子怯生生地叫了声："二板哥！"

牛二板说："王锅头，给二斗子舀油茶！"

王锅头佝偻着腰将油茶端给二斗子，说："喝哇，来日的领房人！"

牛二板找出一块补驼掌用的熟牛皮，对二斗子说："把脚伸出来！"

牛二板拿手指在二斗子的脚上测量着。

二斗子疑惑地把脚伸出来。鞋底子与鞋帮都快分家了，大拇指二脚趾黑漆漆地露出来。王锅头叹一声，目光停在二斗子的光脚上，那脚上血痂叠着血痂，已经不成面目。王锅头说："二斗子，快喝油茶，喝完了俺给你那脚上擦点药面，化了脓就不好治了。"

黑色的干结的血把鞋帮与脚粘在了一起。王锅头把水擦在二斗子的脚上，费了好大的劲儿才帮着二斗子把鞋脱下来。

牛二板拿牛皮在二斗子脚底比试比试，拿一把剪刀将牛皮铰几下，用手窝窝，就纫上一根大针缝起来，眨眼的工夫就做成了一双皮鞋。

日头偏西，牛二板披挂整齐，站在房子门口大喝一声："伙计们——起驼！"伙计们漫滩里跑开去抓自己的骆驼。

二斗子早已替牛二板给骊马备好了鞍子。他牵着骊马的缰绳立在牛二板身边，两只脚套着牛二板为他缝制的光闪闪的牛皮鞋。王锅头乒乒乓乓打整炉架锅碗，腾出一只手向二斗子勾勾。王锅头咬着二斗子的耳朵说了些什么。二斗子高兴得蹦起来，说了声："俺知道了！"

二斗子扑到牛二板跟前扑通一声跪下，连磕三个响头，朗声叫道："师傅，收下俺二斗子做徒弟哇！"仰起脸来时，早已是泪光盈盈。

牛二板沉默良久，拍拍二斗子的脑袋说："起来吧……俺收下你。"

二斗子隔着自己的眼泪看到牛二板的两只棕黄色的眼睛里也是泪汪汪的。这是二斗子一生中看见牛二板唯一一次掉眼泪。牛二板望着二斗子，一双泪眼深沉、温暖、博大。他眉头结成一个疙瘩，深棕色的大胡子在簌簌地抖。

二斗子高兴得呜呜咽咽哭起来，又连磕三个响头，嘴巴大咧着，拿黑拳头擦着泪站起来。

一片驼队起程前的紧张与忙乱。伙计们上驮的吭哧吭哧的喘息声、七起八落的吆驼声、护卫狗驱赶骆驼严厉认真的吠叫把个荒野塞得满满当当。

牛二板翻身上马说一声"咱们走"，一伸手将二斗子拽上马背。二斗子坐在牛二板前面将骊马的缰一抖,那马便甩起浑圆的屁股、舒展修长的四条腿嘚嘚走起来。

骊马驮着他俩朝着悬在天边的又圆又大的门——太阳走去,身后的驼队就像抖开的线团渐渐扯拉开。

"师傅,俺给你唱唱俺自个儿编的《驼路歌》,你听听怎样?"

牛二板说:"好,你就唱哇。"于是荒漠漠的草原上响起一个孩子脆生生的充满了生气的歌:

> 天上黑压压,
> 脚下松塌塌。
> 左边胡杨林,
> 右边是沼泽。
> 蒲棒艳艳红,
> 大雁呱呱叫。
> 脸冲一座门,
> 圆圆红又大。
> 身背弯弯船,
> 上圆两头尖。
> 抬头望北斗,
> 就在右耳悬。
> ……

唱完了,二斗子吁吁喘着气问:"师傅,俺唱得咋样?"

"不赖!"牛二板拍拍他的脑袋又抻了抻他垂在脑后的小辫子。

二斗子扭过身子把一条腿抬过来横坐在马背上,喜滋滋地又问:"师傅,俺有了自己编的《驼路歌》,以后俺就能做领房人了吧?"

"当领房人那么简单?"牛二板眼睛向下睥睨着自己的小徒弟,"你知道咱这会儿走的这条路,在阴天时《驼路歌》该咋唱?"

"不知道。"

"噢，还有，你知道下雨该咋唱？"

"不知道。"

"你知道刮白毛呼呼的冬天走这条路时《驼路歌》该咋唱？"

"不知道。"

牛二板将一只大手搭在二斗子的肩膀上，说："记住，走同一条驼路，阴天、晴天、刮风下雪，《驼路歌》就唱得不一样。比方说冬天下雪又刮风，没了太阳月亮、没有星斗，咋辨别方向？"

"不知道。"

"要识风！"

"风？"

"对。咱走的这条驼路，一年四季没有不刮风的时候。冬天刮什么风你知道吗？"

"西北风。"

"对了。风天雪天，你冲着风头走，什么方向最冷、风最硬你就冲着什么方向走，没错。"

"俺记住了。"

"还有，天阴得再黑，东方与西方也还是不一样。一般人看不出来，领房人得辨得清！雪天要走梁地，沿着高处走，千万不要走低凹的地方……"

"低凹处有雪坑是不？"

"你说对了。"

"师傅！"二斗子在马背上又抬过一条腿，干脆与牛二板脸冲脸坐着，"你给俺唱一段《驼路歌》，俺听听。这地方没外人。"

"俺从来没给任何一个人唱过《驼路歌》。"

"俺知道，《驼路歌》传儿子不传媳妇，是你的看家本领。可是俺这会儿是你的徒弟了呀，就唱一段哇！"

"好，俺就给你唱一段。"牛二板两只大手在二斗子的肩膀上使劲捏了捏，"俺从来没给任何人唱过《驼路歌》，你是第一个！"

牛二板遥望着远处的地平线，深情专注地唱了真正的《驼路歌》。新鲜奇异的歌词与曲调，带给二斗子的是从来没有过的奇特感受，使他如饮醍醐，如梦方醒，如入仙境。

那《驼路歌》牛二板究竟是怎样唱的，除了二斗子再没有第二个人知道。骊马雄健俊逸龙颈高扬，在牛二板意通神会的歌声中，载着他师徒俩朝前走去。在前面等待他们的，是悬在地平线上面又大又圆红澄澄的门——即将坠落下去的太阳。

从此二斗子正式走上了驼道生涯。

买药

戚二嫂从屋里走出来,她拧着眉头往天上看了看。镶着金边的乳白色云絮在大青山的顶上飘移,蓝色的山脉绵延着,似乎在等待着什么。远处在南方的天际尽头有一朵黑色的云彩正悄悄地向这里飘过来。太阳暖洋洋地照着,从东边斜着射下来的阳光穿透了笼罩在贴蔑儿拜兴上空的炊烟。饱含着潮湿水气的晨风,把浅蓝色的炊烟撕扯成条条缕缕的形状。

戚二嫂犹豫了一会儿走进马厩,将杏黄色的骑马牵了出来。

戚二掌柜从栅门的缝间伸进一只胳膊,拉开了门闩走进了院子。灰色的短上衣只套着一只袖子,另一只袖子在肩膀头搭着,空袖子在他的身边晃荡着,戚二掌柜一边走一边颠一下膀子,把滑落下来的衣服重新搭在肩膀上。

"这大清早的你要到哪里去呀?"

戚二掌柜打着呵欠,大手在胸脯子上使劲搓着向屋里走去。他的眼皮虚肿着,青黄色的眼球上罩着一层血丝,昨天夜里他在胡德全家玩儿掏宝的赌博游戏一直到天快亮。

"到驼桥上去。"

戚二嫂简单地回答着也不看戚二,只顾把一块绣花马褥子搭在杏黄马的背上,从马的一侧走到另一侧将马褥子摆正。

说起来，"到驼桥"这话只有归化人才能听得懂，归化人给"桥"这个词赋予了新的特殊含意——市场。如果你是一个初到归化的外地人，按着当地人所说的这个桥那个桥，你能够看到的是一大群各式各样的人在围着牲口谈生意。而且这种市场在很大程度上指的是牲口市场。这市场又以牲口的种类分成驼桥、马桥、羊桥、牛桥等等，都是各种牲口的专卖场所。

戚二嫂说到桥上去，是说她要去买骆驼。按道理到桥上去买骆驼应该是男人们的事情，但是戚二这些年越来越疏懒，除了走驼道之外，所有的事情他都推给戚二嫂。对此戚二有自己的解释："在这个世界上做男人本身就吃亏，拉骆驼的男人就更是亏上加亏！一年一趟在驼道上滚爬，遇上强盗你得死，迷了路你得死，遭逢老天爷刮白毛呼呼不把你冻死也得把你饿死，总之是有无数个死一天到晚在等着你！我戚二能活到今日也是我福大命大造化大，我得对得起自个儿，既然到家了，就要怎么快活怎么干，什么快活干什么！"

所以戚二是走驼道的日子不在家，不走驼道的时候能在家里好好待着的时间也少得可怜。戚二不在家的时候多数是去玩色子，但是他有时候也搞明修栈道暗度陈仓的把戏——打着玩色子的幌子悄悄溜到村子北边一座僻静的院子里。那座院子的主人是一个相貌俏丽的寡妇，她嫁到贴蔑儿拜兴才刚刚两年多一点，丈夫就在驼道上得急病死去了。关于戚二和那个寡妇的事情没有任何人对戚二嫂说过，她也没有抓到任何一点证据，但是她凭着女人的直觉感觉到了。这件事使他们夫妻关系迅速变得冷淡和疏远。

戚二掌柜踏上屋门前的台阶站住了，斜着眼朝天上看看又抽了抽鼻子，然后把目光停在妻子的身上，说："我说，看这天气十有八九是要下雨了，你还是别到驼桥上去了。"

"不妨事。"

戚二嫂蹲在马肚子下面给杏黄马扣好了肚带，使劲勒了勒。

"日他！这娘儿们有病呢，递不进去人话。"

戚二骂了一句不再管戚二嫂的事，拉开屋门走进去。他知道再说也没用，他这个老婆是不会听他的话的。不但如此，老婆要做什么事戚二不阻止还好，一旦他要是表示反对，老婆就更来劲儿了，非要办不可。

黄昏的时候戚二嫂从城里回来，人和杏黄马都被雨水浇了个精透。她的身后跟着一串骆驼，被雨水打湿了皮毛的骆驼一共是六峰，都拿驼毛大绳串着拴在杏黄马的鞍子上。要说驼桥上的骆驼数以千计，每日成交的数量亦是成百上千，可真正能让戚二嫂相中的却很少，每次到驼桥去只能买回来那么几峰中意的骆驼。在外行人眼里，骆驼都长得是兔头龙颈牛蹄子，模样都差不多，实则其中的学问大着呢。塞上的骆驼分为四大种别，即鄂尔多斯驼、朝格尔驼、阿拉善驼和科布多驼。鄂尔多斯驼优点是性情温和易于驾驭，但是个体小力气也不大；朝格尔驼和阿拉善驼脾性相同，都是体格雄壮力气也大，缺点是耐久力差；只有科布多驼不但体格健迈，而且耐久力最好。从相貌上看，与科布多驼相差无几的朝格尔驼和阿拉善驼驮载四百斤货物只能走六十里便会现出疲态，而科布多驼驮载相同的货物一天可以走出一百多里，并且体力恢复得也快，两相比较相差甚远。戚二嫂是养驼人家出身，对骆驼路数自然懂得很多，摸摸腰窝看膘情，掰开嘴唇看口齿，捏捏踝骨看脚力，观察眼睛、鼻子看脾性，往往要耗掉两三个时辰才能挑出几峰中意的骆驼来。

　　王锅头将戚二嫂新买来的骆驼归入到大群中，特别给它们拿了些细嫩的草料，仔细地挨个儿观察着它们。都是行家里手，戚二嫂买回的驼他挑不出一点毛病。迎着门的响动，王锅头看见戚二嫂从屋子里走出来。

　　"你看咋样，我今天买回来的这几峰驼？"

　　戚二嫂已经换了一身干净衣服，手指上拎着一个油纸小包，另一只手拿块毛巾擦着头发上的水走下台阶。

　　"没得说！我一峰一峰地仔细看了，连一丁点儿的暗疾都查不出来。"

　　戚二嫂笑了笑，把黄色的油纸包往高提了提让王锅头看。

　　"这是什么？"

　　"是治呕伤的药，是我顺便在城里的孟记药铺抓的。"戚二嫂说，"你把这包药给那个海九年送过去。"

　　"还是你戚二嫂心眼儿好！孟记的药货真价实，一定能药到病除。"

　　王锅头伸手接过药包在手里掂掂，兀自感慨着。

　　"这算不了什么，一样样的人都是爹娘生养的，我看着那后生怪可怜的。要不是我让他搬那块上马石，人家也不会吐血呕伤。说起来也真让人后悔，其实我一眼就看出来他搬不起那上马石。我琢磨那海九年会知难而退，哪承想他的脾气还真犟，明知道自己搬不起来却硬要搬！结果……不管怎么说咱用他也好不用他也罢，不能给人家弄下病。"

"是这么个理儿。"

王锅头扯了一块油布顶在头上冒着雨去了。戚二嫂一直看着王锅头的身影消失在院子门口好久，才反转身走回屋子。

卦象

二斗子的小房子里,海九年仰躺在炕上望着黑黢黢的顶棚想心事。二斗子盘腿坐在九年的旁边喋喋不休地说着什么。王锅头把戚二嫂的意思说了一遍,将药包递给海九年。这一回九年没有再拒绝,他低着头伸手把药接了。

"戚二嫂说得对,急病要急医,可不敢耽搁。二斗子,你快去刁掌柜房里拿药壶来,这会儿就把药熬上!"

柴火在灶里烧着发出噼噼啪啪的响声,沉默占领着整个房间。王锅头吧嗒吧嗒地抽烟。二斗子突然问:"九哥,你怎么哭了?"

海九年不做声,拿手巴掌在脸上抹着。

"后生,不用哭,人生在世谁都难免遇到个马高镫短的坎儿。我看你天庭饱满地阁方圆,倒是生得一副富贵之相呢!"

王锅头严肃地仔细端详着九年,渐渐地眉头皱了起来,目光中也流露出许多的疑惑,这一看足足有一刻钟的工夫,再张口说话语气就有了变化,"告诉我,你叫什么名字?"

"海九年。"九年迟迟疑疑地说。

王锅头又问:"祖籍何地?"

"山西潞州府。"

王锅头又摇了摇头。经验丰富的老头子再没说什么,但是在他的心里萌生了想要了解这个年轻人的欲望。以后王锅头在草滩放牧骆驼的时候或者是串门闲聊的时候,就特别注意观察海九年。有一次说起了关于老家的话题,说着说着王锅头突然盯住海九年说道:"你恐怕不叫海九年这个名字,你的祖籍也不是山西潞州……"

海九年被老头子的突然提问弄得一下子愣在那里,血色像退潮的水迅速从他两边的脸颊上消退下去,脸色顿时变得煞白。

王锅头一看到海九年这表情就把话头打住了。老头子隐藏在杂色胡子里的笑容现出了怜惜的带着轻微嘲笑的内容。

在贴蔑儿拜兴,王锅头是个很特别的人,他精通相命,有半仙之称,是个很受人尊敬的人,可是他却是全贴蔑儿拜兴为数极少的几个没有骆驼的人。贴蔑儿拜兴是个骆驼村,居住在这里的人除了养驼户和靠卖苦力替别人拉骆驼为生的驼夫,再没有别的什么人。而事实上只要你兢兢业业做驼夫走一趟外路,除了吃穿用之外,至少可得一峰普通骆驼的工钱。一个靠打工为生的驼夫赤手空拳地走进贴蔑儿拜兴,三五年的时间便可以给自己的事业打下一个基础——拥有若干峰属于自己的骆驼,成为一个小型的驼户掌柜子。除了那些实在不争气的人——狂赌滥嫖之辈和运气特别不好的人——遇上了天灾人祸,一般来说驼夫都能实现做驼户掌柜的愿望。事实上居住在贴蔑儿拜兴的八十多户人家中,只有不到五户自个儿没有骆驼。在贴蔑儿拜兴,大家差不多都是掌柜子。每个贴蔑儿拜兴人都很珍视自己靠劳动得来的荣誉和地位,彼此见面互相之间都以掌柜子尊称对方。

王锅头到贴蔑儿拜兴已经有十五六个年头,他年年不脱空地走驼道,是贴蔑儿拜兴驼队中不可缺少的锅头,而且平日里他还能得到一份稳定的收入——他是戚二嫂家常年雇请的长工。照理说他至少应该是个拥有十峰以上骆驼的驼户掌柜,而他却连一把骆驼毛也没有!但是王锅头不嫖不赌,也没有别的什么消耗钱财的嗜好,这就让大家感到十分奇怪。日子久了,人们终于发现王锅头把挣下的钱全都攒起来了。这种举动在不喜欢盖房置地只把骆驼当作唯一家产的贴蔑儿拜兴人来说是难以理解的,因此王锅头在大家眼里是个怪人。

新来贴蔑儿拜兴的海九年引起了怪人王锅头的特别兴趣。只要有空，老头子总爱找海九年拉家常，漫不经心地向海九年提出一些问题：年龄多大、家里都有什么人、过去都做过些什么事等等。也不知道是糊涂还是怎么的，老头子提的问题总是重复，问题也不很多，海九年回答完了，老头子还是不肯罢休的样子，眯着一双混浊的眼睛久久地盯着引起他兴趣的年轻人，似乎是没听到九年的回答或者是干脆就不相信海九年的话。

大约过了一个月，在海九年和大家逐渐熟悉起来的时候，王锅头又旧话重提。在这之前他一直怀着浓厚的兴趣观察着海九年。那是一个上午，大家在草滩上放驼。太阳毒辣辣地照着，王锅头倒动着两条罗圈腿向二斗子和海九年这边走过来。老头子的头上戴着一顶用嫩柳树枝编织起来的遮阳帽，一手拖着赶驼用的哨棍，另一只手里抓着一把新摘下来的柳树枝。

"歇歇吧，后生们！"

老头子将哨棍和柳树枝丢在草地上，从裤腰带上抽出烟袋席地坐下。

二斗子在太阳地里一心一意地打拳，九年在抱着一块大石头不停地举着。

一连喝了二十多天的草药，海九年的呕伤渐渐好了。大约是在第十五天的头上，在轧草的时候九年突然感到胸部一阵疼痛，接着就吐出了几块干硬的黑血块。那血块有指头肚子大小，二斗子拾起一粒血块拿指头碾碎了，血块子变成了黏糊糊的粉末。

"九哥，"二斗子略略观察了一会儿手掌上的干血沫子，脸色变得十分明朗，他拍拍手对九年说，"没事了！只要这干血块子一吐出来，你这呕伤的病就算是把根儿拔了。"

海九年弯下腰在轧碎的草秆间翻腾着，找到四粒干血块。他把那几粒干血块举到眼前仔细看了好半天，后来紧紧地攥住拳头，骨节咔吧咔吧响着长长地出了一口气。从那天起，海九年每天都要用许多时间进行一项特殊的练习——举石头。

二斗子从师父牛二板那里学来一套北路心意拳。人人都知道驼道并非是安靖之所在，但凡是走驼道的人在拳脚上都是有些功夫的。更何况二斗子一心要做领房人，那就更要在拳脚上有超人之处才行。所以二斗子在练功上就特别下功夫。

看到王锅头来了二斗子停下来，巴掌轮流地在胸脯子上刮着，把汗水甩在草地上，在王锅头身边坐下。

羊腿骨做成的烟袋横在老头子的牙齿间，使他说出来的话含混不清。老头子手也没闲着，挂满了树叶的柳条搭在盘起来的弯腿间，随手用柳条编着，眨眼的工夫一顶空心遮阳帽就出现在两只粗糙的大手之间。

　　"九年，快把那破石头扔了吧，又不是自个儿的媳妇……"老头子热嘲地笑起来，羊腿骨烟袋在他的鼻子前一跳一跳地直颤动。老头子把遮阳帽扳正，然后一甩手扔出去。

　　绿色的遮阳帽溜溜飞行着、旋转着，海九年在空中把它接住了。

　　说了一会儿闲话，二斗子突然想起一件事，他问王锅头："王锅头，连着好几天我怎么没看见你，都是戚二嫂出来放的驼。"

　　"我出村了……替人算卦……"王锅头吐字含混地说。

　　九年不做声，只是默默地听着。他总是这样，不管是在白天还是夜晚，不论是干活儿还是休息，他总是用眼睛看着、拿耳朵听着，绝不轻易说话。他走进贴蔑儿拜兴有一个多月了，村里的很多人还没有听到过他说话呢。与二斗子在一起，总是听见二斗子一个人在喋喋不休地说这个说那个，谁也不知道在海九年那宽阔的脑门子里面隐藏着什么念头。

　　"对啦！王锅头，你一天到晚给这个算命给那个算命的，你也给九年哥算一卦吧。那次你不是说……怎么说的呢？我也学不来，总之是你说九年哥面相长得好，有富贵之命。要是九哥他真的是富贵之人，说不定我二斗子还能沾上他的光呢。"

　　王锅头吧嗒吧嗒地抽着烟，隔着自己吐出的烟雾沉默地望了海九年一会儿，说："算卦最讲究的就是一个诚字，既然九年心里不信，这卦不算也罢。这不是勉强的事，勉强我算出的卦也就不会灵验。"

　　"九哥，你来贴蔑儿拜兴时间虽然不算长，也一个月有余，就算你没亲眼见过，耳朵里听的也不少了，别说是贴蔑儿拜兴了，归化城方圆几十里的地界内，谁家遇到个婚丧嫁娶、搬家动土的事都得求王锅头给算一卦。你咋就能不信呢！"

　　二斗子替九年着急，同时也有点生海九年的气，"九哥，你咋是这么个脾性，不识好歹！别人花上钱来请都未必能请得上，你倒好，王锅头给你白算卦你还不信。"

　　"我信。"海九年端正了身子朝王锅头坐好，"我多会儿也没说过不信的话呀。"

还没等王锅头开始算呢，海九年就毫无来由地紧张起来。没有一点儿遮挡的太阳从上往下照，海九年被阳光照透的眉毛成了褐黄的颜色。二斗子注意到九年那两道变成褐色的眉毛连同绷在眉骨上的皮肤都在神经质地抖动。

"九年，"王锅头正言正色地问道，"你真的相信我算的卦吗？"

海九年说："我真的相信。"

"那么不论卦好卦赖你都不会怪我？"

"一个人的命相好与赖那是生下来就注定的，我怎么会怪你王锅头呢。不会的！"

"好。既然如此，那我就开始算了，请你告诉我你的生辰八字。"

海九年说出自己的生辰八字。王锅头双眼微闭，右手举到面前，大拇指在食指、中指、无名指的指肚上迅速移动着，双唇微动口中念念有词。掐算了一阵之后，王锅头睁开眼睛问海九年："你能告诉我你的真实姓名吗？"

"我姓海……名叫九年。"

"不，我要知道你的真实姓名。"

"晚生除了海九年这个名字再无别名。"

"喔！"王锅头摇了摇脑袋，脸上现出失望的表情，把刚刚插在腰带间的羊腿骨烟袋又抽出来，在烟袋里装着烟，"这卦不算也罢！"

"怎么回事？"二斗子莫名其妙地问。

"海九年他不诚不信。"

"我信我信！"海九年赶忙解释。

王锅头摇摇头只顾抽烟望着远处迷蒙的云雾，不再理睬海九年。

"王锅头，这就是你不对了，"二斗子说，"九年哥说他信，你却一口咬定他不信，你又没有钻进他的肚子里怎么就能判定呢？咦！莫不是你为九年算命也不白算？是要收他的银子吧？"

二斗子这话刺激了王锅头，老头子仄过脸斜视着二斗子，把烟袋在鞋底上使劲儿敲着，说："我说九年不诚不信，他就是不诚不信！首先他告诉我的姓名就是假的，九年他并不姓海而是姓古！"

王锅头一句话未了，就见海九年面容大动，始而惊骇继而敬佩，两只眼睛盯住王锅头，慢慢地爬起来朝王锅头跪下咚咚地磕起头来。

"后生不必如此！不必如此！"

王锅头伸手去拉海九年，海九年却是死死地伏在地上不肯动，"先生真乃神人！请恕晚生不诚不信之罪……"

海九年这举动把二斗子搞懵了，他望望海九年又看看王锅头，不知道发生了什么事情。

"言重了！言重了！快快请起，快快请起。"

这一下王锅头释然了，双手扶着海九年让他起来。

海九年重新坐好，端正着身体，已是满脸的虔诚，"老先生，晚生祖籍乃晋中祁县小南顺村，敝姓古名海。我十四岁来归化城学生意，住的是有名的字号大盛魁。只因去年触犯了号规被字号开销出来……"

"好哇！海九年，原来你是买卖人，并不姓海也不叫九年。我二斗子待你如亲弟兄般挚诚，想不到你却骗我！"二斗子愤愤地指着海九年骂了起来，"你说你上无父母下无兄弟姊妹，我还思想着你我都是无人怜惜的孤儿，有心与你结成异姓兄弟。哪承想你却骗了我！"

"我……"

海九年羞愧满面无言以对。

"同为天涯沦落人，二斗子你也不必过分责备九年。其实九年隐姓埋名自是有他的苦衷。商人的说道你多有不知，尤其是山西来归化做生意的商人，买卖做塌了，住地方被字号开销的人是再没有颜面在世面上混事的！买卖做塌了的商人就是死也只能死在外乡，没有颜面回乡里。唉！不说了。来，九年，我与你好好算一卦！"

问明了九年出生的年月日时，王锅头掐着指头计算了半天，说道："你的四柱是己巳、辛未、甲子、甲子……"

九年敛声静息听着。

王锅头又掐着指头细细算了一会儿，说："九年你是木命。'日元'应下一个'正印'。从时辰上说，有是'子甲'，木'比''印'庇，光看日时两柱，就是个逢凶化吉、遇难成祥的'上造'……"

"好哇！"二斗子叫道，"九年属木命，我是水命，水生木，木养水，想来我俩是有缘分的。王锅头你快说下去！"

"好，我接着说。"王锅头凑近九年的脸仔细观察着，"木命生在夏天，又是巳火之年，你这棵树本来是很难活的。可是你的命好就好在有子水滋润，这样你这棵树不但能够成活，而且可以长成参天大树……"

二斗子目光闪闪，看看海九年又看看王锅头。

海九年却表情惶惑，显然他有点不敢相信自己会有这么好的命。

王锅头看出了九年的心事，笑笑说："你不要不信，九年，人是抗不过命的，命中有福便是有富，若是命中没福，你就是再争也没用！我给人算命几十年了，像你这样的'上造'好命还是头一回遇上。金木水火土五行皆占，财官印食四字俱全，而且还是正官正印，单单这八个字就保你官至状元宰相，寿高八十开外，儿孙满堂，荣华富贵享受不尽！"

这一卦算到此处连算卦人自己都是没有想到的，王锅头以卦论卦置身于卦外，待他依着卦相把话说出来之后自己都吓了一跳！他懵懵懂懂望着面前的海九年，好像是头一次看见似的目光中不由得流露出惊骇与崇敬。老头子跳起来，拿袖子拂拂身上的土，双手空握举到胸前朝海九年作了一揖。

"九年，你可是大福大贵之人，遇上你这是我王锅头之大幸。请受我一拜。"

不但是海九年，王锅头这举动把二斗子也弄懵了。两个年轻人顿时惊在那里。

"使不得，使不得！"

海九年急忙把王锅头扶住请他重新坐好，说："王大叔，今日我能遇上你又能借你的吉言就是我海九年的福气！我一个落魄的人哪里还敢指望什么大福大贵，只盼着能在贴蔑儿拜兴求得一个容身之地也就满足了。"

王锅头说："信与不信自有以后的日子来验证，来日方长！我只愿九年你在将来发迹之时不要忘了我今日的话也就满足了，或许我老汉有用得着你的时候。"

"王大叔，我有一事相求。"

"请讲。"

"我既落魄到这步田地，哪有颜面再见过去的朋友，更没有脸面回乡看望家中父母。如今我隐姓埋名只求能做一名驼夫混碗饭吃，但求你往后再不要提起我过去的事情，只叫我海九年好了。"

王锅头说："我明白。"

为海九年向自己隐瞒了真实姓名和身份所引起的愤怒情绪在二斗子的心里折腾了一阵之后，很快就平息了。他以一个孤儿特有的敏感体察到他的这个新朋友的痛苦和难堪，二斗子以与他的年龄不相称的老成语调劝说道："别难过了，九年哥！不管怎么说你还是上有父母下有老婆的人，比我强多了。要说起来我二斗子才是世界上最可怜的人呢，我不但没有父母兄弟姊妹，就连自己姓什么叫什么都不知道！你记住我的话，苦命人的烦心事干脆就不能想，不然你就活不成。咱哥们儿今天能遇在一起也是缘分，是缘分就拆不散。往后你有什么为难的地方，只管朝我说就是。只要有我二斗子一口吃的就饿不着你九年哥，只要有我二斗子身上穿的就冻不着你九年哥。你放心，在贴蔑儿拜兴只要有我二斗子在，就不敢有谁来为难你。"

二斗子一边说着一边拿手巴掌把自己的胸脯子拍得啪啪直响。其实论年龄二斗子比海九年要小六岁呢，那一年海九年已经二十四了，二斗子才刚刚十八。而且二斗子由于发育不良个头没长成，两人站在一起他连海九年的肩膀都赶不上。不过这并没有影响海九年对他的信任，海九年望着二斗子很感激地点点头。

对话

在放牧的草滩上、在刁三万的院子里,只要是得空海九年就要练习举石头,而牧驼轧草这样的活计无疑都在大量地消耗着海九年的体力。俗话说得好,能吃才能干。海九年一天天增大的饭量引起了主家刁三万的恐慌。这天晚饭吃的是馒头烩菜,海九年端着大海碗呼呼噜噜地吃着,当他又一次伸手到笸箩里拿馒头的时候,一直拿眼睛瞄着他的刁三万终于说话了。

"海九年,你他妈的莫非是饿死鬼转生的不成?我这里给你数着呢,你已经不歇气儿地连着吃了六个馒头!还要再吃,你也不怕把自己撑死。"

海九年犹豫着把馒头又放下了。

"干爹,这就是你的不对。"未等海九年开口二斗子便横着插了进来,"想当初你雇九哥的时候只讲了管吃管穿没工钱,并没说定一顿饭吃几个馒头。"

"我供他吃穿是让他给我做活儿的,可不是让他一天到晚举石头玩儿的!"

于是在饭摊子上展开了争论。

"那么你能说出来九哥吃到肚里的哪个馒头是用来给你放骆驼的,哪个馒头他用来举了石头?如果干爹能说出来的话,事情就好办了。"

"这话是怎么说的?"

刁三万还没意识到二斗子是在嘲笑自己，他拧着僵硬的狼脖子把一只眉毛折成了三角形望着二斗子，好一会儿没有反应过来。

二斗子不看刁三万，他从笸箩里又拿起一个馒头故意在刁三万的脸前晃了晃，然后交在了九年的手里，"干爹，要是你不能把干活儿用的馒头和举石头用的馒头分辨清楚的话，那九哥就只好这么糊里糊涂接着吃下去了。"

"你这只喂不熟的狗！我从你不到三岁上就开始养活你，到现在你不但不知恩图报，反倒是像疯狗似的咬起主人来了。"

"我打从六岁起就给你干活儿，到现在整整十年了，你连一条骆驼腿的工钱也没给过我！"

"你不是长工，"刁三万说，"你是我的儿子，儿子为老子干活儿哪有拿工钱的道理？"

"你不是我爹，我爹是新疆的大驼商！"

"我不是你的亲爹，可我是你的干爹，干爹也是爹。"

"你做的事就不是当爹的人该做的事，你喝我的血扒我的皮！"

"二斗子你别听村子里的人挑唆，尤其是那个牛二板的话你不能信！干爹不给你工钱，那是因为我在给你攒银子呢。等银子攒足了干爹就给你娶媳妇……"

争论一到这儿就只好不了了之。至于海九年吃饭的事情，刁三万再没有说什么。不过刁家的饭食质量在不知不觉中发生了变化，一日三餐原本是两稠一稀变成了两稀一稠，并且轮到吃馒头的时候，麻三婶总是蒸得不够全家人吃，吃不够便以瓜菜代替——清汤寡水的小米稀粥和看不见油星的大烩菜管饱了吃。二斗子、海九年心里明白却是说不出口，只因为这刁家的饭食主人和雇工并无分别，就连刁三万的老婆、孩子也是和大家一起吃的。

海九年隐忍着，什么话也不说，每日照旧是瞅空子练习举石头。

贴蔑儿拜兴的生活按照自己固有的规律运行着，每天早晨天还不亮妇女们就纷纷打开院门将自家的骆驼放出去。骆驼沉重的杂沓声、倒嚼声和被冲散的幼驼寻找母亲的哦叫声以及牧驼犬的吠叫声打破了早晨的寂静。黄土质的村道在驼群的踩踏下呻吟起来，雄鸡在高亢地鸣叫，闲散的马匹、驴骡和小群的羊夹杂在神态傲然的骆驼中间走着。晨雾中传来女人嗓门尖利的吆喝声和说话声。女人们鲜艳的衣服点缀着,闪现出耀眼的色彩。所有人和牲畜都朝着一个方向——村西草滩——走去。

贴蔑儿拜兴的地理环境是这样的,整个村子建在大青山的南坡下边,扎达海河上游的一条支流紧贴着村子的东边流过去——人们把这条河叫作大东沟。村子的南面是一大片幼小的柳树林,这片树林子在人们的印象中似乎总也长不大,碗口粗细的树干、丈把高的树冠,在几十年间好像从来也没有变化过。人们把这些树叫作老头树。

柳树林从整体上由西北向东南倾斜着。一条可供两辆马车并行的大道穿过林子把贴蔑儿拜兴与归化城连接起来。只有村子的西边是一片可供村人牧驼的草滩。这一大片草滩从村子的西端延伸出去大约有二十里的光景,整个草滩呈喇叭口的形状,越向西草滩越宽阔。草滩上生长着麦芒草、针茅草、黄蒿、骆驼刺草、紫花苜蓿和芨芨草等几十种草,在雨水充足的夏天,这里的野草密密匝匝高过人的膝盖。在一些洼地里生长着的芨芨草丛能将体魄高大的骆驼淹没。草滩起伏不平,在地势高隆的地方,大地裸露出了它的本来面目,是一些黄色的细沙掩盖着的土沙梁子。这片宝贵的草场为所有贴蔑儿拜兴的居民共同拥有。

早晨,戚二嫂摇晃着哨棍跟在驼群的后面。

大肚子的麻三婶站在自家院门口迎住戚二嫂。戚二嫂骑着她心爱的杏黄马,身子在马背上摇晃着把马勒住。她的目光在麻三婶挺起的肚子上扫来扫去,含着羡慕和奇怪的意味,问道:"又有了?"

"又有了。"

麻三婶的回答像回声似的,听不出一点情感色彩——对于怀孕和生孩子她已经习以为常不以为然了。

"这回是要生小子呢还是生个闺女?"

"想要个闺女呢,就怕是没那个命。"麻三婶觉得怀孩子和生孩子的话题挺没意思,就把话题转移了,"咋,自个儿放驼呢?"

"是啊,不放驼还能干什么。生就是受苦的命,有什么办法。哪像你只要肚子一挺起来,就可以名正言顺地在家里坐着啦。"

"王锅头呢?"

"被人请去算命了。"

"二掌柜也不说帮帮你?"

"他呀,一天到晚除了赌钱还是赌钱,我连他的人影都难摸得着!要么就是喝酒喝成一堆烂泥似的。白天是个懒汉,晚上是个醉汉,还能指望他做什么活儿。你家刁掌柜呢?"

"他妈的,这些男人都一个样,我家那个死鬼前天就进城去了,到现在也没回来!逛野鬼也不知道逛到哪里去了。"麻三婶愤愤骂道,"男人不在的时候,家里的营生都是我们的,好容易把男人们盼回来了,这院里院外炕上炕下的营生还得咱们女人做!这成什么道理!咱们女人这辈子真是受不完的罪!做女人就是亏。"

"有什么办法,一代又一代多少辈子了,咱贴蔑儿拜兴就遗留下这么个规矩。来世你转生个男人好了,你想怎么快活就怎么快活。"

麻三婶提高嗓门在移动的驼群后面喊道:"九年,替戚二嫂看着点儿骆驼!我和她说一会儿话。"

隔着驼群的缝隙戚二嫂看见海九年折回了身子,挥动着哨棍去赶她家的那些骆驼。

"瞧你麻三婶多有福气,刁掌柜又给你买回来一个干儿子,光知道干活儿不要工钱。"

"什么呀,瞧你戚二嫂说得多难听!海九年呀他连长工都算不上,不过是在我们家帮个忙混碗饭吃。他能吃呀,一个人的饭量赶得上两个人。有什么办法,你戚二嫂不是不喜见他么!"

驼群荡起的尘雾遮蔽着,从走在前边的骆驼缝隙间戚二嫂又看见了海九年模模糊糊的背影。

"戚二嫂,你是不是后悔了?要不我把他让给你,那可是个好后生,白天能给你放驼,夜里还能给你做伴儿……呵呵呵呵!你不是说戚二掌柜一天到晚不着家吗,这不正好……"麻三婶猥亵地笑起来。

"谢谢啦,还是你自个儿留着用吧!"

夏天的东风把戚二嫂和麻三婶的对话送进了海九年的耳朵里,他觉得身体里的血液一下子全都涌到头上来了,脸蛋子烫得发烧,脑袋像蜂窝似的嗡嗡直响。恼恨与羞辱在他的心里翻腾着,他甩开哨棍狠狠朝骆驼的屁股上抽了一下。那倒霉的骆驼哦叫了一声蹦跳着向前蹿出去。

在村西草滩上,戚二嫂经常能看见海九年抱着一块石头举起放下、放下举起不停地练着。她喜欢看海九年身上的汗水在阳光照射下闪着光的样子。只要她放驼的时候,就倚着沙堆久久地看海九年举石头,一边在心里替他数着数。那时候她觉得时间过得特别快,不知不觉中把自己的烦恼也忘掉了。

黄昏降临,收牧了。肚子吃得圆溜溜的骆驼和其他牲畜都在牧人的驱赶下迈着缓慢的步子离开草滩,走回各家各户的院子。

随着人和牲畜的离去,草滩渐渐安静下来,夜幕降临以后繁忙了一天的草滩就在升起来的月亮的映照下沉睡。

但是贴蔑儿拜兴并没有随着草滩的沉睡而歇息,当疲倦的女人们收拾了碗筷哄着不懂事的孩子睡着以后,男人们的夜生活正热闹起来。从一些灯火通明的人家的院子里传出来豪饮着的男人们的说笑声、语调粗犷的划拳声、扯着嗓门的歌唱声。夜里的喧嚣响亮地在村子的上空盘旋着,直到黎明时分才渐渐消失。驼夫们在酒摊子上和赌场上消耗着他们旺盛的生命。

然而在贴蔑儿拜兴热闹的夜生活的各个场所都看不到海九年的影子,他每天也像女人们一样早早地就躺下了。他在黑暗中眨着干枯的眼睛想自己的心事,一直到很晚才入睡。

无聊的女人们

夏天的大东沟是孩子们玩耍的好去处,但是自从一场突如其来的山洪冲走了塞老五家的一个十岁的男孩儿之后,孩子们就再也不敢往那里去了,都跑到村南的柳树林和村西的草滩上来玩。七哥来到海九年的跟前。正是人不嫌狗嫌的年龄,七哥光着屁股只穿了一件绣着花的兜肚,秋天的太阳光线毒辣灼人,把他肩膀上和脊背上的黑红色的皮晒得卷了起来。

"九哥!"七哥叫道。

阳光热辣辣地照着,刚刚举完石头的海九年仰躺在地上喘气。他的嘴里咬着一根芨芨草的黄色茎秆,太阳的强烈光线刺得他睁不开眼睛。天空是一片纯净的瓦蓝色,像大海似的深邃无边,在离太阳很远的地方有一小朵淡灰色的云彩在缓慢地飘移,显得非常孤独。海九年从眼缝中瞄着那朵孤独的云彩发呆。

七哥的手里提着一串用高粱秆皮编成的蝈蝈笼子让海九年看。被太阳晒暖了翅膀的蝈蝈欢快地叫着,吵得海九年皱起了眉头。

"我一会儿的工夫就抓住了六只蝈蝈,个个都会叫。你看怎么样?"

九年睁开一只眼,眉毛在眉骨打着折,他用懒洋洋的目光往蝈蝈笼子上看了看,"喔,是不错。"

七哥歪着脑袋欣赏着自己手里的蝈蝈，很满足地靠在九年肩膀跟前，与他聊起了自己感兴趣的事情。

"九年哥，你见过叶尼塞河吗？"

"没有。"

"就是说你没有去过俄罗斯啦？"

"没去过。"

"那你一定不知道河狸的故事吧？你没听别人讲过吗？"

"不知道，没听说过。"

"我爹见过的，"七哥伸出手比画着，"河狸有这么大，像兔子似的。可是兔子不会游泳，河狸却会游泳。河狸是世界上最聪明的动物，河狸的脑袋像人一样会想问题，河狸打仗，也有胜负还有俘虏，这你也不知道吧？获胜的河狸强迫俘虏为它们做苦工……"

"七哥！"

隔着几道沙梁传来一个女人的叫声。

"麻三婶叫你了，七哥。"

"甭理她，"七哥摆了一下头继续说道，"前年我爹在叶尼塞河的一条支流上抓到两只河狸，打算带回来给我玩儿，可惜两只河狸在路上全都死了……"

"七哥，你在哪儿？"

从沙梁子的另一边又传来麻三婶的喊叫声。

"哎——我在这儿！"七哥答应着身子并没有动，继续给九年讲着他的关于河狸的奇异故事，"不过我爹并没有把死河狸随手扔掉，我爹把死河狸的皮剥下来带回来了。他用麦糠把河狸的肚填起来，把肚子缝好，安上了一对黄色的水晶石眼睛，那河狸简直就像是活的！你不信？赶明儿我让你看。"

七哥应着麻三婶的喊声跑去，把喳喳叫成一片的蝈蝈丢在九年的身边。

回来的时候七哥脸上的表情怪怪的，对九年说："九哥，麻三婶她们叫你去呢。"

"她们？叫我？"

"是叫你。"七哥的脸上现出与他年龄不相称的狡猾的笑容。

九年心里嘀咕着站起来拍拍身上的土。

"小心着点儿！"他听到七哥在后边喊。

从沙梁子的背后传来一阵女人们的嬉笑声。刚走上沙梁子顶，九年就像被魔法定住了似的站在那里：沙梁向阳的细沙坡上一溜排开躺着六七个女人，她们全将上衣撩在了下巴，一对对乳房圆圆的，朝天空白晃晃地闪着光！海九年觉得自己的脑袋嗡嗡地直响，脸上烫得发烧，他转身逃开去。

一片响亮的嘲笑声在他的身后追赶着。

这群女人中间除了戚二嫂和麻三婶，还有胡德全的老婆、寨老太爷家的七个儿媳妇以及牛二板的情妇也就是胡德全的大闺女，大部分是中年妇女，都是些野性十足的女人。

第二天戚二嫂向九年道歉，还是在村西的草滩上，戚二嫂主动来到海九年的跟前。九年正抱着一块大石头不停地举起放下、放下举起，一看到戚二嫂，九年就扔掉石头向弯着脖子吃草的骆驼走去。戚二嫂把他叫住了。

"九年！"

"什么事，戚二嫂。"

九年站住了，他的脸毫无缘由地就涨红起来。

"你讨厌我是不是？"

"我……不是。"

"那你为什么一看见我就走，还把脊背对着我？"

九年犹豫了一会儿把身子转过来。

"好端端的你红什么脸，"戚二嫂的目光寻找着海九年的眼睛，"我又不是没穿衣服。"

九年低着头说："有什么吩咐戚二嫂你就说吧，我听着呢。"

"其实也没什么事，我找你是为了昨天的事，你别放在心上。咱们村里的这些女人都是些少心没肺的人，因为无聊才跟你闹着玩儿的。你就只当是什么也没看见就是了。你要是真的生气，嫂子这就给你赔个不是。"

"那有甚，就是看了也看不坏人的。"

"这就好，我还怕你心里怪怨嫂子们呢。"

"要是戚二嫂没什么事，我就去赶驼去了。"

九年向一峰离群的仔驼走过去。

女人的心总是飘忽不定的，在沙滩上她们耍笑海九年的时候也许只是出于一时的无聊，但是在没有男人陪伴的漫长冬夜里，忍受不住孤单的人就真的动心了。

那是一个西北风刮得很紧的深夜，海九年被风的吼叫声吵得心里烦乱睡不着觉。他很想和谁说说话，可二斗子不在，此刻二斗子和刁掌柜都在千里以外的驼道上走着呢。海九年把油灯点着趴在被窝里抽烟，脑子里乱七八糟地想着事情，心里很烦乱。这时候响起清晰的敲门声。

"开开门！九年。"

黑暗里传来一个女人压得低低的声音。九年听出来叫门的是麻三婶。

"出了什么事？"九年慌慌张张地穿着衣服跑去开门。

随着门闩的响动，麻三婶挤了进来，还没等海九年弄清是怎么回事，他那只套上了一只袖子的光身子就被麻三婶紧紧地抱住。

"三婶，不用怕，有我在呢！"

九年安慰着麻三婶，企图挣开她把皮袄的另一只袖子套上。可是力气很大的麻三婶抱着他几乎离开了地面，向屋子里面移动，九年感觉出自己的身体触到了炕沿儿。

"别做声！"

麻三婶把嘴凑到九年的脸上。从女人的嘴里呼出的热气喷在九年的脸上，一种类似发酵的醋一样的酸酸的难闻气味刺激着他。同时女人软软的身体紧贴着他，把他压倒在炕上。九年的一只手里还紧紧抓着打狼棒。麻三婶的身体沉重地压在九年的身上，湿漉漉、黏糊糊的软舌头在他的脸颊上眼睛上嘴唇上乱舔着，同时有一股强烈的酒气刺激着他。

"让三婶好好亲亲……这冬天的黑夜真是长，真难熬……你也不知道心疼三婶，也不懂得自己上我屋里去……"

直到这时候九年终于明白发生了什么事，他一使劲儿把压在自己身上的女人掀翻了。麻三婶的身体撞在了墙角，发出咚的一声闷响。

"你大概是嫌弃我脸上的这几个麻点子吧？其实女人都是一样的，麻脸和光脸是一样的，三万就经常这么说，吹熄了灯女人都一样……"

说着麻三婶扭动着身子又靠了上来。

九年把破皮袄往紧裹了裹，一只手使劲儿按住衣襟，另一只手五指岔开伸出去，"你别过来！麻三婶，不然我就不客气了。"

九年的警告发生了作用，麻三婶停住了。油灯的光亮映照着，九年看见两排细密的牙齿在麻三婶张开着的双唇之间闪出湿漉漉的白光，麻三婶在笑。"怎么，你二十几的人了还害羞呢？你没娶过媳妇还没逛过窑子吗？你大概是怕刁三万吧？这你不用怕，有我呢，来吧，让三婶好好亲亲……"

"我不干。"

九年很干脆地把麻三婶推开。

"你该不是犯傻吧，白捡的便宜你都不干？一文钱也不用你花就能快活一场。"

"我就是不愿意，"九年脚步咚咚地走到门跟前，伸手把屋门拉开，"你走吧，三婶。我海九年是个男人，要是我愿意就会去找你的。"

寒冷的风从敞开的门闯进来，麻三婶打了个哆嗦侧着身子从海九年的脸前走出去。在屋门前的台阶上麻三婶又回过头说："九年，啥时候你想通了就到三婶的屋里来！"

九年呆呆地站了好半天，就那么让寒冬的夜风吹着。直到麻三婶的脚步声在院子里消失了好久，才把屋门关上。"难道说我应该和她做那事吗？"他糊里糊涂地问自己。也不知道是害怕还是后悔，他躺在炕上一直到天亮再没睡着。

为这件意想不到的事情，九年苦闷了好几天。第二年春天，二斗子和刁掌柜终于回来了，但是九年没有把这事告诉二斗子。他一直到死也没有对任何人讲。在以后的日子里也是这样，他往自己的心里藏了许多东西，这些东西把他与朋友们隔离开了，使得他在贴蔑儿拜兴人中间成了一个难于被人理解的人。

风波

在村北关帝庙的前面长着一棵三人抱不拢的大柳树，整个夏天无所事事的老头子们就聚在大柳树下聊天。他们谈论的话题都是些遥远年代的稀奇古怪的传说，什么生活在西伯利亚地底下的巨兽猛犸、通古斯部落酋长长过一丈的长发、俄罗斯的皇帝如何庆祝生日等。这些老人都是在驼道上跋涉了几十年的老驼夫，没有什么事情是他们不知道的。也不知道为什么，从来都是默默无闻的海九年在一段时间内居然成了老头子们议论的话题。

"听说了吗？那个瘦高个子的外来人如今力量可是大啦。"

"你是说刁三万收养的那个干儿子吗？怎么会呢？"

"哪里是干儿子，是短工。"

"吃饭不挣工钱的那人。"

"我看像个买卖人。"

"有野心呢，听说也想当驼户掌柜呢。"

"能行！"

…………

一个夏天过去，不知不觉间海九年的胸前后背以及两条胳膊上凸起了一隆一隆的腱子肉，整天在野外放驼，太阳把他的身体晒得就像上了一层釉子似的黑红黑红地闪着亮，皮肤也粗糙了，整个身体就像是在一个高大的骨架上用许多结实的精肉绑上去，连走路的姿势也发生了变化，两只胳膊略略扥撑着，就像蒙古摔跤手似的。贴蔑儿拜兴用它无形的强大力量把旧的文弱的海九年在自己巨大的磨盘内研磨成了齑沫，然后又把他重新制作成一个新的人。

但是他的精神非常让人担忧，这个新的海九年他自己看着都觉得陌生得难以辨认，他的情感和意识就在这两个海九年之间痛苦地徘徊。当许多不可避免的梦境把他带回到旧生活的场景，家乡的亲人和生意场上的掌柜、伙计接二连三地出现在他的面前，仿佛他们是另外一个世界里的人。

每当这种时候他会在睡梦里惊得大叫起来，就像撞见了鬼一样。本来不是噩梦的梦境吓得他灵魂出窍。这情景使与海九年躺在一条炕上的二斗子既感到奇怪也非常紧张，每当这情形出现，二斗子就慌手慌脚地把油灯点着，惊慌失措地问："九哥，你怎么啦？"

九年默默不语地摇摇头，脸上的汗珠像黄豆一样大，从他的额头和两腮往下滴着。九年立刻把油灯吹灭，他不愿意让二斗子看到自己的狼狈样。

"没事的，睡吧。"

海九年简单地说着重新在被窝里躺下。以后不管二斗子再问什么，海九年一概用沉默来抵抗。二斗子曾经问过王锅头这事，王锅头听了只是默默地摇头叹息，做不出任何解释。

这天夜里二斗子又被吵醒了。他以为又是九年做噩梦，他躺在被窝里没有动，也没睁眼睛，伸出一只手捅捅九年，嘟嘟囔囔地埋怨道："九哥……醒醒，九哥……又做梦了吧……"

可是搅乱他甜梦的那种声音却越来越响。二斗子心里很不高兴地揪了揪被子，把头蒙住了。过了一会儿二斗子感到有人在摇他的肩膀，是九年非常清醒的声音在喊他："二斗子，有事情，快起来吧！"

"我想睡觉……累了一天，困死啦！"

结果他还是被九年弄醒了。一片杂乱的喊叫声伴着匆匆忙忙的跑动声从院子外面传进来，二斗子侧耳听了听一个鲤鱼打挺跳了起来，"是狼进村啦！"

二斗子光着身子在炕上乱摸着，匆忙间把一只脚伸到衣服袖子里去了。

两个人跑到了村巷里。

"来人哪！"

"打狼哪！"

"快！围住！"

"哇啊啊！"

…………

惊慌的喊叫声划破了夜空。有火把的光亮在忽明忽暗地移动。

刁三万一边往衣服里塞着胳膊一边从屋子里跑出来，刚跑到院门口又折回去，在堆着供骆驼越冬用的干草垛旁边操起了一把草叉。

"狼蹿到谁家啦？"

刁三万晃着钢叉问二斗子。钢叉的铁齿在黑暗中闪出一束束的白光。

"在村子北边儿，好像是白驼寡妇家！"

于是人们全都朝白驼寡妇家跑去。

贴蔑儿拜兴村里总共有六户寡妇，住在村子北边的是两家，一家姓李一家姓杨，年轻而容貌姣好的是杨寡妇，杨寡妇的丈夫在世的时候，杨家有两百多峰骆驼，其中包括十几峰珍贵的白驼。不幸的是杨家在驼道上遭到了暴客的抢劫，丈夫死的时候只给杨寡妇留下一公两母三峰白驼和三峰未成年的仔驼。颇有脑子的杨寡妇就用丈夫留下的三峰白驼繁殖起来，几年工夫就把白驼发展成了二十余峰。以后她就依靠这些白驼来维持自己的生活，专门把它们租给结婚的人家娶媳妇用。归化地方为八方杂居之地，生活习惯上受蒙古族的影响很深，蒙古人崇尚白色，因而把白驼看成是吉祥物。这一观念被广泛接受，于是用白驼组成的迎亲队娶亲便蔚然成风。当年戚二掌柜迎娶戚二嫂的时候就是雇请的杨寡妇家的白驼。杨寡妇专养白驼渐渐出了名，人们就送了她一个外号——白驼寡妇。

杂乱的脚步声在很近的地方响着，向着北边的方向去了。待刁三万、二斗子和海九年赶到白驼寡妇家的院子，连狼的影子也没看到。几十只火把将白驼寡妇家的院子和院子周围照得雪亮。在人群乱哄哄的吵嚷声中，白驼寡妇一边抽抽搭搭地哭泣着，一边清点着她的白骆驼。点来点去，结果是少了一峰不到一岁的驼崽。天刚放亮的时候，在村子东边的大沟边儿上找到了可怜的驼崽。驼崽的肚子已经被掏空，脑袋浸在水里，斜着身子躺在河边的沙滩上。血把它身边的一大片潮湿的沙地都浸透了。从狼群留下的踪迹看，袭击村子的狼有八九只，都顺着河边的荒滩往山里逃去。好在所受的损失不算大，事情也就过去了。

但是由此引发的另一件事没有等到天亮就闹腾了起来。出事的地点由村子北边的白驼寡妇家挪到了村子东边的戚二嫂家。

狼群袭击白驼寡妇家的事件平息之后，人们都各回各家。随着分散到各个村巷中的脚步声渐渐远了、小了，火把也一个接一个地熄灭，村庄在凌晨时又恢复了固有的寂静。戚二嫂和丈夫、王锅头相跟着走回自家的院子。这一夜戚二掌柜不在家睡，他到胡德全家玩色子去了，戚二嫂是在白驼寡妇家的院子那儿遇上丈夫的。正房和厢房的油灯都还亮着，戚二掌柜率先走回屋里，他伸着懒腰左右脚踩着把鞋脱掉爬上炕，一边脱衣服一边说："快睡吧，还能复个二觉……"

话没说完，戚二掌柜看着自己的身子愣在了那里。

"你愣怔什么，我要吹灯啦。"

戚二嫂正要吹灯，发现了丈夫的怪模样。

戚二掌柜打了个激灵急忙往被窝里钻，但是已经晚了，就听戚二嫂问他："你身上穿的是什么？"

"什么也没穿，睡吧！"

戚二掌柜两手急急忙忙披着被子，隔着很远伸着脑袋要去吹戚二嫂身边的油灯。戚二嫂拿手掌把油灯挡住了。

"夜里你在谁家啦？"

"你知道的，我在胡德全家赌钱啦。"

"我看你神色不对头，你的身上好像是穿了件女人的花兜肚。"

"哪的事……没有。"

"有没有让我看看就知道了。"

"你别没事找事啦!"

戚二掌柜在被窝里转动着身子,两手紧拽住被角,后脑勺冲着妻子。他的后脑勺没长眼睛,当然看不见身后的情景。戚二嫂用两只手爬着一点儿声响没有地靠近了丈夫,抓住被子的一角,一使劲儿就把整个被子掀了起来。这一下毫无遮挡的戚二掌柜就完全暴露了,油灯的光亮清清楚楚地照见穿在戚二掌柜身上的水红色绣花兜肚!戚二掌柜瑟缩在炕上,几乎是光着的身子哆哆嗦嗦,黑色的大辫子像弯曲的蛇偎在他的身边。

戚二嫂的目光盯在那件花兜肚上,脸色越来越白。

"好哇!我说呢,自从走外路回来你就没在家里待上几天,说什么到这家那家玩色子去啦,都是骗人!原来你是上白驼寡妇那个狐狸精那儿去啦!呜啊啊!你这个狼!你要我的命啦!"

戚二嫂两只手在炕上拍着、哭着、嚷着,眼泪滚滚,后来就操起了笤帚抽打起来。

戚二不反抗也不解释,咬紧牙在炕上翻滚着,拿手护着脸,从手指缝中间偷偷观察着。戚二嫂打得累了,扔掉笤帚趴在被子上放声嚎哭起来。

上房里的吵闹惊动了厢房的王锅头,老头子披了一件衣服走出屋子,"二掌柜,戚二嫂,好好的日子,又何必呢。一家人么,有话好好说。"

王锅头站在院子当中,隔着窗户大声地劝说着。

"这日子没法过了!"王锅头听见戚二嫂在窗户里说,"家里的事情他什么都不管,整天在白驼寡妇那儿鬼混……"

王锅头叹了一声也不知道该说什么好。其实戚二和白驼寡妇的事情他早就知道,那时候他就算出来戚家迟早会闹一场风波。戚二嫂他是最了解的,她可不像别的女人那么好哄,戚二嫂的性子烈着哩,一怒之下很难说会干出什么事来。果然,随着屋里一阵响动,戚二嫂走出来了。灯光从后边照着,看不清戚二嫂的脸。

"干什么?你要到哪儿?"

戚二掌柜光着脚追了出来。

"我恨死了白驼狐狸精,我要放火把她的房子烧了!"

"使不得!使不得!这可使不得!"

王锅头伸手把戚二嫂的胳膊死死拽住。王锅头帮着戚二掌柜,好说歹说算是把戚二嫂弄回屋里了。

第二天下午戚二嫂简单地收拾了几样衣物扎成一个小包袱，脸也没洗、衣服也没换回娘家去了。

半个月之内戚二掌柜一连往察罕拜兴的老丈人家跑了三趟，结果每次都被戚二嫂哭一阵骂一阵地赶出屋子。后来是王锅头出面用骆驼载了麻三婶到察罕拜兴，麻三婶劝说一阵儿后，王锅头从命相的角度开导，天黑以前终于把戚二嫂接回了贴蔑儿拜兴村。

从表面看夫妻之间重归于好，但是在戚二嫂的心里留下了永远也难以愈合的创伤。一片看不见的阴影一天到晚遮在她的眼前，使她无论看什么都带上了灰暗的色调。夫妻关系很冷淡。为了自己的过错，戚二掌柜对妻子是时时处处谦让着，家里的大事小事全凭着戚二嫂一人做主。

抢夺羊毛毡

炎热的中午,闷人的暑气笼罩着草滩。黄色的太阳在无边无际的天空施展着威力,把无数金箭般的光线直射到大地上来,强烈的阳光压迫着人和牲畜都不敢抬眼向天上看,狗吐着长长的红舌头躲到树或是墙的阴影下乘凉去了。往远处看,到处都是正在升腾的闪光的蜃气,像隐形的妖女似的蜃气若隐若现地扭摆着,让人感到整个世界都变得虚幻起来。被太阳晒干了翅膀的蝈蝈和蟋蟀的鸣叫声接二连三地响着,吵得人心烦意乱。

七哥率领着十几个一般大小的男孩儿从白桦树林里钻出来跑到放牧的草滩上。

"二斗子!九哥!"七哥把两只小手做成喇叭状高声喊着。孩子们全都光着身子,头戴用带叶儿的嫩柳树枝编成的遮阳帽,光脚丫踏着草地跑着。在一片半人高的针茅草丛里,孩子们找到了二斗子和海九年。这两人正躺在草丛间睡觉呢,都用衣服将脑袋严严实实地盖着,光肚皮。

"二斗子,快醒醒,天亮啦!"

七哥拿手里的柳条枝一挑,把盖在二斗子脸上的衣服挑飞了,又一挑,把九年脸上的衣服也挑飞了。众娃儿们都叽叽嘎嘎地乱笑起来。孩子们把一片针茅草都给踏倒了。

"干什么!这是谁啦?"

阳光晃得二斗子睁不开眼睛，他的一只手挡在眉毛上，耳边听着娃儿们的笑声，猜出是谁了。"我就知道是你们这帮混蛋小子……"二斗子在草地上坐起来了。

"二斗子哥，我们求你个事儿。"

"求求你啦……"

"什么事儿？"

"带我们到大东沟去。"

"啊！又想耍水啦？你们都不想活啦？"没等七哥把话说完，二斗子就瞪大了眼睛喊起来，"蹇老五家的小伝儿才淹死几天？你们就忘啦？"

海九年说："七哥，如今你已是十一二岁的小伙子了，还要我们带你去干什么？"

"我娘说了，十一二岁也还是娃娃呢，要是有大人带着，小伝儿就不会淹死的。"

"只要你肯带我们去就不会出事的。"

"就是，求求你啦……"

"求求你啦！"

"你看，天多热，都快把人晒化啦！在水里泡泡多凉快！"

娃儿们蹲在二斗子周围抱着他的胳膊一个劲儿摇晃着。二斗子心软了，拿眼睛看九年。

"他妈的，这天热得也真邪乎……水里倒是凉快。"九年眯着一只眼看看天上，说，"好，那就带你们去吧。"

娃儿们呜哇乱叫着从地上蹦起来！

"可是你们别高兴得太早了，七哥，我问你，刚才你叫我甚来着？"

"我叫你……"七哥猜出了二斗子是什么意思，赶忙改口说，"二斗叔！"

"哎，这还差不多！"二斗子又指着九年问，"你们叫他什么？"

娃儿们齐声喊："叫九叔！"

"这就对啦！"二斗子从地上站起来，拍拍身上的土说，"记住，以后不管在什么场合说话都要讲究个礼数，不能乱了长幼尊卑。"

"记住啦！"娃儿们齐声答道。

"好，走吧。"

他们绕向南边，穿过柳树林间的小道——为的是躲开刁三万和麻三婶的眼睛——向大东沟跑去。娃儿们都冲到前面去了。二斗子把长辫子盘绕在头顶上遮挡太阳，灰色的打着补丁的上衣搭在他的光肩膀上，海九年与他并肩走着。

"咦！你看那是谁？"

刚刚走出柳树林，海九年站住了，用手拍了一下二斗子，指着村子通往归化城的大道。远远地看见有一团灰色的尘雾沿着大道向这边迅速飘过来。

"是个骑马的人在跑呢。"二斗子眯缝着眼睛观察了一会儿说。

已经可以听到越来越响的马蹄声了。尘雾中渐渐地看清了骑马人的身影。

"他跑得真快！"九年羡慕地发着感慨。

"这是个混蛋！"二斗子唾了一口，"暑伏天这么骑马，会把马跑死的。这个家伙骑的一定不是自己家的马，而且他的心眼儿也不好。"

眨眼的工夫骑马人就来到他们眼前，那马被缰绳一勒，歪着脖子打着旋儿停住了。乌黑闪亮的皮毛、蓝色的眼睛、强劲有力的动作……都让二斗子那么熟悉，他完全没有想到这竟是黑枣骝，而且更出人意料的是打着黑枣骝疯跑的居然是胡德全。

黑枣骝嘶鸣着打着旋，马蹄子溅起的泥土块子飞到了海九年的脸上。二斗子一边躲避着黑枣骝生怕马蹄子踏着自己，一边问胡德全："驮头！你这样使唤马会把黑枣骝弄出毛病的。"

胡德全没搭理二斗子的话，站在马镫上喊道："少废话，你快去村西的草滩那儿，把放驼的人们都叫来！"

一团一团黄色的汗沫子从黑枣骝的肚子上滴在干透了的尘土里，黑枣骝呼哧呼哧地喘着气，玻璃球似的蓝眼睛斜着望着二斗子和海九年。

二斗子曾经参加过万驼社和羊马社组织的围攻天主教堂的行动，以为又要有类似的事情找来了。

"是不是万驼社的羊领房又有什么命令下来啦？难道是俄国人又到咱归化城找麻烦不成？"

"这回你猜错了！这一次是件大好事，有洋落可捡了。你们俩分头去告诉大伙儿，有马的骑马，没有马的骑驼，有车的套上车，立马进归化城里去！"

"可是进城干什么去？"

"这还用问吗？是大好事！万记毛毡店的李掌柜要放火烧掉所有的毡毯，堆山结垎的羊毛毡毯都是好东西，能让它们白白地烧掉吗？"

黑枣骝又一耸一耸地跑起来，黄色的尘烟像一只时时变形的怪兽紧紧咬着黑枣骝的尾巴追进村子里去了。

海九年和二斗子抛开七哥一帮孩子，转身往村西的草滩跑去。在路上他们远远地看见一辆三驾马车迎面朝他们跑过来，疾驰的马车身后拖出长长的尘烟。隔着老远，二斗子就认出了驾车的车倌，喊道："是我干爹……"

说话间刁三万驾着的三套马车已经来到他们眼前，三匹拉车的马情绪都很激动，一边奔跑着，一边扭动着脑袋躲闪着在它们头顶上悠来晃去的马鞭。刁三万站在马车上一手握着缰绳一手摇晃着长长的鞭杆，活像古时候驾驭战车的武士。刁三万的吆喝声听上去有些吓人，马车轰轰隆隆驶过来差点把等候在路中央的二斗子和海九年撞倒。两个年轻人机敏地跳蹦到路边的草地上。

"干爹！"

二斗子喊了一声。他看见刁三万扭动着身子对他和海九年说："见便宜不捡有罪呢。"

两个人追着尘土奔跑起来。站在马车上的蹇二、蹇三兄弟俩把九年和二斗子拽上了马车。

归化城大北街，万记毛毡店门前挤满了人，几个神情沮丧的伙计出出进进地忙碌着，把一卷一卷的毛毡和地毯堆到门前的马路上。围观的人把道路堵塞了。人群后面传来一个男人粗野的叫骂声："日他妈！这是作甚呢？这是谁把路都给堵上了。"

"好狗还不挡道呢。"

两个汉子拨开碍事的人挤到人群前面，他们手里都握着鞭杆。这是两个过路的车倌，两个人怒气冲冲地吆喝着，一个上年纪的人把他俩劝住。与此同时，现场的奇怪气氛也使他们明白了这里发生的不寻常的事。两个人握着鞭杆往一边躲着，看着身边的人们往里挤。

那边火光已经亮起来了，刺鼻子的燎毛味飘荡开来。

还没等海九年和二斗子钻进人群，就见刁三万腋下夹着一卷羊毛毡从人群中挤出来。

"先下手为强！"

刁三万兴奋地嘟囔着，眨眼工夫就不见了人影。

海九年和二斗子相互保护着一连推倒好几个人，挤进人群里去了。

抢夺羊毛毡的人们的疯狂情绪压倒了一切。

"这位大哥，敢问你贵姓？"

九年扭头看见一个年轻女人站在自己的面前，直盯盯地看着他。灰蓝色的眼睛，金黄色的头发……

那特别的相貌一下就让九年认出来了——这是盼儿！姑父的妾。海九年差点叫出她的名字。

"你认识我吗？"盼儿追问道。

"我……不认识你。"九年扭过了身子。

但是盼儿又转到了他的面前，疑惑的蓝色眼睛越睁越大了，"你是……海子吧？"

"你认错人啦……"九年已经抵挡不住了，抽身便走。

月亮照着街道，把人的影子拉得很长。

海九年独自来到大盛魁总号门前。大门还没有关，挂在门头的两只灯笼仍然亮着。幽暗的灯光照耀着，灯光在大门上反射出一束束光亮，九年躲在不远处的墙角。眼前的景象是他最熟悉不过的了，他知道包了铁皮的大门上钉着六十四道包头的大铁钉。那亮光全都是铜制的钉帽反射出来的。那些铁钉上曾经无数次留下他的手印，他清楚地记得进入大盛魁最初的日子里，他曾经一连有三个月做大门守卫的工作。从那时起他就经常抚摸那些铁钉的铜帽。每到晚上子时守更的人敲响梆子，这时候他就会听到幽深的鼓声从北门的城楼上荡下来。回忆中的鼓声和梆子声竟是那样的优美和亲切。在他的感觉中就像天籁之声，颤悠悠的鼓声从天而降一圈一圈地向外游着。每当这个时候，他就和另一名小伙计各执一扇大门，他们拼尽全力把大门关上，身力不足的他常常需要加上肩膀的力量才能把大门关严。据说每一扇大铁门光是六十四道铁钉、铜帽就有两百八十斤重，全包的铁皮有一分厚，重量有八百斤，内里的榆木有三寸厚，据说重达一千六百斤。为了能够在关门的时候轻松一点，也为了关门的动静小一点，古海隔不了几天就要往门轴上滴一次油。现在那松子油的香味似乎还在古海的眼前飘荡，但是过去的生活早已经消失了，就像大盛魁总局豢养着的狗动作敏捷得眨眼之间就看不见了……

一阵吱吱嘎嘎的叫声响起来，两个小伙计一左一右把两扇门推动着，巨大的门扇移动着发出嘎嘎的响声，震撼着海九年的心。

半夜里贴蔑儿拜兴的人们才陆陆续续回村，二斗子抢到一块栽绒毯子，非常兴奋，给海九年讲述着哄抢李掌柜的场面。村人们聚在海儿年的屋里议论着大盛魁的规矩。刁三万自以为他知道的最多，他几乎不让别人开口，滔滔不绝地讲着。

月亮照进了窗，夜已经很深了，海九年睁着眼毫无睡意。

"二斗子，睡了吗？"

二斗子觉得两只眼皮直往一块儿粘，"什么事啊……"

"你知道那个姚掌柜是什么人吗？"

"哪个姚掌柜？"

"就是昨天咱们在教堂跟前看见的那个姚掌柜。"

"你是说义和鞋店的姚掌柜呀，当然知道，他还是归化鞋靴社的社长呢。"

"这我知道。"

"那你还问什么？"

"他是我的亲姑父。"

"你说什么？"二斗子有点清醒了，"怎么会呢……"

"十年前就是姑父把我从家乡带出来的。"

"那昨晚上为什么不与他说话？"

"我不愿意见他。"

二斗子来精神了，自打他俩相识以来，这是九年第一次主动向他说起自己过去的事情。

"你姑父一定在找你吧？"

"会找的。我的爹妈也会找我的。还有杏儿……"

"杏儿是谁？"

"她是我的媳妇。"

"你多好,又有爹妈又有媳妇。不像我,什么都没有。我要是换作你,立马就骑匹好马跑回去啦!一家人团团圆圆的多好,在这儿受这份儿罪……"

"可是我不能。"

"我真不明白,你们山西商人怎么都这样?"

"规矩是一代一代传下来的,几百年了谁也改不了,没办法!我就是这会儿回去,我娘也会把我撵出来的。"

"不能吧?你娘能那么狠心?"

"你不知道,我们村有一个姓代的后生,想当初也是在归化住地方来着。他是因为打架被字号开销出来的,以后他就跑回家啦,结果让他爹痛打了一顿赶了出来。第二天早上打水的人在井里发现了他,已经死了。人们把他捞上来,肚子大得像一面鼓似的,辫子被水泡散了……"

屋子里越来越亮了,黎明的清光正在把笼罩着屋子里的最后一点黑暗赶走。二斗子睡熟了。

九年却依旧是毫无睡意,就那么大睁着眼睛躺着,眼前浮现出头一次走进归化城时的情形——

沿着扎达海河的两岸,在那宽阔的河滩地上一溜儿排开的是归化人称作桥的各种市场,牛桥、驼桥、马桥、羊桥、草桥……把一条扎达海河弄得热闹非常。一群群等待出售的牛、羊、驼、马都聚集在河滩地上,牛哞马嘶羊咩驼哦此起彼伏,桥牙子们的叫卖声、招徕声与牲畜们的叫声汇成了一片。正是过秋标的繁忙季节,忙碌的商人们匆匆走着都带着小跑。一列列骆驼载着货物拥挤在街道两边,在等待着验货卸货。街道上这里那里走不出几步便被拥塞的驼队所阻隔。骆驼身上散发出来的腥臊气和它们排泄的屎尿的酸腐气味混合在一起充斥在空气当中……古海看着什么都觉得新鲜。

古海紧随着姑夫姚祯义绕过一群群骆驼,在人流的缝隙间穿行。虽说是在晋中老家时就听过回乡探亲的姑夫多次讲到归化城的特殊风情,可是当古海真正走进这座城市的时候,还是被这里的奇异景观惊呆了,犹如走进了一个神奇的世界。一个个面容粗糙脸色黝黑的像铁皮片似的驼夫汉子嗨哟嗨哟地吼叫着,将沉重的货驮子从骆驼背上卸下来，头戴瓜壳小帽的商号的年轻伙计们一边擦着额上的汗，一边拿毛笔在货驮上画着记号。小吃摊摊主和卖艺的叫喊声显得特别刺耳，对古海又是特别的诱惑。一个光膀子的艺人把一支带红缨穗的画戟在肩头上飞快地旋转着，引起观众的一阵喝彩。看客中有卸完了货的驼夫、穿着各色袍子的蒙古族男女、衣帽整齐的商人、头戴白色圈帽的穆斯林、光脑袋的喇嘛、圆脸的巴尔虎人、面容粗黑身挎腰刀的西藏人以及让古海特别新奇的灰蓝色眼睛蓄着胡子的俄罗斯人。一个钉鞋老头一边叮叮当当往鞋上砸着铁钉，一边唱喝道：

  达拉嘎骑马跑边城，
  满清人耍鸟又架鹰；
  山西佬城里开字号，
  回回们牵驼走大城。
  …………

  钉鞋老头的旁边是一座桥，桥身全由巨大的青石板筑起，横跨在扎达海河上。那会儿古海还尚且不知此桥乃是有名的庆凯桥，是归化商民为迎接讨伐叛逆的噶尔丹而胜利归来的康熙皇帝特意集资修建的。这归化之特别，连钉鞋的场面也与众不同。从桥头算起，沿着河沿儿一溜儿排开全都是钉鞋摊，竟然是望不到尽头的！古海和姑夫经过桥头的时候被钉鞋老头喊住了。

  "姚掌柜好福气呀！这是你的儿子？"钉鞋老头上下打量着古海说。

  "哪里，"姚祯义说，"是我内弟的娃。"

  "噢，原来是侄儿，"钉鞋老头说，"一看就知道是个聪明伶俐的娃。"

  姚祯义在发达起来之前与钉鞋老头一样也是操此业的，因而钉鞋匠们大都认识他。不过今非昔比，他们如今是见了姚祯义不能直呼其名，只能称他姚掌柜。归化城是一个讲究规矩和礼仪的地方。

  "小伙子是来归化住地方的吧？"钉鞋老头说，"不用问我也能猜出来。"

  古海说："是哩。"

"宝号是哪里呀?"钉鞋老头又问。

"是大盛魁。"古海脱口而出。

"哪里哪里!这娃是向往着住大盛魁,"姚祯义赶忙接过话头,"大盛魁门槛高哩,事情还挺难说,今日我这是带娃子拜见祁掌柜的。"

"谁都知道你姚掌柜和大盛魁是老相与了,姚掌柜保荐的人想必是没有问题的。"

"哪敢如此满口!哪敢如此满口!大盛魁用人挑剔着哩,一百个里头未必能有几个入号的,可不敢满口。"

古海跟着姑夫进了北门,沿街走很快就到了大盛魁的城柜。不知为什么名声赫赫的大盛魁并没有把它的总号摆在繁华热闹的大街面上,而是设在一条不是很宽的斜街里。街道是弯形的,名字也挺古怪——小召半道街。路面是由大小匀称的石子铺成的,很整洁。从大街上一拐进这条斜街,古海就感到一种不同的气氛。没有喧嚣和嘈杂声,载货和空着的马车和驼列在进进出出,没有驼哦马嘶声,就连车倌吆喝马的声音都是很控制的。街道的两侧全都是包了灰砖的院墙和同样颜色的门楼。这和古海在山西老家祁县看到的情形没有多少差别。骆驼没有一点声响地走着,只有钉了铁掌的马蹄在石子路面上敲击出很有节奏的蹄踏声,清脆的蹄踏声在街道两侧的灰砖墙上撞击着,回声传出去很远。古海不由自主地就紧张起来。

大盛魁城柜的大门并不像想象的那么高大,门口也没有石狮之类的扬威慑人的饰物。一座普普通通的灰色大门,院墙较周围其他的院子略高一些。关键是一种气氛,古海还没有走到大门的时候,胸口上就被那种看不见的气氛挤压着,就像压上了一块石头,有一点儿喘不上来气的感觉。与此同时手心里不知不觉就变得湿漉漉的,黏腻得难受。好在这种紧张并没有维持多长时间,也就是两袋烟的工夫吧,当古海随着姑夫姚祯义踏出大盛魁的城柜大门的时候它就消失了。想见的人没有见到,要办的事情没有办成。

这大盛魁对于姚祯义来说可就是另一种感受了,可谓是熟门熟路。姚祯义的义和鞋店就是依靠着大盛魁这棵大树一步步发达起来的。姚祯义是大盛魁的老相与。仅仅是十年前的姚祯义还是个像古海在庆凯桥头上遇见的那个老钉鞋匠一样,是一个摆钉鞋摊耍手艺的穷匠人。钉鞋人在归化城论地位乃属下九流之列,连个正儿八经的驼夫的身价都赶不上。不要以为驼夫只是卖苦力的角色，除去必不可少的强壮体魄，做一个驼夫还必须得有好的技术、人品和信誉，否则没有哪一个驼户掌柜敢雇用你。要知道最简单的一串茶货驼队，连驼带货价值都在千两银子以上。没有好的侍弄骆驼的技术和人品，你把骆驼使坏了，甚或把掌柜的十八峰驼连同货物中途拐走了怎么办？不是没有发生过这类的事情。因此驼户掌柜和商人货主在雇请驼夫时都是特别谨慎的，要找知根知底的人。一般都要找在归化城万驼社里在册的驼夫，没有入册的驼夫，主家是不敢随便雇的。

钉鞋匠也就只比扎达海河岸边替那些毛毡作坊和地毯加工厂做洗毛、扛麻包的灰脖子略强一些。但是姚祯义竟然靠钉鞋起家发达了。为什么？姚祯义不但钉鞋技术好，做工实在，最重要的是他的信誉好。他给驼夫钉的全包皮的匣子鞋用的全都是真正的黑色生牛皮（亦称臭皮子），他说能从归化至科布多打来回，结果六千多里地走下来，姚祯义钉的匣子鞋就真的如他所讲，不烂帮、不塌底、不倒样。再加上姚祯义的嘴巴殷勤且也甜，也就是说服务态度好，日子久了他的好名声就传扬开来。姚祯义还好动脑筋，白天在庆凯桥头上钉鞋，晚上回去试着做匣子鞋。不用说，他做的匣子鞋也是结实耐穿，很受驼夫们欢迎。于是姚祯义的名声就越来越大，以至于后来干脆收了钉鞋摊，开了一间专做匣子鞋的小店铺。由于姚祯义的匣子鞋质量好，就被大盛魁包揽下来，他能做出多少大盛魁就要多少。

作为归化最大的通司商号，大盛魁自己养着两万多峰上等的好驼，拥有着数百名素质极佳的驼夫队伍。大盛魁家大业大气魄大，雇请的驼夫队伍从头到脚的装备全都由字号提供。自那以后姚祯义的义和鞋店就专为大盛魁的驼队提供匣子鞋，一个人忙不过来又带了几个徒弟，店铺也越来越大。起初只租了半间门脸，后来有了钱干脆花一千三百两银子买下北门外大街街面上的一处院子。前面三间改装成铺面，院子里除了姚祯义和徒弟们的住房全部都做了制鞋车间，流水作业，里里外外二十几号人马，很像一回事。生产能力提高了，就不只做匣子鞋，兼营了蒙古祥云马靴和俄罗斯长筒皮靴，因为这后两项才真正能挣到大钱。不管是匣子鞋还是蒙古祥云马靴、俄罗斯长筒皮靴，义和鞋店生产出来的产品一概由大盛魁包销。到后来大盛魁的掌柜子连义和鞋店的货都不验了，直接由姚祯义安排徒弟把一批批蒙古祥云马靴和俄罗斯长筒皮靴打包好，贴上大盛魁的"魁"记货签，由驼队运往蒙古草原和恰克图码头。市场认的不是义和鞋店而是大盛魁。这样一来义和鞋店几乎成了大盛魁属下的一座手工作坊。

代表大盛魁直接和义和鞋店打交道的就是祁掌柜祁家驹。祁掌柜也是山西祁县人氏，那时候祁掌柜负责大盛魁的驼运工作，其位置大概在总号排到了第六把交椅。驼商驼商，驼运于大盛魁内自然是占着十分重要的位置。归化、汉口、恰克图……几个大埠之地，祁掌柜要经常随着驼队奔跑的。古海和姚祯义到城柜拜访的时候适逢祁掌柜不在。

姚祯义领着古海刚走到大门口，一个精干的小伙计便迎住了他们。那伙计正送一位客人出来。

"哎呀，是姚掌柜到了，快里边请，里边请。"

那小伙计显然和姚祯义十分熟识。

姚祯义说："讨扰了，讨扰了，福林，请问一下祁掌柜可在柜上？我想见他一面。"

福林说："祁掌柜人还在汉口呢。"

"哎呀，祁掌柜这一趟汉口走的时间也忒长了吧？有两个多月了。"

"是哩。原来说是月底即返回的，这都过了十多天还不见回来。前几日里有信回来，说汉口那边有些麻烦事要多耽搁几日。怎么，姚掌柜有事？"

"也没什么大事，"姚祯义犹豫着，"我夏天里就曾经给祁掌柜提说过的，想要保荐一个伙计给柜上。"

"哦，"福林上下打量着古海，"想必就是这位小兄弟了？"

"正是正是。"姚祯义赶忙说，"他叫古海，是我妻弟家的孩子。"

"噢。"福林向古海笑笑点了点头。

"这是大掌柜的贴身伙计，"姚祯义扯扯古海，"海子，快快拜见福林小掌柜！"

古海赶忙抱拳点头，说："给福林掌柜请安，请您多关照！"

"不敢！不敢！"福林正色道，"不可造次，我只不过是大掌柜身边的小伙计，不敢受礼，万万不可乱了尊卑！我叫王福林，你就叫我名字好了。"

"既然这样，大家都不是外人，"姚祯义说，"福林年长，你以后就叫福林大哥好了。"

"福林大哥好！"古海乖乖地向福林抱拳施礼。

福林也还了礼。

"福林，"姚祯义说，"既然大家都是自己人，我说句不见外的话，古海这孩子的事我就拜托你了。"

"不敢，不敢！"福林赶忙摆摆手，"我一个小伙计，在字号上哪有我说话的地方！"

"这你就过谦了，过谦了！"姚祯义说，"要说局外人不清楚正常，我可是知道的，虽然名义上你只是一个小伙计，可你不是一般的小伙计，你若是在大掌柜跟前说句话，那分量也不比祁掌柜差到哪里去。再说你也眼瞅着就要出徒顶生意了。"

"姚掌柜该知道的，大盛魁在诸般事项中历来最看重的就是人才。学徒入号这是大事，都是要经过保荐—面试—初试—会试，最后才能由大掌柜、二掌柜和郦先生共同议决。这里留谁不留谁并无人情可言，凭的全是应试人的能耐和品行。"

"福林说的是，大盛魁的规矩我也是知道的，我所说的关照也只是请福林对海子多一层了解，没有破坏大盛魁规矩的意思。论品行呢，海子是我妻弟的孩子我是最知道的，这孩子自小在乡里的私塾读书，知书达礼，邪性的品行是绝不会有的。论能力呢，这孩子出身商贾之家，自幼耳濡目染，对经商之道初有知晓，还写得一手好字。对了，他还能双手打算盘呢！"

"那就好，那就好，"福林又一次打量着古海，"既然如此，姚掌柜是我们大盛魁的老相与了，有您的好荐词，有古海兄弟的好本事，入号的事应该不会有问题。"

"我这里先谢谢福林了！"姚祯义说，"虽说是祁掌柜我们没能见上，也跟见着一样了。我们暂且告辞，改日再来讨扰。"

"别，别，"福林说，"姚掌柜既然来了，祁掌柜不在也不妨见见别的掌柜，也好对海子兄弟有个印象。大掌柜到二府衙门去了，二掌柜在恰克图，柜上只有郦先生在，您不妨先和郦先生谈谈。"

姚祯义领着古海随着福林走进大门，穿过人来人往的大院，沿着正房屋檐下的回廊向里走。一溜儿正房至少有二十间，是大盛魁总号的账房，一路走着从大账房传出了此起彼伏的算盘声。古海听得出大账房内至少也有三四十架算盘在同时操作。与大账房对应的是一溜儿南房，中间隔着院子可以同时停得下几百峰骆驼和几十辆马车。那南房更加高大些，有工人在伙计的指引下正往里面搬货物，显然那就是库房了。库房的东角上有一道夹廊，正有一列驼队从夹廊走进院子。车马驼列专有一道大门通过，不走古海他们刚才经过的大门。

古海还没有把外观景色看全，王福林已带着他们踏进了一个圆形的月亮门。一踏进月亮门，气氛便不同了，两扇大门一关，立刻就听不到刚才那响成一片的算盘声和工人们搬卸货物的吆喝声。内院里安静得让人觉得压抑，古海甚至产生了不知如何走路的感觉。他侧脸看看姑夫，姚祯义正掏出手帕捂在嘴上狠狠抑制地咳了一声，他的咳嗽声在古海听来依然是十分响亮。整个院子都铺着青砖，中间一条甬道是由匀称的鸡蛋大的卵石铺成，宽有三尺，一直通向坐落在院子西头的一座二层小楼，整个院子干净得连一根草屑和碎纸片都看不到，两侧是静静的房子，古海猜不出房里是些什么人，他们都在做什么。有咿呀的开门关门声音。人员走动都是脚步匆匆，没有一点声响。

王福林把姚祯义和古海带进楼下的一间客厅，给姚祯义让了座，敬了茶，说："姚掌柜请稍候，我这就去通报一声。"

古海站在姑夫的身后望着王福林走出客厅返身关上门。他只有静静地看，不敢出声。他听见姑夫喝了一口茶，轻轻将杯盖盖上，压低声音说："一会儿见了郦先生要行礼问候再说话。"

古海晕晕地说："哎，我知道。"

"先生问什么就照直说，"姚祯义又安顿说，"不知道的切不可乱说。"

"哎……我……我知道。"

"你怎么结巴起来了？"

"没有……没……没有啊……"

"这可不行，见了大先生不知道的事情不可乱讲，可也不能吓得连话也说不清楚了，那样先生还以为你是个结巴呢！不要紧张得厉害，就当作是平常的事，平常的人。"

王福林去了好久没回来。等得时间长了古海也就松懈下来，伸手摸摸额上竟湿漉漉的。姑夫见了掏出手帕递给他，"快擦擦吧，还没见到大先生呢就吓成这个样子。"

姑夫就给古海讲起了郦先生的事，"郦先生是山西太谷人，小时候家境也是颇贫寒的，十四岁进大盛魁，熬做了三十多年！普通账房先生在那里忙乱半天，算盘扒拉得震天响，郦先生只要站在旁边眼睛朝簿上溜儿一通，立刻就能知道你算得是对了还是错了。打起算盘连看都不看，人称铁算盘、活神仙！郦先生执掌大盛魁城柜总账房，没有人不服气的。大盛魁的总账房可不比一般，以后慢慢你会知道的，郦先生的地位除了大掌柜没人比得上。郦先生手里握着三套账簿，一套是各地分庄、票号汇集来的总流水；一套是大账亦称万金账，记得是财东们的财股、掌柜子们的身股以及字号内'己'人员的进出、功过赏罚和利润、该欠以及公积不动产等等。这套账目一般人是不得看的，只有开财东会议或是官府税厅查阅账目时才能开启。郦先生手里还有一套账，也叫万金账，是绝密的，除了郦先生本人和大掌柜，任何人都不能看的。"

说话的工夫郦先生就到了。客厅的门推开，王福林让到一边，就见一位精瘦精瘦的先生踏进门槛，不用说这就是郦先生了。古海看见一只花皮细狗跟着郦先生的脚跟也走进了客厅。姚祯义慌忙站起来。郦先生中等身量，一撮儿修剪整齐的山羊胡子蓄在下巴上，黑色中掺杂着不少红色、白色的胡须在里面。见过礼，主客落座，寒暄一番便入了正题。那只狗就不言不语地蹲踞在郦先生旁边冷静地看着。郦先生一边抽着水烟，一边简单地问了古海姓名、籍贯、出身，还没有过两袋旱烟的工夫，统共没谈十句话，便吹掉水烟，吩咐福林说："上茶！"一听"上茶"，姚祯义立刻从椅子上站起来，连连鞠躬，说："谢谢大先生，我们告辞了。"

郦先生摆摆手说："不忙，会打算盘吗？"

古海点点头说："我会心算。"

"心算？" 郦先生问，"什么意思？"

"不用算盘也能算出来。"

"你能算出多大的数？"

"多大都行。"

"多少数？"

"多少也行。"

"哦！" 郦先生吃惊了。

郦先生端着长长的水烟袋，把姚祯义送到客厅门口。回头作揖时古海看见郦先生的两只眼睛在浅茶色的水晶石镜片后面打量着自己。他觉得这位沉默寡言的老先生枯燥也让他感到害怕。一直到走出了大盛魁城柜外院的大门，懵懵懂懂的古海都不清楚刚才自己都说了些什么，做了些什么，晕晕乎乎的，好像是做了一场梦。

…………

如今触景生情，他觉得一切都好像是昨天发生的一样。好端端的，他就被字号开销了。

传来一阵脚步声，是巡夜的伙计走过来了，厉声问道："什么人？"

"我是……过路之人。"海九年喏喏地答道。

"闲杂人员请走开，"巡夜的伙计说，"不要在此逗留！"

海九年匆匆忙忙离开了。

海子蒙冤

且说盼儿没有追上海九年,返身来到姚祯义的身边。盼儿拽着姚祯义的衣袖把他拉出了人群。姚祯义正说到兴奋处,被盼儿拉出来心下便有些不快,埋怨道:"你这是做什么?众目睽睽之下拉拉扯扯成何体统!"

"刚才我看到海子啦!"盼儿呼呼哧哧地喘着气说。

姚祯义正待发脾气,听盼儿这么一说立刻转变了脸色,急急问道:"此话当真?"

"我甚时与你开过玩笑。"

"海子他在哪里?快引我去见他。"

"我一把没有拉住,海子他已经走脱了。"

"你也忒笨,怎么会让他就走脱呢?你是在哪里看见海子的?"

"就在这儿,"盼儿指画着说,"我看你与众人正谈论兴盛裕的事情,一扭脸看见海子他就站在旁边听呢。"

"那你怎么不叫我?"

"起初我以为是自个儿看花了眼没敢认他,怕认错了人。海子他如今变得十分厉害,面目粗糙得很,头戴一顶破毡帽,身上穿着一件黑布短衫,我是看了好半天才认出他来的。"

"你休再啰嗦了！快告诉我海子他是朝哪里去了？"

"我叫他他就走，我越追他就跑得越快，结果三转两转就不见了人影儿。"

"我问你海子朝哪里走的？现在过了也没有多大的工夫，追还能追得上。"

"海子是朝那边去的。"

盼儿朝驼桥那边指了指。

姚祯义叹了一声手提袍襟一路小跑着往驼桥那边追去。可是人群熙攘，想找一个人哪那么容易，姚祯义在驼桥上上下下跑了好几个来回也没看见海子的影子。他拉住几个驼夫模样的人询问，没有一个认识海子的。也难怪，姚祯义连海子如今的模样都说不清楚，别人又如何能认得出呢。一连转了三道街，背上的汗把袍子都湿透了，两条腿一阵阵地发酸，终没能找到海子。姚祯义坐在路边的一块石头上歇了歇脚，只好丧气地返回了他的义和鞋店，不用说又拿盼儿出了一通气。

福生见姚祯义又着急又生气就说："师父，要不要把店里的徒弟们都撒出去大家一起找找？"

姚祯义摆了摆手，"拉倒吧，他若是成心躲你，你就是掘地三尺也挖不出来的，又不是没找过。"

其实把海子赶出去这件事，姚祯义当时就后悔了，平心而论他知道海子出的这事不能全怪海子自己。是大盛魁财伙闹矛盾把海子毁了，这其中也逃不脱他这个做姑夫的责任，他就给史靖仁拉拢海子做过穿针引线的工作。试想，他姚祯义走南闯北几十年，什么人物没见过什么世面没见过，尚且没能躲过祁掌柜和史靖仁的圈套，何况年纪轻轻的海子。话又说回来，即便是由于海子自己的错出了事情，他也不能把海子赶出门了事。海子毕竟不是与他毫无干系的人，海子是他小舅子门下唯一的儿子，是根独苗。是他姚祯义亲自把海子从晋中的家乡带出来的，他对海子是负有责任的。海子出息了，他这个做姑父的脸上光彩，海子出了事，他没法向小舅子一家交代。

时过境迁，冷静下来的姚祯义是越想越后悔。可是当时姚祯义气得连晚饭也没吃。等天黑透了，姚祯义听到自己的肚子咕咕叫，才让盼儿弄了几个小菜，一个人喝起了闷酒。盼儿拿着针线活儿坐在旁边陪着他叹气。

"天黑咕隆咚的，也不知道海子他这会儿在哪儿，怕是连个歇身的地方也找不上呢！"盼儿絮絮叨叨地埋怨丈夫，"要我说你也不对，真不该把海子赶出去的。你让海子到哪歇脚到哪吃饭？你就不怕海子他出点什么事？"

"活该！"姚祯义恶狠狠地说，"那是他自找的，谁也怪不着。"

盼儿劝说道："话虽这么说，可海子他到底是你的侄儿，生气归生气，事情完了，他的事你还得管。"

"我就不管！他爱死爱活。"姚祯义把一腔子脾气都发泄到盼儿的头上，瞪着眼睛朝她吼叫着，"你要是再替海子说话，看我不拿鞋底抽你！"

盼儿不敢再多嘴了。一连三天都是如此。连鞋店里的其他人也是这样，福生和杰娃几次张罗着要去找海子都被姚祯义吼住了。姚祯义说："谁要是敢去找海子，谁就别再回义和店！"

话是这么说，盼儿的提醒毕竟使姚祯义冷静下来。盼儿说的不是没有道理，姚祯义这半辈子看到的类似的悲剧真是太多了，归化城哪一年在结账的腊月天里不闹出几桩自杀事来，不是上吊就是抹脖子，再不就是投河投井吞大烟。像海子的前任掌柜墨掌柜便是一个活生生的例子。冷静下来姚祯义是越想越害怕，到了第三天头上终于挨不住了。早上刚刚起床他便把福生叫到跟前，吩咐道："你去告诉大伙儿，今儿个停工一天！"

"是往大盛魁送货吗？"福生问。

姚祯义摇了摇头，也不看福生，说："告诉大伙儿，今日辛苦点儿就别吃早饭了，分头到各个桥上，到河沿儿上的那些作坊里找找，把那个不争气的东西给我找回来。告诉他，就说姑父说了，被字号开销的事也不能全怪他一个人，这也是命。既然他没那攀高枝儿的命就自认了吧，往后就留在我这鞋店里学点手艺算了。就和杰娃一样，人咋活着还不一样，再强的人也扛不过命。"

"桥头上和河沿儿上我们都找过了，没有。"福生说，"这都好几天了，就怕是海子他早不在归化城里了。"

姚祯义一听福生他们瞒着他去找了海子，心里不但没有怪罪，反而生出几分感激，同时对海子的事也就更加着急。

福生一听就知道姚祯义是后悔了，他早算着会有这一天。福生是一个很有脑子的人，海子出事的当天晚上被姚祯义赶出去，他也在场。看到姚掌柜对劝说他的盼儿大发雷霆，福生给盼儿使了个眼色把她叫出去。在院子里，福生对盼儿说："姚掌柜正在气头上，你别劝他，劝也没用，他听不进去的。依我看眼下要紧的是寻找海子，免得他一时想不开出什么意外。"

盼儿认为福生的话有道理，就不再理睬姚祯义，她和福生一起对店里的工人和伙计做了安顿，大家分头去找海子。可是扎达海河的河沿儿、驼桥、马桥、牛桥、草桥、人市上都找遍了，也不见海子的踪影。只有福生打听到海子的一点线索——河沿儿上的一家大烟馆的掌柜告诉他有一个年轻人曾经到他那里买了一两大烟膏子。根据烟馆掌柜的描述，那个年轻人像是海子。福生一听当时头皮就一炸，他知道一两大烟膏子吞进肚子里用不了一袋烟的工夫人就玩儿完了。他认定海子没往好处想，也没和别人商量就直奔城南的公义地去了。说这话已经是两天以后的事了。福生知道，若是海子真的走了绝路，不管他是死在什么地方，只要看见的人报了官，不论是道台衙门还是土默特衙署都会差人将尸体收殓送到公义地的。可是在公义地福生并没有找到海子的尸首，真是活不见人死不见尸。

在公义地福生没有得到海子的下落，倒是意外地碰上了一个人，这个人不是别人，正是海子打小的好朋友段靖娃。古海虽说只是个伙计，但由于身份不同，在归化通司商号中间还是颇有些知名度的，因而他的被开销首先便在通司商号中间传开了。应该说海子的事，最受震动的便是段靖娃。他一听到消息立刻就往最坏处想。他最了解海子，海子是个要强的人，而越是要强的人就越是容易走这条路。海子出事的第二天，段靖娃一听到消息立刻就向掌柜告了假跑到义和鞋店看望海子，从鞋店出来就直奔公义地。看墓老人告诉他，公义地已有半个月没有接收死人。这消息倒是让段靖娃长长地出了一口气！这说明海子他没有寻短见，他还活着。

一连又寻找了两日，都没结果。这中间段靖娃到义和鞋店来了两趟，大家在一起把海子的事情做了一番分析，认为海子既然没有死，那么他很可能是走了喀尔喀。在归化，大多数买卖做塌了的商人都是走这条路。事情明摆着，回乡的路对他们来说是断绝了，被开销的人别的号子是绝不会要的，那么剩下的除了死之外，便只有远走喀尔喀这一条路了。喀尔喀草原东西数千里，南北也有千里多，犹如茫茫大海，如此一来寻找海子就不是一朝一夕的事。义和鞋店的工作又恢复了正常。依照姚祯义的安顿，大家的耳朵都伸得长一点儿，嘴巴子勤一点儿，随时注意打听海子的消息。姚祯义自己到归化的万驼社和羊马社跑了两趟，和主事的领房人、羊马把势头都打了招呼，拜请留心海子的踪迹。姚祯义许了愿，但能探得海子的消息必有重谢！

　　腊月下旬，姚祯义让回乡探亲的段靖娃给海子的家里捎回去一封信。姚祯义知道海子在字号上做满了整整十年该是出师回乡省亲的时候，家里正眼巴巴地盼着他呢，所以此事是想瞒也瞒不住的，只好在信上把海子出事的经过据实都写了。他安慰海子的父母说，事情既然已出，就是一碗水泼了出去再无收回来的希望，要海子的爹娘多往开了想，天无绝人之路。海子是个有能耐有志气的孩子，只要他还活着，一家人就还有盼头，就有团聚的那一日。还说他已经托了人正在四处打听海子的消息，一有音讯他会立刻写信告诉家里。

　　话是这么说，可一晃时光就过去了大半年，关于海子的消息就连一星半点也不曾得到。这中间海子爹的信倒是接二连三地从晋中的家乡那边发了过来，半年的工夫，古静轩的信在姚祯义的书案上就积了有八封之多。在第八封信里古静轩说，倘若再得不到海子的消息，他就将于八月十五起程亲赴归化来寻找儿子。眼看着日子一天天地推移，感到责任和压力的姚祯义的心里一日日地沉重起来。可是八月十五还没到，姚祯义就得知古静轩已经疯癫的坏消息。是古海娘托本村的一位老先生写信，把这不幸的消息告诉姚祯义的。古海娘说，海子爹已疯癫，但是她不会再疯了，她相信自己的儿子绝不会轻易地死去，她一定要等到与儿子团聚的那一天。

　　如今突然间有了海子的消息，这怎么能不让姚祯义感到高兴呢？要知道不管是拉骆驼还是做别的什么营生，在喀尔喀草原死个把人那是太平常的事情。现在突然间得到海子的消息，而且是盼儿亲眼看到了海子本人。虽说是费了好大的劲儿也没找到海子，但海子的出现至少证明他还活着并且就在归化城。第二天姚祯义把一封报平安的信交给了万驼社的一位朋友，托走汉口的领房人捎回家乡去。

　　这件事过去不久，一个意外的事件在一个早晨传遍了归化城——大盛魁的祁掌柜祁家驹突然死在了大青山的鹰嘴岭！

　　关于祁掌柜的消息，姚祯义是听别人说的，他事后仔细思量，对盼儿说了自己的心事。听说是王大掌柜子设下的圈套，聂先生定下的计。

这件事在归化城的大街小巷被人们传得沸沸扬扬,都说是祁掌柜的死是被大掌柜王廷相所害。无风不起浪,姚祯义相信这个说法。为暗房子的事,大盛魁财伙之间的争斗弄得你死我活早已是归化城尽人皆知的事情。较之一般人,姚祯义当然要知道的更多一些。

姚祯义不是傻子,好赖他也在归化商界混了几十年,他心里清楚得很,海子被开销是做了大盛魁财伙争斗的牺牲品。正所谓成也萧何败也萧何,关照和重用海子的是祁掌柜,把海子送上绝路的人仍然是祁掌柜!这事姚祯义心里一清二楚,只要祁掌柜在一日他就不敢说出半个字。姚祯义知道,在大盛魁的历史上也从来没有过为哪个因冤枉而被开销出号的人平反的先例。

让姚祯义不理解的是,为什么祁掌柜那么聪明的一个人竟然就上了贼船,与史财东站在了一起。更让他不理解的是对这件事号称活诸葛的大掌柜竟然一点儿没看出来。大掌柜不但没看出祁掌柜的本来面目,还把内奸当作贤臣加以重用。暗房子的风波刚刚过去不久便再度把祁掌柜从归化调往了乌里雅苏台,让他重新坐上了大盛魁第二把交椅。

此番祁掌柜被除,使姚祯义重又认识到大掌柜的高明,心想:大掌柜到底是大掌柜!

祁掌柜的死在姚祯义的心里燃起了一个希望,他想见见大掌柜。为海子平反复归的事他不敢奢求,他只求能为海子把恶名洗刷掉,这样在归化世面上海子也好堂堂正正地做人做事。

择一日姚祯义把自己仔细收拾了一番就去天盛德钱庄拜访段靖娃。天盛德是天义德设在归化城里的一个钱庄,地点在大南街的正街上。新任的天义德大掌柜李泰对年轻的段靖娃颇为器重,委他在天盛德做主持掌柜。以往义和鞋店与大盛魁走得近乎靠的是祁掌柜这条路子,现在没了祁掌柜,义和鞋店虽说与大盛魁仍然是老相与,但已经只是单纯的业务来往,并无深刻的人事背景了,姚祯义有事与大盛魁的主事人说不上话。在归化商界且不要说小小的义和鞋店,依社会地位而言,他姚祯义就是以归化鞋靴社社长的身份都无法与大掌柜接近。姚祯义找段靖娃,一来是探讨探讨事情的可能性,二来是谋求一条接近大掌柜的路子。今非昔比,如今的段靖娃在天义德是顶着一厘半身股的掌柜子,别看这一厘半的生意股份不大,含金量可是高着呢!其社会地位绝对在普通行社社长之上。

段靖娃在钱庄后边的客堂接见了姚掌柜。因为与大盛魁是老相与，姚祯义的义和鞋店和天义德历来毫无瓜葛，他的鞋店的货物进出、账目往来只在大盛魁的营业部和钱庄进行。姚祯义的突然造访使段靖娃多少感到有些意外，同时也不能不心怀惕厉。他客气地让了座。这归化商场上的人事复杂着呢，规矩也多着呢。同是归化通司商会内的字号，是大盛魁的相与天义德便不能拉拢，拉拢了就是有违行规。所以和对方的客户接触必须格外小心，一来是避免引出闲话，二来也要防着点儿别人故意设圈套来刺探情报，这种事不是没有发生过。待小伙计捧上茶退下去之后，段靖娃问道："许久未见姚掌柜，今日光临敝号不知有何见教？"

段靖娃很客气地称姚祯义姚掌柜，摆出的也是一副公事公办的架势。

"哪里哪里！段掌柜，我此番登门拜访是想打听一下祁掌柜的事情。"

"祁掌柜死在鹰嘴岭，近期大盛魁即将为祁掌柜隆重发丧。这是尽人皆知的事情。"

"不，"姚祯义压低声音说道，"我说的是大盛魁财伙之间的争斗。"

段靖娃立刻警惕了，板着面孔朝姚祯义摆摆手，"大盛魁内部的事情，你我不方便谈论！"

"我知道你们这些大商号有规矩，不准随便议论别家商号的内部事情。"姚祯义赶忙解释，"我是说这件事与咱海子有关！不然我是不会随便与你提说的。海子被开销其内里的情由你有所不知，我想说与你听听。"

"你是说海子他有冤情？"

"是哩！"

"那为甚过去不曾听你说起过？"

"我吃了熊心豹子胆啦？你可知道其中的作俑者是什么人？"

"是谁？"

"是祁掌柜祁家驹！"

"啊！"姚祯义的话让段靖娃深感意外，"这怎么会呢？打从入号起，祁掌柜对海子就特别关照。"

"关照归关照，陷害归陷害……"

店里来了客人，站柜台的小伙计进来问事。段靖娃挥了一下手把姚祯义的话打断了。段靖娃平静着脸说："姚掌柜，话今日且说到此，待我得空一定到府上拜访。"

段靖娃把姚祯义送走了。

第二天黄昏段靖娃来到义和鞋店，一见面先叫一声"姑父"，把昨天的事解释了一番。

姚祯义摆摆手打断了段靖娃的话："你不必多心！姑父在归化市面上好赖也混了二十多年了，这场面上的事我懂。"

姚祯义把史靖仁最初是如何拉拢海子的，怎样在宴美园请客，海子是怎样拒绝，后来祁掌柜又是怎么给他和史靖仁之间牵的线搭的桥，在他的义和鞋店史靖仁如何与海子见的面，海子是如何答复史靖仁的等，一五一十地对段靖娃述说了一遍。

段靖娃听罢不禁大吃一惊，说："真是想不到祁掌柜竟能对海子使出如此毒辣的手段。早听说大盛魁的掌柜子们心狠手辣，我还不相信呢，看来归化街上的传闻并非是凭空而来。"

"对啦。"

"这么说传说中大盛魁拿海掌柜杀人灭口这些事都是真事啦？"

"传说归传说，谁也没有亲眼看见，不过依我看这些事十有八九是真的。"

"那么，姑父你说海子被开销是受祁掌柜所陷害，这话可有证据？"

"证据么就是我刚才对你说的那些事。只要把这些话一一说给大掌柜听，我相信大掌柜他自会明白的。"

"若是大掌柜他肯听你说话就好了，可是就怕你连大掌柜的近前也靠拢不上呢。"

"我愁得正是这一点，所以才找你商量。"姚祯义说，"好赖你段靖娃也是天义德的一个正儿八经的掌柜子啦，和我不一样，我这个鞋店就是把生意做到天上去，人家也不会拿正眼看我的。你还不知道吗，在咱归化，只有你们这些长了三条舌头的通司商人才是一等一的人！靖娃，你和海子可不是一般的关系，你们是打小光着屁股一起长大的，这事你得想想办法。如今我还能靠得上谁呢？此事如果摆平，挽救的可就不是海子一个人，而是他们全家呀！"

"这道理姑父不说我也知道的,"段靖娃为难地说,"只是我不清楚此事该如何下手?要知道我只不过是一个刚刚出徒没几天的小掌柜,顶的只有一厘半的生意。不要说和大盛魁的王大掌柜对不上话,就是在我们天义德自个儿柜上也没有我多少说话的地方。"

"这我知道,"姚祯义说,"我的意思是想让你求求你们天义德李泰李大掌柜,请李大掌柜出面把这些事说与王大掌柜。"

"噢。"段靖娃惕厉地向四下看看,犹豫着。

母驼寤生

这件事情发生在接驼羔季节的七月。

还是在去年走外路之前，刁三万请王锅头算了一卦，卦相上说今年是马年，马年是刁三万的本命年，于刁三万大吉大利，百事皆顺。果然，麻脸老婆一下子为刁三万生了两个儿子，是少见的双胞胎！这还不说，刁家的三峰怀胎母驼正在一个接一个地下小驼呢。

从早晨开始，刁三万就带领着二斗子和海九年忙着为母驼接生。在倚着墙角的地方搭起了一座驼羔棚，地上铺了暄软的茅草。已经有两只驼羔顺利降生，都圈在用栅栏隔开的驼羔棚里。新生的驼羔模样非常古怪，长得一点都不像它的父母，首先一点是在驼羔的脊背上根本就看不到驼峰，像马和羊一样是平滑的，四条腿像木棍似的很瘦，并且上下一般粗。刁三万的一群脏兮兮的儿子——大虎、二虎、三虎、四虎喊叫着跑来跑去，招来了村子里的一大帮孩子看热闹。孩子们呜里哇啦地乱喊乱叫，给刁家的院子里增添了几分喜气。

正在坐月子的麻三婶趴在炕上从窗户缝向外看着，欣赏着院子里的美妙景致，她脸上所有的麻点子都笑开了花。刁三万今天的脾气特别好，挺着僵直的狼脖子跑来跑去做这做那。他在拿一件包裹驼羔的羊毛毡的时候，被一个孩子绊了一下几乎跌倒，但是他一点也没生气,嗨儿嗨儿地笑着问那孩子:"大爷没碰着你吧?"

这一天又接了一只驼羔。

从祖先那里传下来,一代又一代的贴蔑儿拜兴人养成了这样的习惯,那就是他们世世代代与骆驼相依为命靠驼运业为生,但是从来也不在骆驼的孳生上下功夫,他们所有的骆驼全都是花钱从归化城的驼桥上买回来的。在他们的脑中只有怀里揣着走驼道拼血拼汗挣来的银子,到驼桥上大大方方地买驼,那才够气派,也只有那样才算是拉骆驼人的正道。

是刁三万打破了这个古老的传统。吝啬而又精明的刁三万从购买骆驼和孳生骆驼之间的差价上看到了利益,于是他买回三峰专门生殖用的母驼,自己搞起了骆驼繁殖。几年时间三峰母驼生下了十多只小骆驼,刁三万从中大获其利。眼看着刁家自己繁殖的小驼一天天长大并且在驼道上派上了用场,高傲的贴蔑儿拜兴人开始改变古老的观念,许多人家都学着刁三万的样子饲养起母驼来。

黄昏时分,王锅头来了。老头子把刁家的驼群赶进了院子——因为接羔忙不过来,刁三万把自家骆驼托靠给了王锅头——径直走向了驼羔棚。

刁三万警惕地站在王锅头的旁边,注视着老头子的一举一动,神态非常紧张。二斗子与海九年交换着目光,嘴角上含着笑意看着这一切。

王锅头的目光在驼羔子身上扫来扫去,最后在一峰个头最高也最壮的驼羔子身上定住了。老头子拉开栅门走进去。

"你要做什么?"

刁三万跟在王锅头的身后把栅门紧紧关上了。

对于刁三万的问话王锅头不加理睬,弯腰抱起了那只骆驼羔就要走。

"你这是做什么?"刁三万屁股紧紧顶住栅门挡住了王锅头的去路。

"我在拿我自己的驼羔。难道你忘记了,去年你找我算卦的时候答应的事。我的卦要是应了验,你就送我一只羔子。"

"噢,这事我怎么会忘!"刁三万狡猾地眨巴着眼睛说,"不错,我是答应送你一只羔子,可不是骆驼羔子,我指的是绵羊羔子!"

说罢刁三万伸出双手从王锅头怀里把驼羔子抱过去,轻轻放到地上,然后拉开栅门,"走吧!王锅头,把你的哈喇子收起来,把你那眼睛从驼羔身上挪开吧。我就是让你从四个老虎中抱走一个,也舍不得你拿走我的驼羔子!就是这话。"

王锅头笑了,"我就算见你会耍这一招,真算有你的,你他妈的把驼羔子看得比儿子还值贵!"

"既然知道那你还来抱我的驼羔?"

"我只不过是试探一下,看看你这个吝啬鬼的毛病改了改不了。看来还是老古时人说得对,江山易改,禀性难移,狗改不了吃屎啊!"

王锅头拍拍手走出驼羔棚。

"哎哎,你别走哇。骆驼羔子虽说是没有,可羊羔子我早就给你预备好了,别生气,把羊羔子抱去吧。"

刁三万在院子门口追上了王锅头,用手指了指墙角的羊羔棚,又补充说:"随便你,挑个最大的拿去吧!"

"算了吧!你以为我真是来讨债的吗?我王锅头算命本着一个宗旨,为人招财,替人消灾。我看重的并不是钱财,刚才我不过是与你开个玩笑罢了。"

顺利接下两只驼羔,已经生下驼羔的母驼休息了一两天之后就归入了大群,刁三万把驼群交给海九年放牧,他自己和二斗子留在院子里照顾刚刚出生的驼崽和等待最后一峰怀孕母驼下崽。

驼崽们得到了细心照料,一个个活蹦乱跳。但是母驼的情况不怎么好,都过了整整两天,这最后一峰母驼一直也没有生崽的动静。刁三万一天之内要跑到母驼跟前无数次,仔细观察着母驼的情形。母驼一直躺着,样子十分疲惫,眼睛也没有一点生气。

直到第三天中午,母驼终于开始了产前的挣扎。生了足足有一个时辰,先出来的不是驼羔的脑袋,而是两条后腿!这情形让守候在母驼身边的刁三万一下就急得头上冒出了汗,他知道母驼是遇上了最棘手也是最危险的寤生。侍弄了大半辈子骆驼的刁三万知道,遇上这种情况不是母驼死就是驼羔死,搞不好耽误了时间,母驼和驼崽都活不成。看着痛苦挣扎的母驼,刁三万脸色迅速变得灰白了。寤生的情况在刁三万短短几年孳生骆驼的历史中还只是听说而已。手足无措的刁三万在院子里漫无目的地走来走去,把两只粗糙的大手搓得沙沙直响,一个劲儿问自己:"这可咋办?这可咋办？"

二斗子似乎冷静一些，他跑回厢房拿来一把宰牛用的尖刀。刁三万一看见二斗子手里那明晃晃的尖刀就吓了一跳，直眉瞪眼地问："你要做什么？"

二斗子说："干爹，时间耽搁不得了。驼羔子是要不成了！快下手吧，再晚了怕是连母驼也活不成了。"

"你说什么？你要我弄死驼羔子？好啊，你这个没良心的东西！你想害死我的驼羔子？"

"这都甚时候了，干爹你还说这种话，你是糊涂了还是咋的？给谁都得这么做了！没有别的办法。"

"不行！"刁三万就像蛮牛顶墙似的不肯让步，"就是要了我的命，我也不能让你害死我的驼羔子！"

麻三婶趴在窗户上哭起来，喊道："他爹！你别听二斗子的，他不是咱的亲儿子，他没安好心哩。"

"好！我是在害你们呢，这是你们说下的话，那我走了，这事我再也不管啦！"

二斗子丢下刀跑了。

刁三万跺着脚朝二斗子的背影骂道："好你个二斗子，你这个叛徒！奸臣！我遇上了危难的时刻，正用人的时候，你跑了！"

母驼痦生的稀奇事吸引了许多村人，来看稀罕的人里三层外三层围着，大家望着只生出两条半截子腿的母驼，没有一个人能想出办法来。蹇老太爷把一双发红的眼睛眯成了两条缝，蹲在母驼身边看了好半天，最后摇着头站起来了，说："没辙了，三万，我活八十多岁没见过这阵势。二斗子说得对，你别舍不得，动手吧，要不然这么拖下去就连母驼也保不住啦！"

听蹇老太爷这么一说，刁三万知道事情是没指望了，他不再骂也不再跳了，霍地蹲下去呜呜咽咽地哭起来。

蹇老太爷指挥着几个汉子把母驼身体放展了，母驼已经一点儿力气也没有了，眼皮耷拉着，完全是一副任人宰割的样子。有人把母驼上边的一条后腿往高抬着，戚二掌柜捡起了二斗子丢下的宰牛刀，攥了攥准备肢解驼崽的身体。妇女们都捂着脸向人群外挤着，都不忍心看了。

"等一等！"

满头是汗的二斗子气喘吁吁地钻进了人群，是怜惜骆驼的心情逼着他又返回来了。二斗子把戚二掌柜拿刀的手腕抓住，指了指跟在他身后的海九年说："戚二掌柜，你先别忙着动手，九年哥说他有办法，让他试一试。说不定母驼和小驼都能保住呢。"

海九年一边把袖子往胳膊肘子上挽着，一边拿眼睛看着刁三万，他得等刁三万的一句话。

刁三万本来是蹲在地上哭来着，听到有人能救他的母驼和小驼，他站起来了，目光直直地望着海九年好像不认识似的，问道："你说什么？你有办法保住驼崽又能不让母驼死掉？"

还没等海九年回答，戚二掌柜就说："海九年，你吃过几碗干饭，也想逞这个能？你睁开眼睛看看站在你跟前的这些人，把我戚二抛在外边不算，刁掌柜、蹇大掌柜、蹇二掌柜……贴蔑儿拜兴人干别的也许不行，要说侍弄骆驼，拿出哪一个你能比得了？你来贴蔑儿拜兴才几天！俗话说得好，没有金刚钻儿，别揽瓷器活儿，你还是一边凉快着去吧！"

"我有金刚钻儿，我放牧过大驼群，我见过母驼瘆生。"

"戚二掌柜，你别隔着门缝瞧人——把人看瘪了。九年哥他曾经在喀尔喀草原上管理过专门繁殖骆驼的大驼场哩！"

"嘻，我不信！"

"不可能吧……"

"人不可貌相，海水不可斗量，叫人家试一试么。"

"耽误了事情怎么办？他海九年能赔得起人家的母驼？"

"是骡子是马拉出来遛遛！"

人群一阵晃动让开一条道。

胡德全骑着马走进了院子。他是到城里的万驼社办事刚刚回村来的。胡德全的装束变了样，已经是走驼道的打扮了，上身赤膀穿一件汗塌子，脚下蹬一双高腰马靴，腰间扎着足足有一拃宽的生牛皮带，手里攥着一条真蟒皮大皮鞭。胡德全下马把缰绳随手交给二斗子，走近了母驼。

"刁掌柜，出了什么事？"

刁三万哭丧着脸说："母驼遇上了难产。胡驮头你快给看看，还有没有指望？"

胡德全歪着脑袋，两道黑眉毛紧皱起来，在鼻梁子上面撞在了一起，一边把折成三折的蟒皮鞭在手掌上敲打着，看了一会儿，手掌把皮鞭抓住，说："这种事儿我也只是听说过。"

"海九年说他有办法。"刁三万指了指海九年对胡德全说，"胡驮头你给拿个主意。"

胡德全斜着一只眼从下往上打量着海九年。

二斗子赶忙抢着说："九年哥见过母驼瘆生，他知道该怎么办。"

"那就让他试试吧，死马当作活马医。"

"可是，我的母驼要是被他耽误了怎么办？"

"你说怎么办？"

"他得赔！"

"你说什么？"

胡德全瞪起了眼睛。

"要是耽误了母驼的性命，他海九年就得赔我。"

"这也算是人话？"

胡德全把眼睛眯成一条窄缝看着刁三万。刁三万被看得没了主意，窃窃地问了一句："那你说该咋办？"

"要我说咋办？死了活该！"胡德全拿鞭子朝刁三万打了一下，骂道，"你他妈的还叫人不叫人？人家好心好意帮你救急，你还想着让人家赔你的骆驼！"

"这话咋说的……"

"咋说的？你的骆驼全都死光了才好呢。"胡德全的鞭子又一次落在了刁三万的脑袋上，不过打得不是很重，"就是这么说的，我看你是喝人的血喝惯了。这么大的后生一天到晚白给你干活儿不说，如今既想让人家救你的急，还想让人家替你担风险，他妈的你姓刁的心也太黑啦！"

"那是他自个儿乐意……"刁三万自觉理亏，兀自嘟哝了一阵，对九年说，"那你就试试吧。"

九年说："二斗子，你去找根绳子来，快！"

海九年亲自拿绳子把生出半截的小驼的腿拴住，然后把绳头交到二斗子的手里，嘱咐说："我叫你拽你就拽，用力一定要匀，千万不可太猛了！"

"知道了。"

九年自己跪在地上，两只手在母驼的肚子上揉着，由前往后推着，母驼呻吟起来，由于疼痛眼睛里淌出了泪。

所有人都目不转睛地看着。

结果，奇迹发生了，在母驼愈来愈紧迫的呻吟声中，驼崽的湿漉漉的身体出来得越来越多了！大约两袋烟的工夫，母驼终于把小驼生出来了。

过了不一会儿小驼崽就睁开了眼睛，深棕色的大眼睛亮晶晶地望着陌生的世界和围在它身边的人。

刁三万把小驼抱在怀里，狼脖子吃力地歪着用脸蛋子蹭着小驼湿漉漉的皮毛，眼泪在他脏兮兮的长脸上流着。他歪着脑袋在一边的肩膀头擦着泪，高兴得什么也顾不上了。

"呜呀呀，小宝贝，你可是得救啦！还是老天有眼，我刁三万没做缺德的事。"

旁观的大人孩子全都好奇地围上来看热闹。

海九年拿一团乱草擦着手走出圈外。

胡德全欣赏的目光追随着海九年，走到他的跟前来了。

"好小子！"胡德全友好地拿鞭杆子在海九年的肩膀上敲打着，"真看不出你还有这么两下！要不是亲眼看见我还不相信呢。在哪儿学的？"

"九哥在喀尔喀草原上专门孳生骆驼的大驼场上干过！"二斗子抢着替九年回答。

"想不到你还有点儿来头，看来刁掌柜是委屈你啦。"

二斗子说："那是！只管饭不给工钱，太不合理。"

"哼，刁掌柜这种人恨不能在一只羊的身上剥下两张皮来！吝啬得简直就想把自己拉出来的屎都吸回去！给他干活儿不会有什么好结果的，不如你跟我干吧，怎么样？"

九年笑着摇了摇头。

"咋？你不愿意？"

"不是。"

"那为什么？我姓胡的做人可与刁三万不一样，给我干活儿，我给你半个驼工的工钱！"胡德全笑眯眯地说。

"给多少工钱我也不能干。"

"咋？"笑意在胡德全的脸上凝固了，"不给我面子？瞧不起我胡德全还是咋的？"

"哪能呢，说什么瞧起瞧不起的话，我是……"

"你少跟老子废话！痛快点儿。要是嫌工钱少，我给你加到一个整驼工的工钱。"

笑意从胡德全脸上消退，那表情说不上是情绪，看着别扭得厉害。

"我真的不能给你干，我谁家也不去。"

"去你妈的！"

不等九年再做解释，胡德全手里的鞭子一扬就抽了下去。与此同时胡德全鼻梁两侧的肌肉突然横着拉起来，脸上的表情已然狰狞可怖。

内刚外柔的蟒皮鞭斜着裹在了海九年的脸上，最先出现的是一道白印，像一条小蛇似的从九年左边的额角迅速蹿出来，跨过他的一只眼睛在右边的颧骨上消失了。紧接着那道白印就变红，渗出了血，鲜血又红又稠封住了他的眼睛。这是很内行的一击，为了避免对手反抗先封住对手的眼睛。

二斗子惊叫了一声扑向九年。刚到贴蔑儿拜兴没几天的九年不知道，可二斗子最清楚胡德全那蟒皮鞭的厉害！那蟒皮鞭长约一丈，外边由五花的真蟒皮紧紧缠裹，内里是一根拇指粗细的钢丝。这玩意儿在胡德全的手里不是一般的物件，而是一件十分了不得的武器，乃是贴蔑儿拜兴的一绝。蟒皮鞭有三种打法：一曰空鞭，光听响动，鞭子抽出去声如响雷却只是擦着人的头顶过去，并不伤人；第二种打法没有响动，但因用力不同，会把人打得皮开肉绽而不伤筋骨；第三种打法最是狠毒，伤骨不伤皮，鞭子抽下去表面没有痕迹，实则已经叫人筋断骨裂！

但是紧跟着下来的一鞭子抽在了二斗子的胳膊上，这一下把二斗子和海九年分开了。

人群惊叫着四下奔散开去，生怕稍不留意会被胡德全的蟒皮鞭误伤，更没有人敢阻拦胡德全。

一丈余长的蟒皮鞭像一条真正的巨蟒在海九年的头顶上游弋，胡德全问道："海九年，我问你，我出一个整驼工的工钱，你给我干不干？"

"我不干。"

只听啪的一声蟒皮鞭抽了下去。这一下抽在了海九年的踝骨上，海九年就像被蟒皮鞭提起来似的双脚跳了起来，然后重重地摔在了地上。

蟒皮鞭依旧像活蟒似的在海九年的头顶上飞过来飞过去。

"海九年，我再问你，我给你一个半驼工的工钱，你给我干不干？"

"不干。"海九年从地上爬起来了。

话音未落蟒皮鞭又缠在了九年的腰上，就见胡德全手腕子一旋，海九年被扔出去有两丈远，跌倒在地上。九年身上的衣服像一只黑色的大鸟似的飞了有房顶那么高，慢慢飘落下来。

"旺火烧大锅——不蒸馒头蒸口气。现在我不是要雇驼工，我是在买我的面子。海九年，我胡德全雇你是雇定啦！我再问你，我给你两个驼工的工钱，你干不干？"

海九年又一次从地上爬起来了，"胡驮头，我把话说清楚了，姓海的我今日是王八吃秤砣——铁了心啦！你就是给我一个银骆驼的工钱我也不会干的。"

当下，胡德全把蟒皮鞭紧攥在手里，充满怒气的眼睛盯着海九年还不肯罢休，骂道："给脸不要脸的玩意儿，你以为你是谁？他妈的，不给你点儿颜色，你怕是不知道马王爷长了几只眼！"

海九年一只手捂在伤口上，血从他的手指缝直往下滴，半个脸都被鲜血糊满了，"胡驮头！你有种，打得好，我海九年把今天这个日子记下啦。"

"你他妈的还敢嘴硬？我叫你……"

啪的一下那巨蟒又啄了下去，这一次没有打住海九年而是抽在了二斗子的身上，二斗子扑到了海九年的跟前，伸开双臂把他的朋友抱住了，立刻就有一道血印斜着划过了二斗子裸露的脊背。

"哦呵！又跳出来一个不怕死的。"

胡德全怪叫一声手下得更狠了，蟒皮鞭就一下接一下地抽在二斗子的身上。二斗子咬着牙拼命地把脑袋藏起来，一声不吭地挺着。

胡德全举起了鞭子，但是一只有力的手抓住了他的手腕子。胡德全一扭头见是戚二嫂。

"怎么，内掌柜的来挡我的事？"

"路见不平拔刀相助。胡驮头是不是还想与我这个女流再练一场？"

"你想怎样？"

"我不想怎样，只是看不下眼。我劝你做人别太过分！"戚二嫂说，"愿不愿给你做事是人家的自由，你得讲道理。"

"戚二嫂说得对。"

"算了吧！胡驮头。"

"海九年也被你打啦，拉倒吧！"

王锅头走到了胡德全的跟前，"得饶人处且饶人，俗话说得好，宁欺老勿欺小。"

"你什么意思？"

"没什么意思，我劝你给自己留一条后路。俗话说得好，宁欺老不欺小，你知道日后这俩后生会有多大的出进！乡里乡亲的，别把事情做绝了。"

"算啦，算啦……"

众人七嘴八舌地劝着。

胡德全用两只胳膊划拉着推开众人，然后纫镫攀鞍翻上马背，拿蟒皮马鞭指着海九年警告道："海九年！你把耳朵竖起来给我听好，在贴蔑儿拜兴这地场你敢跟我胡德全作对，总有一天把你收拾了。"

还算好，胡德全不过是因一时的气愤给海九年、二斗子一点点教训，所以他打的时候下手还不算太狠，蟒皮鞭并没有伤着他们的筋骨。二斗子在炕上趴了三天之后就能够下地走动，浑身的鞭伤结了厚厚的痂，就像穿上了一件铠甲，直到一个月以后才算好利落了。

海九年的伤势较二斗子轻一些，只是被伤了皮肉，用药养了一个来月也便好了。但是一道伤疤镌刻在海九年右边的眉骨上，成了永远的纪念。那道伤疤改变了海九年的面貌，使过去熟悉他的人都不敢认他了，同时那道伤疤也给他的脸平添了三分野气和匪气。

这天晚饭后在海九年与二斗子的小屋，两人又一次议论起挨打的事。海九年在油灯下照着一块破镜子，抠掉脸上的最后一块伤痂。海九年一边看着脸上揭掉结痂暴露出来的白色嫩肉，一边牙齿咬得嘎嘣嘎嘣响，愤愤地说："他妈的！胡德全，老子心里记下你了！你等着，总有一天我会找你算这笔账的！"

"你真的记恨胡驮头吗？"

"是猪才记吃不记打呢！"

"那又何必呢，其实胡德全也是一时兴起才对咱们出了手的。要我说，这事也怪你自己，既然胡驮头要雇你那也是看得起你，你为什么就非拗着不肯答应呢？"

"你忘记了吗？戚二嫂院子里的那块上马石还在那儿等着我呢，我不能只有吃性没有记性呀！在哪儿跌倒在哪儿爬起来，我海九年非要把那块上马石搬起来不可！"

二斗子说："就算是把那块石头搬起来又能怎么样？我猜不透你的心思。"

海九年沉默着。

二斗子又问："你就为这点事儿？"

"对！"

二斗子摇摇头不说话了。

过了一会儿，海九年猛然想起什么，问二斗子："那天你为什么要替我挨打？"

"这有什么，我二斗子是个孤儿，你呢虽说是有家可是不能回，咱俩都是苦命的人！常言说在家靠父母出门靠朋友，我不护你谁护你？"

"叫我怎么谢你？"

"说这话就见外了，假如我要是有一天遇上难处，还得靠你呢。"

"二斗子！你真是我的好兄弟。"

"九哥，我有个想法不知道当讲不当讲？"

"你说，只要是我海九年能办到的。"

"要是你不嫌弃的话,我想跟你结成异姓兄弟。"

"好哇!我也正有此意呢。"

于是两人焚香叩头,盟誓从此结为兄弟。

生财之道

半晌午的时候，贴蔑儿拜兴村的一群汉子相跟着走出了村子南口，一路说说笑笑地往村子的东南方向走去。他们去干什么？他们是要到京羊道上痛吃一顿羊肉。说到在京羊道上吃羊肉，可是一件非常有意思的事情！这话猛然说来，外人一下很难听得懂，彼时从喀尔喀草原到北京有若干条专门运送活羊的道路，称作京羊道。京羊道全程四千多里，由于长途跋涉，羊群走到阴山一线的时候就会有为数不少的羊因体力不支而掉队。那些体力不支的羊被称作羸羊，有经验的羊把式会把羸羊收拾起来专门归成一个群，交给一个羊倌管理，跟在大队的后面慢慢走。羸羊情况也不同，体力特别差的仍然会跟不上队伍。怎么办？总不能为照顾少数羸羊而让整个大群的羊停止不前。多年以后就形成一个规矩，羊把式就给羊倌一个权力——把实在走不了路的羸羊杀掉，把羊皮保留作数。

羸羊在京羊道沿路都有，但是只有到了阴山一线，数量才特别多。每年羊群在京羊道上移动的时候，熟悉此道的人们就会等待在道路两旁，白捡便宜，痛吃羊肉。因为那些被杀掉的羸羊数量很多，羊倌根本吃也吃不完。

贴蔑儿拜兴的汉子们自己带着大铁锅，还没等羊群过来，就在地上挖好一个坑把大铁锅支好，就近拣拾一些干柴。等到羊群过来，帮助羊倌把羸羊杀掉。现煮羊肉只要水翻两滚肉就熟！杀羸羊这种活儿都不用羊倌亲自动手。那些走路走得精疲力竭的羊倌乐得有人帮他们处理羸羊，在煮肉的时候自己还能歇歇脚。吃饱了羊肉，羊倌再上路的时候只要把羸羊的皮带上向掌柜的交差就行了。

京羊道就从贴蔑儿拜兴村南边不到三里地的地方经过。刚走出村子南口，一向眼尖的二斗子就喊起来，他把胳膊扬起来指着远处的大道说：“你们看！羊群！”

"是京羊道上的羊群。"

"哇！真的是遮天蔽日啊。"

"恐怕有五百只。"

一切都和他们预想的完全一样，宰杀羸羊，生火煮肉。汉子们一边大嚼着羊肉，一边天南地北地神聊，好不痛快！这时候坐在一边的羊倌看到一个高个汉子来到他的身边，"师傅，我想和您商量个事儿……"

羊倌很快就知道这个高个子汉子叫海九年。他听海九年对自己说："咱俩合作一把。你看，这些羊肉一下根本吃不完。"

"莫非是你想把肉带走？"

"不是！这些羸羊都是红灯笼，根本就没有多少肉，也不香，把膘都掉光了，柴火似的没人稀罕。"

"那你想干什么？"

"你听我说，你不是急着赶路么？"

"是啊！"

"能不能我拿羊皮换你的羸羊？"

"羊皮？"

"是啊，我拿旧羊皮跟你换，你看刚剥下来的羊皮湿淋淋的多沉！"

"那倒是。你的羊皮呢？"

"我已经预备好了，有很多张呢！"

"行啊，"羊倌爽快地答应了，"明天你三十里外的路上等我。每天都有好多羸羊呢。"

当天晚上海九年的特别行动就实施了。刁三万骑着马刚刚从城里回到村子，在村道上被海九年拦住了。海九年对刁三万说:"把你家那些烂羊皮卖给我吧。"

"什么烂羊皮?"

"就是我和二斗子住的东厢房里堆的那些羊皮。"

"你要这些烂羊皮做甚?"刁三万说,"是要做皮袄吗?你随便拿两张算了。"

"我做甚你别管,你只说卖还是不卖?"

"呵呵,还真的较上劲儿了。"刁三万说,"好,你说价钱吧。"

"两钱银子一张。"

结果京羊道上的一个司空见惯的现象被海九年发现了,瞬间被他抓住。一个看似不是机会的机会给海九年带来了财运。

"明年还干不?"

"傻子才不干呢。"

海九年把挣来的银子带到驼桥,当下就换到手八峰健驼。

一个夏天蹲在京羊道上,晚上也不回村,就在大道旁支一个破帐篷,立秋的时候海九年居然变成拥有三十多只羊的主家。

事后贴蔑儿拜兴的人们才明白怎么回事,纷纷议论开了,"海九年可是一个不简单的人啊,他的眼睛很特别哩,能看到别人看不的东西。"

海九年的生意新门道引得戚二嫂好多夜晚不得安眠,一个难解的问题折磨着这个女人,她想海九年到底是个什么人呢?九年干的种事是只有商人才能想到的,是贴蔑儿拜兴村的养驼人永远也不会想的到。海九年可是不一样,他准能干成大事。

戚家驼夫

八月的一个上午,阳光亮汪汪地照着戚家的院子。戚二嫂盘腿坐在自家炕头上做针线活儿,她在为戚二掌柜赶着缝制一件狐腿皮的坎肩。这是一张完整的喀尔喀红狐狸皮,浑身上下没有一点损伤,而且是十一月的皮子,绝对的上等货,火红色的狐狸毛根部聚满了橘红色绒毛,许多毛尖上都呈现出褐色的黑点子,密密匝匝的,一把抓不透。那狐皮自然散发着热量,摸一摸好像火烫似的感觉。自打戚二嫂嫁过来,每年都要给走外路的丈夫缝一件新的狐皮坎肩。俗话说得好,男人的身上带着女人的一双手呢,不管戚二掌柜走到哪里,人们一看到他身上那厚墩墩的狐皮坎肩,就知道他家里有一个好媳妇。

狐狸皮在戚二嫂的手里滑动着,耳听得一阵异常沉重的脚步声在院子里响,那脚步声不但沉重而且非常缓慢。戚二嫂两根手指捏着针在鬓角上蹭着,那手就停住了,她觉得院子里的动静好生奇怪,隔着薄麻纸的窗户只能看出有一个模模糊糊的人影在院子里晃动。

"院子里是谁呀?"

戚二嫂问了一句。

没人回答,却听到沉重的脚步声咚咚响着越来越近。戚二嫂又问了一声:"是谁呀？快进屋里来吧。"

回答她的是一声巨大而又沉闷的声响，是什么东西落在地上的声音，震得她身下的土炕直颤动，窗户纸也唰唰啦啦地响。戚二嫂被吓了一跳，手上的针也掉了，正要再问，就听院子里传来一个男人粗声粗气的说话声，"戚二嫂，你出来！"

"是谁呀？"戚二嫂一边往炕下移动着身子，一边问道。

院子里的那个人没回答。戚二嫂只听到一阵粗重的呼呼哧哧的喘气声。

上午的太阳照得正猛，阳光刺得人睁不开眼睛，站在屋门前的台阶上，戚二嫂把手放在眉骨上观察着奇怪的客人。来人身高树大双手叉腰站在院子当中。"是谁呀？找我有什么事。"

"你不是让我搬石头吗，现在我把那块上马石从院子门口搬到院子当中来了！"那人的手臂在阳光中挥动了一下，指着他脚下的大石头说道。

这一回戚二嫂不但从声音中听出了，同时渐渐适应了阳光的眼睛也认出了，站在她面前的不是别人正是海九年！

"喔，原来是九年兄弟呀，我当是谁呢，你弄出的动静怪吓人的。"戚二嫂笑了，抬脚走下台阶，"有什么事你就直说吧，别跟二嫂绕弯子。"

海九年却不说话，只拿目光往脚下的上马石一甩，然后看着戚二嫂等待着答复。

戚二嫂略一愣怔旋即便恍然大悟，身子向下一蹲，两只手在膝盖上使劲拍了一下哈哈大笑起来，"别看我戚二嫂是个女流，看人我的眼睛可毒着哩。我早就料到你会有这么一天，今天你果然就来了。这没什么好说的，既然你有这个本事我就雇你了！眼看着驼队就要起程，活计多得忙不过来。这会儿你就去搬行李吧，到东厢房和王锅头一块儿住。至于工钱么，该怎么着就怎么着。"

"好，我这里谢谢戚二嫂了！"

"没什么好谢的，去吧，搬你的行李去吧。"

不一会儿海九年便扛着行李卷返回来了。刚刚在西厢房的炕上把行李卷放下，就听见戚二嫂叫他。

"九年，你来。"

上房，戚二嫂一只脚站在门里一只脚站在门外，向他招手。

"戚二嫂，你有甚盼咐？"九年在院子当中站住了。

"甚盼咐不盼咐的，"戚二嫂迅速沉下了脸说，"叫你进来你就进来，哪儿来的那么多废话？看把你吓得，我是个老虎还是什么？你一进我的屋就把你吃啦？"

海九年犹豫着跟在戚二嫂的身后走到屋里。

"你等着。"

戚二嫂满脸正色，说完转身走到挨着北墙的大红躺柜跟前，把放在柜顶上的茶壶、茶碗、针线笸箩等一样一样拿开，揭起了红躺柜的盖儿。

这是一个两开间的大正房，光线非常明亮。顺着西边的山墙是一盘大炕，挨着窗户的炕角上放着那件还没有做完的红狐狸皮坎肩。倚着墙角是叠得整整齐齐的被垛，上面罩着绣花的粉色床单。灰砖铺成的地面打扫得干干净净，整个屋子都非常整洁。屋子里有一种单身男人渴望的温暖的家庭气氛。

戚二嫂在躺柜里翻腾了好半天，拿出一个大包袱放到炕上。她看见九年傻愣愣地在地中间站着，就笑了，拍拍炕沿儿说："坐！怎么，我又不是罚你的站。"

戚二嫂一直看着九年把半个屁股放在炕沿儿上坐下，这才动手解开了包袱皮儿，从里边又拿出一个蓝色的小包打开，原来是一小包闪闪发光的银子。

"这些银子我给你准备了多时啦。"

海九年颇感惊讶，问道："这银子……是甚意思？"

"这些银子整整二十四两，其中一半是你的工钱。这也是照规矩办事，是预先付给驼工安顿家眷的。"

"我哪里有什么家眷。"九年红着脸说，"我用不着钱。"

"拿着吧！这是规矩。买双好匣子鞋，置办几件结实暖和的衣服，没有钱怎么行？出门的人，别太苦了自己。另外那十二两银子是我借给你的，万驼社有规矩，每个走外路的驼工都能给自己带一峰稍驼。胡驮头说了这趟货要往科布多送，我知道你肯定没有办货的钱。你自个儿夺量着到城里去办些货，到那边顺便做点小生意。你脑子灵活着点儿，看别人怎么做就学人家的样子做。只要有辛苦做驼，是不愁挣不上钱的。"

"我记下了。"海九年接了钱，"那就……谢谢内掌柜啦。"

"呵呵呵……"

戚二嫂又笑了，拿手背捂在嘴上，柔软的身体像风中的杨柳摇摆着，眼睛里涌出了泪，那泪被太阳光一照反射出七彩光来。海九年被戚二嫂笑得不知所措，两只粗糙的大手不由自主地倒替着在裤子上乱抓。这中间一股诱人的香气像小蛇似的钻进了他的鼻孔，他不由自主地抽了抽鼻翼。他闻出来那是野杏子油的香味。

"你以后别再这么跟我说话，我受不了，不习惯，咱贴蔑儿拜兴不管掌柜子还是驼工全都是粗人，有话就直来直去。再别什么内掌柜外掌柜的啦，就叫我戚二嫂就行。"

"知道啦，戚二嫂。"

"这就对啦。"

"没什么事儿我就走了。"

海九年使劲抽了抽鼻子，把那好闻的香气吸进肚子里，转身走出了屋子。

驼队远行

连戚二嫂自己也说不清楚，从海九年头一次走驼道，她的心就莫名其妙地悬了起来，一天到晚都是如此。戚二嫂清楚地记着，那是一个寒意料峭的春天的凌晨，偎在大青山脚下的贴蔑儿拜兴村被嗡咚嗡咚的驼铃声和狗激动昂亢的吠叫声吵醒。整个晚上都不曾入睡，四更天她就披着棉袄走到院子里。

"你折腾什么？"朦胧中传来丈夫戚二掌柜的埋怨。

"我睡不着。"

"有什么睡不着的，哪年我不走驼道。你不用担心！"

丈夫的话让戚二嫂不由得心里一惊。她问自己：我是在为谁担心吗？

她没敢回答自己的问题，她明白自己的担心真的不是为了丈夫戚二，而是海九年。一点儿不错，她的双脚正在把她带向院子里的角落，那里一个年轻汉子正在整理货垛子，正是海九年。由于是头一次走驼道，海九年很是紧张，他几乎一夜没有睡，就在院子里收拾驼屉、鞍鞴。

戚二嫂走到院子里来了。也不知道为什么戚二嫂就紧张起来，感到呼吸不畅。她扭头向屋子后面看看，大青山还黑沉沉睡得正稳。

戚二嫂沉默着帮海九年整理货垛，两个人谁也不说话。后来她就陪着年轻的驼夫把驼列牵到院子外边。虽然说为驼队送行她做过无数次,但是她觉得这个凌晨与以往是那么的不同,有一种莫名其妙的陌生感。

戚二嫂随着牵驼的海九年走出院子。

九月,塞外的夜已然是凉意甚浓。从遥远的西伯利亚刮来的冷风在大青山的秃顶上吹奏着尖利的号角,风把聚集在山头上的云彩刮散了,清亮的月光映照出阴山黑幽幽的身影,大山后面的天幕变成宝蓝色的,放射出蓝幽幽的神秘光泽。

依偎在阴山脚下的贴蔑儿拜兴是一片灯光闪烁,正经历着一个激动人心的不眠之夜。经验丰富的护卫狗们预感到驼队就要起程远行了,一个个都竖起耳朵在黑暗中跑来跑去,激动地吠叫着。狗的叫声划破了夜的寂静,给贴蔑儿拜兴制造着紧张忙乱的气氛。灯光在每家每户的屋子里彻夜亮着,在各家的院子里骆驼们精神抖擞地在倒嚼着,等待着。驼户掌柜子们脚步匆匆挨个儿查看着货物,所有货物都必须按照规矩包装捆绑,以保证在经过数千里地的颠簸之后仍然完好无损,并督促着驼夫把货包放到骆驼的背上去。女人们尖利的喊叫声在黑暗中显得特别响亮。黑暗中是一片看不见的匆忙和紧张。偶然奏响的驼铃就像警钟似的响起来,铜质的声音响在夜的黑色空气中,飘荡一阵之后又消失了。

起驮之前,在村子北边的关帝庙前进行例行的祭祖朝拜。几十支羊油火把将关帝庙和庙周围的空地照得一片通明。驮头胡德全带领着领房人牛二板和全贴蔑儿拜兴大大小小三十二家驼户的掌柜踏进庙门,向关帝爷的塑像焚香叩头,祈祷至圣至明的关老爷保佑驼队此去人畜平安。

所有随队驼工和贴蔑儿拜兴的女人、孩子以及还能走动的老人全都跪在大庙前。已经驮好了货的骆驼黑压压地卧着,从庙前的空地一直向村巷里延伸过去。人不语,驼不鸣,狗不叫,整个村子是一片肃穆。

庙内,几十支蜡烛把殿堂照得亮亮堂堂。驮头胡德全、领房人牛二板面对关帝像一左一右站着,他俩的中间便是货主——一个中年商人。这位商人面色沉静,留着一抹黑色的髭须,穿一件吊面的狐皮大氅。胡德全把身子侧了侧说:"王掌柜,请吧!"

商人把手伸进袖筒里,拿出一捆香、一张黄纸。牛二板用石头击打着刀形的火镰,把黄纸燃着了,又点着香插在香炉里,三个人一起跪了下去。

预先准备好的货物都打好了包，不论是茶叶还是其他百货一律按照一份一百八十斤的分量装包，少不得也多不得，这是规矩。几百年的驼运历史造就了归化驼运行的许许多多铁的规矩，从房子的大小到骆驼缰绳的长短都有严格规定。驼队以驼夫用的帐篷——驼运行称为房子——为计算单位，大房子直径为一丈五尺五寸，可容纳五十六人；中等房子直径为一丈三尺五寸，可容纳三十三人；小房子直径是一丈一尺五寸，能容纳十八人。骆驼缰绳的长度一律为七尺五寸，毛抓子为七寸，搂头绳是七尺，绑鞍架的挺绳是二丈五尺。驼队下面以把子（亦称链子）来计算，每链骆驼一十八峰由一个驼夫牵引。驼队运营最小的单位便是一顶房子，由一名领房人负责，每个成员都随身带刀枪棍棒作为抵御暴客的武器。条件好的驼队还可以配备若干枪械，这就要视自己的能力而定了。

贴蔑儿拜兴独立组成自己的驼队，有自己常年雇请的职业领房人牛二板。随行打火造饭的是王锅头，王锅头自己牵一列骆驼，驮的是米面油盐、锅碗瓢盆以及六个能盛一百斤水的大鳖子和全驼队用的房子，这一列骆驼也是由十八峰骆驼组成。一般的驼队还另有一名专为人和骆驼治病的先生随队而行，然而贴蔑儿拜兴的驼队却免了这个先生，这是因为王锅头不但精通算命术还颇懂医道，遇上人得个头痛脑热或是驼马护卫狗患了诸如口疮、脱掌、泻肚、压梁之类的疾病，王锅头都能以胡椒、白矾、百步根等极简单的药物加以治疗，药到病除。这样他一个人既做了锅头，又兼了为驼夫和骆驼治病的先生。王锅头在贴蔑儿拜兴受人敬重这是其中的重要原因，雇用王锅头只需出一份工钱却可顶两个人使用。

像贴蔑儿拜兴这样的从事驼运业的专业村在归化有几十个，星罗棋布地撒在城市的周围，它们全都由归化城万驼社管辖。在业务方面货源由万驼社统一兜揽，运费也是由万驼社与货主统一结算。在归化近百个行社中万驼社是最大的一个行社，它有注册社员将近一万名。它的社员分布在归化城郊的各个拜兴里。

归化的驼队每年七月至九月起场上路，驼路分内路和外路。内路是指归化往东边的张家口、道口、北京、天津一线；往南边有通向太原、汉口等地的驼路。往西往北就属于外路。向西通新疆、科布多、乌里雅苏台；向北的驼路则通往库伦、恰克图、伊尔库茨克、雅库茨克。再往西往北，驼路一直可以到达俄罗斯的莫斯科和西伯利亚诸城。不用说比起内路的驼道来，外路的所有驼道不仅在路途上要遥远得多，而且沿路的地理环境也特别复杂，道路有时穿过草原，有时要跨越沙漠，还可能遭到暴客的袭击。所以走外路的驼队不但骆驼种别好，驼夫也都是强悍且在拳脚上颇有些功夫的人。

贴蔑儿拜兴的驼队在归化驼运行属于实力雄厚的队伍，无论是在骆驼的种别上还是驼夫的能力、驼队的自我保卫力量上，都是属于一流的，而且他们还拥有年轻有为的世袭领房人牛二板。这样的驼队自然是专走外路的驼队。即使是在走外路的驼队中，贴蔑儿拜兴的队伍也是超群拔萃的，在归化城的万驼社那里是一支能力和信誉方面都良好的队伍。

昏暗中海九年看见一个人影朝着他这边走来，远远地他就认出那是戚二嫂。

"都弄好了？"戚二嫂问。

"弄好了。"

"头一次出门不可大意。"戚二嫂说，"你跟他们不一样。这些人都是久走驼道的。"

"我知道。"

"出门在外不跟在家里一样，像搬大石头那种蠢事你可再也别做。要懂得自己照顾自己，千万别损坏了自己的身体。受苦人不管走到哪里也不管做什么活路，身体都是最要紧的！"

"谢了，二嫂。"

戚二嫂还要再说什么，海九年把她的话打断了："二嫂，驼队要起程了。"

戚二嫂扭头看见领房人牛二板率先从关帝庙走出来了，他走到拴马桩前解开了骊马的缰绳，牛领房气宇轩昂，纫镫攀鞍跃上马背。

骊马被打扮得花团锦簇，真丝编织的马缰、崭新的镀铜马镫在夜的微光中闪闪发光，座上的领房人更是威风凛凛。牛二板今日身着紧身的皂色衣裤，上衣的对襟处一排布盘的梅花纽扣密密麻麻地从领口一直排到腰间，黑缎子的腰带紧紧地缠绕着，外着一件毛色洁白的贵重北极白狐皮坎肩，坎肩的外面套一件褐灰色的狼皮大氅，脚下蹬一双香牛皮的高腰翘头马靴。骊马兜起的风将狼皮大氅的下摆掀起来，吹得啪啦啪啦直响，暴露出插在领房人腰间的牛骨头把儿的三节鞭。一声不响的王掌柜牵着马沉默地看着。

一阵清脆有力的梆子声响起在贴蔑儿拜兴的夜空，牛二板把马鞭高高举过头顶，吆喝道："起——驮——啦！"

一听到领房人的吆喝声，负重的骆驼们立刻都自动站起来，木制的货架与披在骆驼身上的驼屉摩擦着发出吱吱嘎嘎的声音连成了一片。所有的院门都大敞开来。驼队开始缓慢移动，村道在无数负载骆驼的踩踏下呻吟起来。此起彼伏的驼铃声交奏着连成了一片强大的嗡咚嗡咚响声，把所有的声音都淹没了。这驼铃声绝非是某些多愁善感的诗人笔下所描写的那般清脆飘逸。归化的驼铃一律是由纯粹的黄铜铸成，直径五寸长一尺半，这驼铃奏出来的音响沉稳而又浑厚，实际上它更像是一座小型的铜钟而不像是铃铛。

戚二嫂松开了驼缰。这以前她的手里一直在牢牢地抓着海九年驼列里首驼的缰绳。

驼铃声交奏着装满了海九年的身体，把他的心搅得混乱不堪。他的身体就像一个没有生命没有感觉的木桩夹在驼队中间移动着。一种从来也没有过的感觉就像浓雾似的在海九年的心里弥漫开来，他觉得自己此刻就要到天边去了，并且在那里再也回不来了，脑子里是肿胀的空虚……

出村八里驼队开始进山了。

牛二板的骊马站在山口的一块巨石上，长脖子被真丝的缰绳勒得很不舒服，黄色的牙齿呲着，磨得光溜溜的铁嚼口在它的牙齿间闪出湿漉漉的白光。

牛二板站在马镫上，手里挥动着牛尾马鞭催促着驼夫。在第一个山口和每一个拐弯的路径，牛二板都要亲自看着驼队从自己的面前走过，而且他要一个一个地数人，一列一列地数驼。这是他的责任。领房人拿着超过一般驼夫十倍的酬金，他肩上的责任就不一般，要知道他带领的岂止是一个驼队，那实际上就是整个贴蔑儿拜兴所有驼户的身家性命！除了骆驼，贴蔑儿拜兴人再没有别的什么财产了。一旦驼队有个什么闪失，他牛二板就得像他父亲一样，以自己的生命向村人做出最后的交代。

走在最前边的是王锅头牵的驼列，整整十八峰骆驼。在王锅头的首列头驼的货架上插着一面黄底子红心的旗帜，这是归化商人和万驼社共用的传统商旗。紧跟在王锅头驼列后面的是驮头胡德全，跟在胡德全后边的是他家长工和临时雇来的驼夫牵的驼列。

再往后便是蹇家七个儿子的驼列。接下来是戚二掌柜家的驼列、白驼寡妇家的驼列、刁三万家和段家兄弟的驼列……除了几家寡妇，所有的驼户掌柜都亲自牵一列骆驼，并且走在自家驼列中第一列的位置。贴蔑儿拜兴的驼户掌柜子不论家业发展到多么大，走驼道的时候都要自己亲自牵一列骆驼。这是历史遗留下来的习惯。

海九年加紧脚步从牛二板的骊马身边走了过去。

第一次走驼道时的这个清冷的黎明就像有人拿刀子刻在了他的头脑中，凌晨寒冷的光亮是紫色的，一座座峰峦的轮廓渐渐清晰起来，峰峦像大海里的巨浪延绵不断地铺展着，驼铃的交奏声变得很有韵律，驼铃声与骆驼、护卫狗蹄踏以及人的脚步声汇合在一起，撞击着岩石的海浪引出了经久不息的声响。许多岩石的僵硬面孔从身边闪过去，百无聊赖的昏昏沉沉的时光一点一点流过去……

喀尔喀草原

一个月之后驼队在千里之外的喀尔喀草原迎来了初冬的第一场雪。像小孩手掌大的雪片纷纷扬扬地下了一天一夜，皑皑的白雪覆盖了一切，统治了一切。雪原上的山脉都像大海里凝固的巨浪矗立着，纵横交叉的湖河沟汊都被寒冷冻结了，都被大雪填平。驼队再也用不着为难如何渡过湍急的河流而发愁了，几乎可以直直地照着目的地走了。驼道一到这种时候就变得清晰了，这也是为什么驼道总是在冬天里特别繁忙的原因。

骆驼的毛在进入草原的过程中迅速生长起来，厚厚的绒毛让主人的大手抓上去一把都捏不透。驼夫们在各种狼皮、狗皮、狐皮坎肩外面套上了老羊皮的大氅，戴上了三耳皮帽。主人给护卫狗穿上了小套鞋。习惯了寒冷的骆驼很舒服地把宽大的蹄掌踏在绵软的雪地上，嗡咚嗡咚的驼铃声此起彼伏地响着，风把它悦耳的声音带到了十里之外。从远处看，驼队就像一条细细的黑色溪流在银色的雪原上缓缓地流动。每两个驼夫之间都相隔着十八峰骆驼的距离，使他们无法交谈。能够把他们心灵连接起来的就只有那粗犷而豪放的歌声了。几乎每一个驼夫都是出色的歌手，一个驼夫的歌声还没有停下来另一个人的歌声立刻就接上了。

大雪把整个世界都遮盖了，几乎是没有变化的景物一点一点从身边滑过去，每天都是如此，完全没有方向感，好像就连时间也在这无边无际的大雪中凝固了。驼铃嗡咚嗡咚地响着，风声呼呼地吹着，驼夫的双脚一步一步向前迈去。人的生命、骆驼的生命被简化了，只是机械地倒动着脚和蹄掌向前移动。对于他们来说，在这个世界上活着只有一件事可以做，那就是不停地朝前走。

但是驼道并不像人们想象的那么寂寞，一到扎房子的时候驼夫们就凑到一起，说说说笑笑互相帮助将冻成了大冰坨子的匣子鞋脱下来——没人帮忙匣子鞋是脱不下来的。大家围着篝火吃饭。驼队里有不少出色的猎手，几乎每天大家都能吃到烤野黄羊或是炖鹌鹑这样的野味。皮褥子的下面铺着栽绒的骆驼屉子，把人的身体与踏瓷了的冰雪隔开。吃完饭也不急着睡觉，都趴在被窝里抽起了香喷喷的叶子烟，讲着笑话。海九年和二斗子、刁三万、段八十三、蹇家七兄弟睡在一顶房子里。蹇老五是一个脸上长满络腮胡子的中年汉子，生性诙谐而活泼，也爱说话。他一边把胡子上的水一把一把往下掠着——那都是冻结在胡子上的冰琉璃消融成的——一边说："要是能把老婆带在身边就好了，能给我把被窝暖和暖和。"

也不知道是哪个聪明人想出的好办法，驼队扎房子休息时，大家在房子睡觉是按照顺时针每天挪一个人的位置。不论年龄大小和资格深浅一律平等，也不分什么掌柜子不掌柜子的，大家都一样，就连领房人也不例外，每个人都有睡房子旮旯较为暖和的机会，谁也躲不过睡房子门口遭冷风折磨的罪过。这一天正好轮海九年睡房子门口，从羊毛毡子的门帘缝隙那儿钻进来的冷风直往他的被窝里窜，九年伸手把被角使劲掖了掖。

"带来也没有用，"二斗子说，"你那老婆太瘦了，没有多少热乎气。"

"连老婆都没有的人还能知道老婆的身上有没有热乎气？"

"女人都一样。"

"等你娶了媳妇就知道老婆有没有热乎气了，娃娃家的你还嫩着哩。老婆这种东西里面的学问可大啦！"

"我的老婆这会儿也不知道在干什么呢？"刁三万若有所思地说。

"能干什么，都后半夜了。"

"放心吧，你那个麻脸婆子自己可会找好事情做哪，说不定这会儿正让甘州来的那个伙计亲她麻脸哪！"

引起了一阵哄堂大笑，像爆炸似的。

"哼！蹇老五，你他妈的狗嘴里吐不出象牙！"

"刁掌柜，"蹇老五问道，"你昨儿个不是说胡德全家的三闺女和牛二板有一腿吗？到底咋回事，你说说。"

"牛二板的事你们问二斗子，他最清楚！"

"二斗子，快说说！"许多人都撺掇着说。

"我不知道。"显然二斗子不愿意揭自己师父的丑底。

"这有甚，"蹇老五说，"谁家的锅底还能没有黑！你说吧，没事儿！你师父不会知道的。"

"你说说，那次你到牛二板屋里耍，后来累了就在牛二板的炕上睡着了，半夜醒来的时候你看见甚啦？"刁三万很耐心地启发二斗子。

"看见甚……我看见人摞着人。"

"那女人是不是胡家三闺女？"

"还能是谁。"

"二斗子看清楚没有，牛二板和胡家三闺女哪个在上哪个在下？"

"蹇老五，你问了个倒仔细，你又不是没老婆，你什么不知道。"

"不是的，我听说胡德全那三闺女可不一般，骚劲儿大着哩，做那事她总好在上边儿，骑着牛二板干！"

"不能吧？天下竟有这样的女人？"

"怎么不能，不信你们问二斗子。"

于是众人又逼着二斗子说。

二斗子被搞得很窘迫。他虽然已经十八岁了，可在性的问题上知道得还很少还非常幼稚。他清楚说出这些事对牛二板不好，可是他拗不过大伙儿，这些粗野的驼夫都被牛二板和胡德全三闺女的秘闻撩起了兴致，一个个眼睛都发亮了。兴致勃勃的刁三万光顾着听故事连烟也忘了抽，结果半截烟灰掉在了他的胳膊上。被烟头烫了的刁三万猛地在被窝里蹿了一下，怪叫着："呜哇哇！"光胳膊拼命甩着。

出了怪相的刁三万又在房子里引发一阵大笑。

"快说吧，二斗子。"蹇老五督促着二斗子，"你看大家都等着呢。你要不说，就怕是今天的觉也睡不成了。"

二斗子终于说了："是三闺女在上边。"

"呜啊啊真是这么回事呢！"

"啧啧啧……"有人像吃到了什么香东西似的感叹着。

"看不出来，胡家的三闺女还真能弄出些新花样来呢！"

"睡吧！明天还赶路呢。"王锅头的话里有了埋怨的意思。

得到了满足的驼夫们不再闹了，都蜷缩着身子把被窝掖紧睡了。

在各种不同声调的鼾声伴奏下，海九年睡得很香甜，非常平和的梦境中意外地出现了戚二嫂的身影，梦境中戚二嫂正拉着他的首驼的缰绳和他说话呢……

也不知道为什么，戚二嫂看着驼列鱼贯走出了村子，她觉着自己的眼里流出了眼泪。一边往回家走，心里一边计算着驼队翻越大青山的时间，她对自己说：翻过大青山就好了，以后的路都是平缓的草地。十二天之后驼队跨越了一片戈壁，就会走进杜尔伯特草原。

她的思绪一直追随着驼队，展现在她面前的是一个新奇的陌生世界。秋天的草原宽宽展展一直向着慢慢坠落的太阳铺过去。蜃气在她与太阳之间的草丛尖上摇摇曳曳地晃动，像无数少女舞动着腰肢。目力所及的地方长着一片褐色的胡杨林，威威武武、庄重肃穆，落日的金光给它们镶上耀眼的金边。一簇一簇的芍药花、山丹花火一样在绿草丛间燃烧。秋铃儿的蝈蝈声、鹌鹑的咕咕声与金花鼠的吱吱声此起彼伏，引逗得她驻足谛听不忍拔步。一群黑身白尾的大雁呱呱叫着从不远处的沼泽中飞起，它们的黑色翅膀闪烁着瓦蓝色的光泽，飞得越来越高。它们在蓝色天幕上排成一个"人"字形向南飞去了。沼泽中是一片无边无际的芦苇，唰唰啦啦在风中摇摆。深红色的蒲棒沉甸甸地弯着腰。芍药花的幽香气息与蒲棒的麻生生的酸味儿混合在野芒麦草生涩的微苦中。草丛中间或有新鲜的驼粪放射出潮闷闷的热气。

戚二嫂用全部身心感受着这一切，领会着这一切。她不由自主地伸出手去。她产生出一个很想摸一摸这个新奇世界的强烈愿望。太阳悬在草原的尽头，橙红橙红的，又大又圆仿佛透明。她想那太阳一定是通向天国的大门，贴蔑儿拜兴的驼队就朝着那又大又圆的大门走进去！

整整三十天了，戚二嫂的心尾随在驼队的后面。她一天天地把贴蔑儿拜兴、把大青山抛在遥远的后面。她像一只飞出蛋壳的小鸟，她的全部灵性都在心里活跃起来。她用全部感官感应着这个世界，那神圣的太阳，幽香的芍药花，远处的胡杨林，长满红色蒲棒的沼泽，远去的大雁……

戚二嫂差不多是和海九年一起体验着艰难的驼道生涯。一个女人的心思真是神秘莫测。她的身体在村道上移动，嘴上在和邻居的女主人聊天，但是心里在想着另一个人。那是一个只有她自己才能体会的甜蜜过程，整天都是愉快的、饱满的，觉得周围的一切都变得特别有意义。她对自己说：我也真想跟着驼队一起远远地走一趟。

当她把自己的心里话告诉麻三婶的时候，被结结实实骂了一顿："你是神经出了问题，还是想男人想得要疯了？离不开男人吗，还是怎么的？"

戚二嫂笑着把话题转开了。

乌兰穆图山口

一座长满了绿色柏树的大山横亘在驼队的前面,驼队停下来了。拉成一线的一列列驼队都静静地等待着,凭着经验大伙儿感受到一种不同寻常的气氛,但是不知道发生了什么事情。牛二板骑着马向后边走过来,"掌柜子们、伙计们,咱们已经到了乌兰穆图山口,卡伦上的军官正在查验货主的执照和运货凭条,待会儿还要抽查货驮子,记着,我们是在为俄国人运货,货主是……"

牛二板一路走一路向驼夫们安顿着,时紧时松的风使牛二板的话已经连不成句子了,只听见最后的半句:"再问什么,你们一律回答不知道!"

"九年,卧下驼,让骆驼歇一会儿。过卡子的事麻烦着呢,一时半会儿完不了。稍格——稍格!"

海九年看见前边的驼队在戚二掌柜的指挥下都卧倒了。驼队的前前后后响起了驼夫吆喝骆驼的声音。

二斗子走到九年这儿来,从腰带上抽出烟袋,烟荷包丢在地上,在被无数驼掌踏瓷实的雪地上一屁股坐下来。"他妈的,整整一天了,我这张嘴还没和谁说句话呢,都干得要冒火啦!我就知道这一程不大对劲儿,一天一夜不歇气儿地走。"

两个人抽着香喷喷的烟说起话来。

"九哥，乌兰穆图这地方你知道吗？"

"听说过。"

"这是通往俄罗斯的最后一个卡子，从山口穿过去用不了一个时辰就到俄罗斯的地界了。这地界经常出事！"

"你来过？"

"嗨，还说什么来过没来过的话，都像是走平地似的啦。"二斗子向周围看了看，压低声音说，"你知道咱们的驼队这会儿做的是什么营生吗？"

"是什么？"

"是走私！"

"哦，我说呢。"

"行啦，这事儿你心里明白就行，千万不要说出去，这可是掉脑袋的事儿！"

驼队起动了。果真像二斗子说的那样，也就是一个时辰的样子，驼队便穿过了乌兰穆图山口。这是九年生平第一次双脚站在外国的土地上。虽说是只隔着一道萨彦岭，山两边的自然景观有着明显的不同。在他眼前展开的是陌生的一望无际的西伯利亚景色，连绵的雪原放射出蓝色的光芒，被大雪覆盖的道路上奔跑着马拉的雪橇，狂烈的风里边有一种特别的苦涩的味道。

又赶了两天的路，来到一座城镇。驼队开进了一个用劈开的圆木围起来的大院。一座向阳的很大的房子，房基很高，墙壁也都是用木头钉起来的。安装着明亮的玻璃，房顶的一角伸出一个烟囱，冒着淡蓝色的清烟。骆驼在院子里卧成一大片，驼夫都蹲在地上抽烟等候着。

屋门前的木头台阶轰轰隆隆响着，胡德全、随队的王掌柜和在乌兰穆图山口才出现的那个俄国人陪俄国货主走到院子里来，挨着个儿查看货驮。驼夫们都站起来，恭恭敬敬地等候着。

"茶货没有受潮吧？"年轻的经理一边向前走着一边用俄语问道。

"怎么会呢，这一点您尽管放心！"一直跟在经理旁的王掌柜说。

年轻经理站住了，把手伸出去，眼睛看着一个货驮子，说："拿刀来。"

旁边那个俄国人从身上抽出一把食肉刀放在经理的手里，经理接过刀顺势在货驮子上划了几下，划开一个口子，把一块砖茶拿到鼻子跟前闻了闻。

"怎么样？"王掌柜用俄语问。

"嗯，不错！"

年轻的俄国经理不再往前走了，放开目光打量着卧满院子的骆驼，简单地命令道："卸货吧！"

年轻的经理转身离去。

胡德全吆喝着："掌柜子们、伙计们，动手吧！快点！"

院里响起一片吭哧声，木头驮架的咯吱声。

这里是俄国的边境城市沙必乃达巴汉。晚上驼队就在离城郊二十里的地方搭起了房子。一片由南向北倾斜着的山坡地，许多积雪盖不住的骆驼刺、干枯的蒿草、苊草延着平坦的山坡地铺展出去，密密麻麻的一眼望不到尽头。驼队要在这里放场两个月，让在数千里长途跋涉中耗尽了体力的骆驼恢复膘情。驼夫们也需要好好休息休息，同时借机会把各自稍驼的货卖出去。

半个月之后的一个早上，海九年与王锅头、二斗子、戚二掌柜相跟着牵了自己的稍驼出发了。运货的任务已经完成，现在他们要深入到沙必乃达巴汉以北二百里的地方做他们各自的小买卖，与那里专门狩猎的西迫利亚当地人以物易物换取皮毛和药材，这比在沙必市把货物卖给俄国商人至少要高出一倍。四个人牵着骆驼顺着大道走着。

一支小小的马队追上了他们，是一群俄国上流社会的人出来打猎游玩的，每个人的肩上都背着猎枪，闪着黄色光亮的子弹带在胸前斜打着十字。马蹄踏着道路上的积雪从海九年他们身边跑过去。大概跑出有十几丈的距离，马队停下来了，其中一个拨转马头独自向九年他们跑过来。王锅头率先停下，大家等候着。

原来是那个年轻的俄国经理。今天他换了一身装束，头上戴着一顶黑色的软羔皮高顶暖帽，穿一件光面的水獭皮大氅，坐下骑着一匹云青走马。

"你们的骆驼驮的好像是大黄？"

年轻的俄国经理拿马鞭指着海九年的骆驼问。

"是大黄。"海九年老老实实地回答。因为不明白对方什么意思，心里不免有些紧张。

但是年轻的俄国经理显然并无恶意,他下了马,凑到九年的货驮子跟前闻了闻,问道:"我能看看你的大黄吗?"

"当然可以。这是我们中国最有名的五台大黄!"

"真的吗?我正想找来自中国的五台大黄呢。"年轻的经理说,"那么,请你把货包打开一下。"

海九年动手要解货驮子,一扭头目光正好与年轻的经理撞在一起,立刻呆住了。笼罩在他的记忆上空的迷雾迅速散开,乌里雅苏台的草原在他的脑海里一点一点清晰起来,八月的河边草地上遍地是各种各样的野花,米契柯与他骑着马向杵立在不远处的山岗上的古代土堡跑过去。海九年的舌头缓缓地转动着,用几乎只有他自己才能听得到的声音说:"米契柯……"

但是对方已经听到了他的话。年轻的俄国经理睁大了眼睛,疑惑的目光在海九年的身上来回扫着,这个陌生的、结实的中国驼夫身材高出他足足半个脑袋,满是冰霜的胡子使他难以辨出年龄,身上破旧的白茬老羊皮袄的大襟上挂破了好几个口子,头上戴着一顶披肩的狗皮风帽,只有一双闪着笑意的棕色眼睛使他觉得熟悉,似乎在哪里见过。

"你是谁?"

海九年苦笑着,没有立刻回答,目光中流露出又兴奋又有些失望的神情,他一下子不知道怎么向对方解释这一切,干裂的虚肿的嘴唇一个劲儿地哆嗦。

"你当真认不出我了吗?"海九年用俄语说,"六年前,在乌里雅苏台!骑马,登古堡……"

"让我想想,对,我肯定认识你,等等!你的眼睛我太熟悉啦!不要告诉我,让我自己想出来……"

海九年等待着,笑着。

"难道说你是……元龙吗?"米契柯的眼睛一点点睁开,瞳仁闪出欢愉的灰蓝色亮光。

"是我,米契柯!"

"噢——上帝!"米契柯惊叫起来,扑上去把海九年紧紧抱住了,两只手在海九年的背上使劲拍着,抓着海九年的肩膀,仔细端详着他的脸说,"我们又见面啦!可是,你的样子变化真是太大了。你要是不说出来，我真的不敢认你呢……"

"可是你还是老样子，我一眼就把你认出来了。"

"你在做什么？"

海九年摊开两手，目光指着卧在身边的骆驼和卸下来的货驮子回答："我是一个驼夫，就做这些事。"

"你的事情是怎么回事？我向不少人打听过你。"

"一言难尽。"

海九年向两边看了看把话打住了，周围人被他俩的举动弄得惊呆了。

"我们为什么要站在这里说话呢？走，回屋里去，为了庆贺老朋友重逢，应该喝一杯！"

屋子里暖洋洋的，火在离海九年不远的炉子里噼噼啪啪地燃烧着。满满的一瓶子伏特加已经喝下去，海九年身上冒汗，挂在鼻子尖上的细碎汗珠闪出水灵灵的白光，消融的冰霜把他的浓密的络腮胡子浸湿，从胡子尖滴下来的水把光面的羊皮坎肩弄湿了一大片。

"把坎肩也脱掉吧。"米契柯一边提议，一边打开一瓶酒，给九年的杯子里咕咕嘟嘟倒满，"真是做梦也想不到的事情，我们又见面了！"

海九年把脱掉的破羊皮坎肩随手丢在地板上。米契柯兀自感慨着："不错，这一切真的像梦境似的难以让人相信。我从军队服役期满一回到公司就打听你的消息。大盛魁和我们公司的业务来往比过去多了，经常可以见到他们的人，你离开大盛魁的事情我早就知道了。"

"我是被开除的。"

"我知道，是为了一件泄露秘密的事情。这件事与我们康达科夫公司有关。"

"我没有做那事，我是被陷害的。"

"我当然相信你，不说这件事了，来，我们接着喝酒。"

他们自由自在地谈着，话题忽东忽南忽西忽北，共同感慨时光之匆匆。现在米契柯已经做了康达科夫公司的总经理，从父亲手里接过全部业务。米契柯还是爱马，特别喜欢走马。他心爱的云青走马是他拿整整一列骆驼的海象皮换回来的，价值两千两汉堡银。

两个老朋友边喝边聊,后来九年的话就越来越少,但是酒喝得越来越多,脸色变得像纸一样苍白——这一点非常奇怪,别人喝多了总是脸红——结果他终于喝醉了,瘫软的身体就像被抽去了骨头似的从椅子上滑下去。

驼村"活寡"

驼队把男人们带走,男人们把歌声和欢乐带走,也把喝酒、打架、赌博全都带走了,留下来陪伴女人们的是一个空旷寂寥的贴蔑儿拜兴。

西伯利亚的冷风像一个巨兽一口就把这里的秋天吞进了肚子里,将贴蔑儿拜兴带进了漫长的冬季。女人们都脱掉了色彩鲜艳的夏装,换上清一色的白茬子老羊皮袄。单从外表看她们与男人没什么区别。每天女人们把留在家里的老驼、病驼、怀孕的母驼和未成年的仔驼放出去,太阳落山之前把它们赶回来。白昼渐渐短促起来,日子就在繁忙的家务劳动中匆匆忙忙度过。夜幕刚刚降临,村子的上空就传来一阵阵女人尖利的喊叫声,把在村巷中玩耍的孩子叫回去——这种时候母亲对孩子表现得非常严厉。接着便是一阵阵噼噼啪啪的关门声、插门闩声。除了有特别的事情,村巷中就再也听不到有人走动的声响了。各家各户都把狗放出来,夜间的贴蔑儿拜兴是群狗的天下,在黑暗中星月的微光映照出一只只狗移动的暗影,一有风吹草动群狗就吠叫起来。几十条雄壮的狗成了村庄强有力的保护者,每一条狗脖子上都套着护颈圈,护颈圈上尖利的钢钉在茂密的皮毛丛中向外闪射出一束束耀眼的寒光。

其实对于贴蔑儿拜兴的女人、孩子和老人来说,没有男人的生活他们早已经习惯了。那些贴蔑儿拜兴的媳妇们在嫁到这里来的第一天,那些孩子们在降生到世界的时候，过的就是这种生活。贴蓂儿拜兴的女人生娃娃——一茬茬，歇后语就是这么说的。孩子们的父亲不论掌柜还是驼夫全都是驼道上的人，他们一起出发一起回村，所以他们的老婆生孩子的时间大体上也都是凑在一起的。

  孩子们从小就适应了没有父亲照料的生活，而当他们的生身父亲从驼道上回来，孩子们对待他们就像对待陌生人一样冷漠。父亲在家里待上几个月，把带着遥远的异域色彩的玩具和食物送给孩子们，使他们与自己亲近起来。但是在孩子们刚刚与父亲熟悉不久，远行的驼队便又把他们的父亲带走了。于是靠着短时间培养起来的父子亲情很快又疏淡模糊了。父亲在贴蓂儿拜兴的孩子们的脑袋里只能是一个朦朦胧胧的印象。他们觉得父亲就应该是这样子的——在每年的大部分时间里他们都在驼道上跋涉，只有几个月的短暂时光能够与家人待在一起。在与父亲团聚的有限时光里，孩子们除了能从父亲那里得到许多好吃的食物和新奇的玩具，还能从父亲的嘴里听到许多奇奇怪怪的故事。这些故事把远在数千里之外的喀尔喀草原、新疆的湖泊以及更加遥远的俄罗斯，与阴山下的村庄贴蓂儿拜兴联系了起来，在孩子们的心里那些遥远的地方反而变得愈来愈熟悉和亲近。几乎每个孩子都能说出喀尔喀和新疆的一长串拗口的地名，稍稍大一点的孩子就能知道俄罗斯的许多民情风俗。贴蓂儿拜兴的孩子们就是在这样的环境中一天天长大的。

  而妇女们则以成年人的理性习惯着这种特殊的生活方式，她们对于繁重的劳动和家务都能胜任起来，在男人们不在的时候她们照料骆驼和孩子，妇女们勇敢地面对一切，她们从来不知道什么是害怕。日子像拴狗的链环似的一环紧扣着一环，牧驼、做饭、照料孩子……永无止境的家务消磨着光阴，也消耗着女人们宝贵的青春和生命。

  节令一过霜降，白昼就变得非常短促。放驼的时候妇女们围坐在一块儿聊天，用自己纺成的驼毛绒线给男人和孩子们打毛活儿。女人们见面总是这样打着招呼："我们又成了活寡妇啦。"

  "是啊，我们又成了活寡妇啦。"

  "活寡"成了最常挂在她们嘴边的一个词，她们用这个饱蘸着苦涩意味的词来嘲讽同伴也嘲讽自己。

  但是贴蓂儿拜兴的活力依然存在着，戚二嫂在驼桥上一下子买回了三峰孳生用的母驼。这件新闻立刻就轰动了整个村子。在各家的院子里、在井沿儿边、在放牧的草滩上，人们到处在议论这件事情。可是没过几天，人们又看到戚二嫂骑着她的杏黄马从驼桥上回来了。杏黄马的鞍桥上又链着三峰体魄高大的母驼。短短的时间内戚二嫂从驼桥上买回了十二峰母驼，全都是最上乘的科布多种母驼。麻三婶第一个反应过来，知道戚二嫂这是要做甚了。

"活寡，你这是要做甚呀？"

麻三婶跑到戚二嫂家的院子外边，隔着院墙明知故问地向女主人发问。她刁家经营了许多年，才养了三峰母驼，还都是不怎么值钱的朝格尔种母驼，而戚二嫂几乎是在一夜之间就拥有了十二峰纯种的科布多母驼。这让麻三婶心里非常忌妒。

"我这是学你啦，活寡！"

"学我甚呀？"

"让它们学你下驼崽呀！"戚二嫂指着那些身材高大的母驼，"它们向你学习多多地生养，生得越多越好！"

"哎呀呀，你这可是造孽呀！一下子买回来十二峰母驼，要知道我家三万只弄了三峰母驼就让大家戳着脊梁骨骂。自古以来咱贴蔑儿拜兴人就不兴什么骆驼繁殖，都说那是下贱的事情。"

"那是古时候，咱不管他，谁愿骂就让他骂去。"

"当然啦，从桥上买一峰好驼要花整整十两银子，要是自己养母驼生崽用不了两年就把本钱赚回来了，不管怎么说都是合算的。戚二嫂，你真是太精明啦！"

"我刚才已经说过了，这是跟你学的。"

当然不久大家就全都明白了，戚二嫂这是要在骆驼的孳生上大做文章。放牧的时候女人们望着戚二嫂买回来的那些母驼，心里生出了许多羡慕，在老弱病残的驼群中那些母驼一个个都显得非常健壮和漂亮。但是她们也只能是在心里羡慕一番而已，在贴蔑儿拜兴，除了戚二嫂再没有哪个女人能在这种重大事情上做得了家里的主。

戚二嫂到一百里外的萨拉齐跑了一趟，请回来一个专门搞配种的驼工师傅。配种驼工在她家住了十几天，用他自己带来的种公驼给戚二嫂家的母驼全部配上了。

萨拉齐来的驼工师傅是一个瘸腿老汉，相貌非常丑陋，个子也很小，但是他带来的种公驼模样十分高大，是一峰纯粹的科布多种公驼。谁也搞不清楚萨拉齐老汉是用什么方法把种公驼弄得兴奋起来，种公驼口里吐着白沫子瞪着发红的眼睛在戚二嫂家的院子里跑来跑去追逐那些母驼，用黄色的牙齿撕咬它们的脖颈和脊背，迫使它们卧倒。在铺着软草的地上，种公驼长时间地用两条前腿抱着母驼的后半截身子不肯松开。而瘸腿老驼工则站在种公驼的旁边，手里拿着一根红柳哨棍监视着。有时候他还会伏在地上，一边把脸贴在地上观察着，一边用双手刨地帮助种公驼与母驼交配。

每天在戚二嫂家院子的矮墙周围都有许多看热闹的人。女人们真真切切地看到了种公驼把膨胀起来的粗大阳具插入母驼的屁股里，都红着脸默不做声了。

配种带来的热闹打破了贴蔑儿拜兴平静的生活节奏，女人们对放牧的事情变得不热心了，每天早早地就把骆驼赶回来圈进院子，然后就跑到戚二嫂的院子外边看热闹。至于孩子们和无事可做的老人们，则是从早饭过后就围在戚家的院子周围等着啦。从上午一直到黄昏，发情种公驼高亢的连续不断的叫声、母驼们略带惊慌的骚动声伴着萨拉齐老汉严厉的吆喝声，把整个村子吵翻了天。孩子们跑来跑去，喊叫着，简直像过年似的高兴。这种热闹的、快乐的日子持续了半个月才结束。萨拉齐老汉气宇轩昂地牵着他的种公驼离开了贴蔑儿拜兴。

种公驼撒下的种子在母驼的肚子里悄悄地萌生着，在人们看不见的地方创造着生命的奇迹。

贴蔑儿拜兴又恢复了往昔的平静。日子像连绵不断的西北风一天天地刮过去。接连下了两场大雪，从村子通向城里的道路被大雪封锁了。足足有一尺厚的积雪覆盖了大地，除了村子通向牧场的道路被来来去去的骆驼的蹄掌踏瓷实，在村子周围的雪地上就再也看不到人的脚印和牲畜的蹄掌印了。

在寒风刺骨的腊月初，有一串新鲜的马蹄印印在了归化通向贴蔑儿拜兴的道路上。马蹄的半圆形蹄掌踏碎了结在积雪表层的薄冰，踏出了一个个深深的雪窝，蹄印艰难地延伸进了村子。这是一个相貌非常奇怪的男人，中等个头，在他的左脸上有一个吓人的伤疤，那伤疤就像漩涡似的朝里抽抽着，把他的整个脸都弄歪了。这个奇怪的人向他看到的第一个老人打听着什么，后来就牵着马往村西的草场去了。

首先是牧驼狗发现了来访的客人，所有的狗都吠叫起来，从四面八方朝那个人跑过去。狗群被主人喊住了。

　　放牧的妇女们用警惕的目光迎住了他。女人们都拿肥大的老羊皮袄把自己紧紧裹起来，怀里抱着哨棍聚在了一起，等待着。

　　"哎呀呀！这个人长得也太吓人啦。"

　　"简直就像鬼一样难看！"

　　"幸亏这是大白天，不然……"

　　"悄声些，他来啦。"

　　牵马的人呼哧呼哧地喘着气在女人们跟前站住，白色的呵气一股一股地从他的嘴里和鼻孔冲出来，他的眉毛和髭须着了一层白霜，白色的眉毛胡子看上去给人的感觉就像百岁老人了，可是他的声音很年轻，"诸位婶子、大嫂，麻烦你们，我想打听一个人。"怪人伸手把挂在胡子上的冰琉璃向下捋着，一边鞠着躬，脸上堆着笑，问道。

　　"你打听谁？"

　　"一个高个子男人，是个年轻人。"

　　"是个生意人吗？"

　　"我们村里整个冬天都没有外人来过。"

　　"是吗……"

　　"驼队走外路啦，不会有人到我们村子来的。我们这里是专门搞驼运的村子，你到别的村儿去打听打听吧。"

　　那人脸上露出了失望的神情。他把马缰绳在手掌上缠了几圈，犹豫着，目光向白茫茫的雪原上望去。起伏的雪原闪着蓝光，刺破雪层的骆驼刺草和芨芨草一丛一丛地簇拥着，它们的身上都挂满天鹅绒般的薄霜，风打着旋子把被它搅起来的雪花抛向空中，飞扬的雪花在阳光照耀下反射出霓虹似的色彩。附近的几峰骆驼都把弯曲的长脖子抬起来，昂然地注视着他。一群白尾巴的乌鸦呱呱乱叫着从人们的头顶飞过去，落在了不远处的一座雪岗子上。他又朝妇女们鞠了一个躬，也不看她们，叹着气扭转了身体要走了。

　　"你找的人是做什么的？"

　　戚二嫂从雪地上站起来。

"他是做甚的？哦，原来是个买卖人。至于现在他干甚我也说不清楚。反正是个卖苦力的，也许在给人放骆驼。"

"他姓甚？"戚二嫂很认真地问。

"姓古，名叫古海。"

"那就不对了，你走吧，到别的地方去找找。"

戚二嫂微皱眉头望着那个陌生人慢慢离去的背影。那匹青色皮毛的马身上裹着一层薄薄的白霜，几乎使人辨别不出它皮毛的本来颜色，被旷野上的风一吹，马直打哆嗦。大青马跟在主人的身后走着，不停地甩着尾巴抽打自己的屁股，试图将罩住身体的霜打下去。经验告诉戚二嫂，那个丑男人为了找他的朋友至少跑了几百里的冤枉路。她的心里有点感动。但是她无法知道那个脸上有伤疤的人要找的正是海九年，她更无法知道这个丑男人就是与九年打小在一起长大的好朋友杰娃，也就是古海姑父姚祯义的义和鞋店的伙计张杰。

春节过得很平淡。而在这一年一度的节日里，盼望驼队归来，盼望自己丈夫的心情在女人们的心里猛然膨胀起来。无聊的、平淡的日子消磨着年轻女人们的宝贵青春。她们骚动的心情被苦闷的时光压抑着，这种难以言表的心理不可避免地扭曲着表现出来了。

"那个萨拉齐来的老汉对配种可是真有一套……"

在放牧的时候，女人们聊着聊着就把话题扯到性的问题上来了。由于妒忌，麻三婶总想拿戚二嫂报复一下子，就说："戚二嫂，你没让那个萨拉齐来的瘸子给你也配一配吗？"

大家都哄笑起来。

戚二嫂斜躺在被太阳晒化了雪的沙堆上，身底铺着半截羊皮袄，身上盖着半截皮袄，拿胳膊肘子支撑着身体。

"配啦，大概不出明年就会生出一个小刁三万来！"

沙岗子上又爆起一阵哄笑。

"好哇！你在骂人呢，你在骂我家三万呢。"麻三婶一甩手把一个绒线团抛在戚二嫂的头上去了，"你等着，戚二嫂，等驼队回来，我把你这话告诉三万，看他不找你算账！"

"待驼队回来就怕你什么也顾不上啦。"

"怎么啦？"

"这还用问吗？这是谁都知道的事情，你是一只很厉害的母狗，男人落在你的手里，你就会骑在他的身上再也不肯下来。瞧瞧吧，大虎、二虎、三虎……不歇气儿地生了五个'虎'，这还不过瘾，到末了一下子又来了个双胎！"

"哈哈哈……"

"嘀嘀嘀……"

"嘿嘿嘿……"

各种声调的大笑汇合在一起，把整个雪原都震动了。

觉得受了侮辱的麻三婶脸上涨得通红，很均匀地散布在脸上的麻点都变成了紫色的小坑。她恶毒地把眼睛眯成了一条细细的缝，望着大笑的同伴，心里想着主意。待笑声落下去之后，麻三婶开始反击了。她把紧紧抿着的薄嘴唇拉成了一条长线，撇着，斜瞄着戚二嫂反唇相讥道："嗷！我麻三婶生娃娃有什么丢人的？谁家的锅底没有黑？我可不像有些女人，管不住自己的男人，结果让自个儿男人穿着别人家女人的花兜肚回了家。"

戚二嫂的脸色立刻就变得灰白，嘴唇哆嗦着说不出话来。刚要张开嘴大笑的女人们一下子都愣在那里，谁都笑不出来。所有人的目光都集中在一个人身上——此刻白驼寡妇就坐在她们中间。

雪岗子上顿时变成一片寂静，空气凝固了。在大家的目光中，白驼寡妇无声无息地站起来，像拿起一个不能胜任的重物似的拾起身边的哨棍走开。在站起来的一瞬间，她侧着涨红的脸向戚二嫂那边扫了一眼。

自古以来就有一条朴素的道德约束着贴蔑儿拜兴的人，男人在外边有了相好，这事几乎全世界的人都知道，结果只有妻子被蒙在鼓里，但是谁也不能捅破这张纸。而麻三婶在戚二嫂愈合不久的伤口砸下了一块石头，把伤口打烂了。

"我该去看看自己的骆驼啦……"

七哥的妈带头站了起来。接着女人们一个一个都站起来，大家散开了，只剩下戚二嫂和闯了祸的麻三婶留在那里。

麻三婶用手撑着身体挪到戚二嫂的跟前向戚二嫂道歉："是……三婶我一时糊涂，说走了嘴。"

"滚你妈的！"

戚二嫂一拳把麻三婶打倒在雪地上，然后伏在地上号啕大哭起来。

黄沙遮盖了旅人的脚印，时间掩埋了女人们的痛苦。不久，人们包括戚二嫂本人就把这件不愉快的事情忘掉了。世世代代的女人都是这样过来的，戚二嫂又能怎样呢？更何况她的丈夫戚二已经答应往后再也不上白驼寡妇家了。

春节过后的一个暖融融的下午，白驼寡妇来到戚二嫂家。她的镶着水獭皮边的大襟皮袄内包着一个毛茸茸的黑色皮毛的小狗。

"你有什么事吗？"戚二嫂站在屋门前的台阶上，语调冷冷地招呼着客人，打量着客人怀里吱吱乱叫的小狗。

"我给你送狗来啦。"

白驼寡妇把怀里的小狗往上托了托。黑色皮毛的小狗崽摆了摆大耳朵，睁着两只天真无邪的眼睛冲戚二嫂汪汪叫了两声。小东西稚嫩的样子把戚二嫂逗笑了，"到屋里来吧。"戚二嫂挪开了门口，顺手把门拉开。

"前年冬天狼群偷袭我家骆驼的时候，你们的大黄狗和狼打架的时候被咬死啦。现在我家的母狗刚下了一窝崽，这是最大的一个，我给你抱来了。"

"我很喜欢这只小狗，"戚二嫂从白驼寡妇的手里接过了小狗，把自己的脸在小狗毛茸茸的身上蹭着，"你坐吧。"

这是自去冬以来她们头一次说话。她们和解了。

但是时间并不是一贴万能的膏药，丈夫的不忠给戚二嫂心灵造成的创伤是任何药物都难以治愈的。这种创伤就像一粒种子隐藏在她心里的一个角落，在包括戚二嫂本人也不清醒的情况下等待着萌发的时机。

第三十三家养驼户

冬去春来，温暖的东南风把来自北方的冷空气赶跑了，大东沟里的坚冰酥软了，消释的冰面变得千疮百孔，河水携带着巨大的冰块哗哗啦啦地畅流起来。

杨树飞花的五月，终于把驼队盼回来了。驼队是在半夜翻越阴山的，贴蔑儿拜兴在三天前就得到了消息，一整夜都没有睡觉的女人们在午夜之前带着狗跑到离村八里地的大路上迎接了。但是驼队沿着贴蔑儿拜兴村的边缘直接开进了归化城，给商家送货去了，第二天上午驼队才回到村子里。女人们都穿着最漂亮的衣裳，迎接自己的当家人。从每一座院子里都传出了欢声笑语，驼队归来，这才是贴蔑儿拜兴真正的节日。

肮脏不堪脸晒得漆黑的男子汉们被请到炕头上，大嚼着香喷喷的莜面，女人在地上跑来跑去，没等男人吃完头一碗就已经把第二碗端上去了。这一天孩子们即使打碎了碗或是犯了别的什么过失，都可以避免母亲的责骂。

临时雇请的驼工全都辞退了。各驼户家的长工都与主人一起吃饭。戚二掌柜与王锅头盘着腿面对面坐在炕上，戚二嫂一条腿搭在炕沿儿上挨着锅台坐，伺候他们吃饭。

戚二嫂有些心不在焉，总是隔着窗户往外看。

"你看什么？"戚二掌柜问。

"九年呢？怎么不见他的人影儿。"

戚二掌柜没说话，王锅头回答戚二嫂："回来了，麻三婶把他接回去了。"

"咦，九年他怎么不回咱们家？"

戚二掌柜接过话茬说："海九年是咱们临时雇请的驼工，外路的事情完了，他与咱也就没关系啦，他海九年回咱家干什么？"

"这个海九年好没道理，从外路回来咋也该上咱家打个照面才是呀，他居然就拍马不回头！"

戚二掌柜拿白眼珠翻了翻自个儿的老婆，又说："咱借给海九年的那十二两银子他已经还了我，咱给了他工钱，他替咱拉了驼，现在两清啦，谁也不欠谁的。"

"那就没个人情啦！"

戚二嫂嘟囔了一句没再往下说。

晚饭以后将锅碗瓢盆草草收拾了，便吹灯歇息。俗话说得好，久别胜新婚，这一夜戚二夫妇男欢女乐、颠鸾倒凤一直弄到鸡叫三遍才相拥着睡去。

一连三日夜夜都是如此。

第四天，日上三竿戚二掌柜方才醒来。戚二掌柜给自家的杏黄马刷干净身子，将马鬃、马尾仔细地梳理了一遍，备了一套漂亮的鞍鞯，牵着缰绳走出了院门。

戚二嫂追出屋子问道："你不吃早饭啦？"

"我和胡驮头他们昨天就约好了，进城去吃烧卖！整整一年啦没吃上咱归化城的烧卖，想得不行啦。"

这倒是实情。说起来这归化烧卖确实特别，是以精选的苏尼特羊肉为原料，佐以毕克齐的大葱，皮薄馅嫩，拿筷子提起来垂垂如细囊，放在碟里则团团似薄饼，香气四溢，现蒸现吃，乃是归化一绝。本地人都最好这一口。还有，归化的烧卖是作为早点由茶馆经营，食客可以边吃边喝边聊，从容用之，往往一顿烧卖吃下来要一个时辰还多。其实在茶馆里吃烧卖只占其一，更大的乐趣在于聊天。走外路的商人、驼户掌柜和普通驼工坐在一起海阔天空地神聊，自是又一种享受。

一连数日都是如此，戚二掌柜每天早上进城直到半夜方才回来，回来之后就躺下，不刻便鼾声如雷。

王锅头回来了，驼也不用她放，戚二嫂每日起来从空空的屋子里走到空荡荡的院子里，走出来走进去心里闲得发慌。戚二嫂心里慌了这么几天，终于明白了，她心慌是因为心里惦记着一个人，就是海九年，于是就把七哥喊来了。

"七哥，看见你九年哥没有？"

"二婶，你弄错啦！"七哥很认真地说，"我俩不是一辈人，不能称兄道弟的，应该叫他九叔才对。"

"好好好……就叫九叔。"戚二嫂说，"那你看见你九叔了吗？"

"看见啦！"

"他在做什么呢？是在给刁三万家放驼吗？"

"不是，九叔是在脱土坯呢。"

"脱土坯？脱什么土坯？"

"二婶你糊涂了，连脱土坯都不懂啦？"

"我怎么会不懂，我是问你九叔在给谁脱土坯呢？"

"这我就不知道啦。"

戚二嫂把一捧葡萄干儿塞到七哥的怀里，"七哥，你替二婶跑趟腿。"

"做什么？"

"去把你九叔叫来。"

七哥把拿衣襟兜着的葡萄干儿推向戚二嫂，说："这玩意儿我都吃腻啦，二婶，你还是自己去找九叔吧。"

戚二嫂抬头看看，这才发现七哥已经长大了，已经不再是从前那个光着屁股到处乱跑的小男孩。

"哼，"戚二嫂犹豫了一会儿，自己对自己说，"去就去，怕什么！"

在西草滩的边上紧靠着白驼寡妇家院子的前面空地，戚二嫂找到了海九年。九年光着膀子蹲在地上正往木模子里摔泥巴，脸上、胸脯子上到处都是泥点子。九年一点儿也没有察觉戚二嫂站在他的身后已经好一会儿了。戚二嫂响亮地咳嗽了两声，海九年应声扭回了头。

"哦，是戚二嫂。"

"怎么，你还能认识我呀。"

"这话怎么说？"

"走外路回来连个照面都不打啦，二嫂我怎么得罪你啦？"

"这……"

不等九年回答，戚二嫂又说："怎么不在我家住啦？是不是我们戚家庙小供不起你这尊大神佛啦？"

"哪儿的话。"

海九年走到水桶跟前舀了一瓢水，咕咕嘟嘟喝了一半，把另一半泼到和好的泥堆上去。泥堆旁边的干地上放着一个驼毛口袋，九年伸手从口袋里拿出一个牛舌头饼子咬起来，边吃着边把目光散开，欣赏着铺展在地上的一大片已经干了的和半干的土坯。

戚二嫂走过去一把夺过九年手里的饼子，手腕子一旋，那饼子便飞了出去，落在黄泥巴堆上去。

"干什么？"海九年翻着白眼珠有点儿生气了。

"就干这个！"

戚二嫂板着脸把一个浅灰色的小包伸到九年的脸前，然后蹲下去将小包打开。小包里包着一个棕色的带盖陶盆和十多个雪白馒头，馒头散发出的麦香和一股诱人的炖肉的香气钻进了海九年的鼻子。戚二嫂把小陶盆的盖揭开，原来是还在冒着热气的炖羊肉。

"我这种人生来就是个贱骨头，好心好意地待人，结果人家还不领情。好啦，饭也送到啦，我该走了！"

戚二嫂话里有话地自嘲着，做出要走的样子，脚下却是一动不动。戚二嫂被海九年留住了。

"二嫂！"

"怎么，有事情？"戚二嫂装作漫不经心的样子冷冷地问。

"我……你别走。"

"怎么，你有事啊？"

"事情倒是没什么事情，说说话吧。"

"哎，要是这话么，我爱听。我告诉你，你可别把好心当作驴肝肺。"

海九年搬了一块石头放在戚二嫂的脚跟前，拾起自己的破衣服把那石头抽了抽。戚二嫂在那石头上坐下了。

从和好的大堆的泥堆那儿往西往南是一大片已经晒干的和半干的土坯，反射着湿漉漉的阳光。戚二嫂将目光移到海九年的脸上，问道："看来你是要给自己盖房子啦？"

"是哩。"

"听说你在俄罗斯的买卖做得不赖？咦！你咋不吃？我那饭是做给人吃的，又不是拿给人看的。"

海九年在戚二嫂的逼视下把陶盆端起来，"你听谁说的，我哪里会做什么生意。"

"二斗子说的话还会有错？"

"哼！这个二斗子……"海九年解释道，"我也就是学着做点小生意。说起来还是戚二嫂你教的呢。"

"瞎说！"戚二嫂高兴地否认了。

"怎么不是！"海九年认真道，"若不是你借给我本钱，我能办得起整整一峰骆驼的货？"

"这倒是，不过听二斗子说你的生意做大了。"

"小本生意！"

"别说什么小本生意啦！别人一峰驼的货顶多赚一峰骆驼的利，可你一下子就挣了三十多两银子！你是怎么弄的？都贩的是什么货？"

"我做的是大黄生意。"

"你怎么知道西伯利亚那边稀罕大黄？"

"也是听人说的。"

戚二嫂那双褐色的眼睛眯起来，望着海九年又问："二斗子还说你的俄国话讲得好着呢！"

"学过一点儿……"海九年躲闪着，"常走俄罗斯的人，拉骆驼的人哪个不会说两句俄国话。"

"这倒是。"戚二嫂说，"习染的，在咱贴蔑儿拜兴，就连不出门的女人们也都张口就能说个西巴西巴、哈喇少的。俄国人叫咱归化城科科斯坦呢！"

"是哩。"

"九年，我看你挺像个买卖人，你会算计。"

"哪里话。"

"我看出来了，海九年，你不是那种老老实实地死靠着拉骆驼卖苦力挣饭吃的人。你的心大着呢！"

"哪里的话……"

海九年把筷子咬在嘴里，抬起眼皮看了看戚二嫂把话题岔开了。

看着九年躲躲闪闪的样子，戚二嫂把话打住了。

事情让戚二嫂猜着了，半个月之后，一座小小的黄泥屋落成了。赭黄色的四面墙，同样赭黄色的屋顶，白茬的桦木屋门散发着沁人心脾的香喷喷的味道，一个大约有三尺长的方形窗户朝南开着，像房主人冷峻的眼睛注视着贴蔑儿拜兴的村子和草滩。

黄泥小屋孤零零地杵立着，在太阳下闪着光。戚二嫂每每在草滩上放牧或是经过那里，都要投去特别的目光。小屋的桦木门哐哐响着，海九年和他的把兄弟二斗子每日里出出进进地忙乎着。又过了半个月，一个方框围墙就把黄泥小屋包围起来了，屋前出现了一块方方正正的院子，有半亩大的样子。

小院落成之后海九年进了一趟归化城，从驼桥上牵回来一峰两岁口的骟驼。每天早上，他把自己唯一的一峰骆驼放出去，混在大群中放牧——他自己仍然给刁三万牧驼——傍晚再收回来。一座小院，一个单身汉，一峰骆驼，构成了一个完整的独立世界。但是就是这座小小的黄泥小屋，使海九年成了贴蔑儿拜兴村第三十三家养驼户。

海九年在贴蔑儿拜兴扎下根来了。他不引人注意地开辟着属于自己的生活。还是头一次从驼道上回来的时候，海九年就从同村的塞老二家要来一对小狗。那两只小狗刚刚出了满月，毛茸茸的就像两个小玩具，胆子也小，一看到有人走进海九年的房子就直往主人身后躲。海九年拿咸鱼干儿喂它们，两只小狗一天天地长大了。

海九年一米八以上的高大身材如今变得肩宽肉厚，脸色黝黑，胡德全用蟒皮鞭雕刻出来的那块额角上的伤疤，使他给人一种凶狠的、野性的印象。再加上那种让人猜不透的沉默性格，所有这些都使人看不出他与别的养驼户有什么区别，他成了一个彻头彻尾的贴蔑儿拜兴人了。海九年仍旧是很少说话，他和村里人来往也不多，宽阔的厚嘴唇一天到晚紧紧地抿着,就像是一张百斤重力的硬弓,很少有人能拉得开。他那沉默的性格,不论到哪里都能使人感到一种内在的威慑力量。

胡德全第一个承认了海九年的新身份,在九年的黄泥小屋杵起来的当天,胡德全率先出现在海九年的小院表示祝贺。当着许多村人的面,胡德全说:"海掌柜,恭喜!恭喜!"

刁三万紧随在胡德全身后也走进了海九年那院落。一看见海九年,刁三万就亲热地埋怨道:"海掌柜盖房拓院也不招呼一声,跟我们这些弟兄见外了吧?"

毫无思想准备的海九年一下愣在了那里,见胡德全和他身后一张张脸在冲着他笑,明白了大家的意思,赶忙说:"对不住,各位掌柜!我这小屋小院实在算不了甚,只不过是想给自己弄个遮风避雨的小窝罢了,没敢惊动大伙儿。"

村人们纷纷抱拳向海九年贺喜:

"海掌柜发财,发财!"

"恭喜海掌柜!"

"贺喜海掌柜!"

从这一天起,在贴蔑儿拜兴村再也没有谁敢直呼海九年的姓名,不论男女老幼,大家见了他一律尊称海掌柜。

劫戏

傍晚，胡德全从归化城回来，骑着马直接来到了海九年的小院。胡德全在马背上探探身子，用马鞭子把院门的门闩捅开了，他嘴里哼哼着一支歌翻下马背，拿红柳马鞭抽打着自己的裤子走进海九年的黄泥小屋。

胡德全虽说是一个粗人，可也不是那种没有心计的人，自打海九年盖起了自己的房子，就更加对他另眼相看了。

"海掌柜，有件好差事儿你愿不愿意干？"

胡德全友好地拿鞭杆子敲打着海九年的光肩膀。

海九年盘腿坐在地上呼塌呼塌地拉风箱呢，屁股底下垫着一捆干草。从灶口映出的火照着他黑红色的胸膛，一块一块的肌肉在他的胳膊上滚动。

"什么事儿？"

风箱没有停，依旧在呼塌呼塌响着，海九年抓起一把干草塞进灶洞，黑色的浓烟和红色的火焰一起扑了出来，又粗又黑的大辫子从耳朵边垂下来，辫梢扫着地，九年抓住辫子一甩，那辫子就像是一条活灵灵的蛇缠绕到他的脖子上去。

胡德全一只脚踏在炕沿儿上，一边躲避着熏人的烟气，一边扭着脖颈寻找着海九年的眼睛。

"是件快活事儿！万驼社要唱社戏，让咱们去请戏班子。"

"你是说让咱去劫戏？"海九年手里的风箱停下了。

"对啦，就是劫戏！"

"去哪儿劫戏？"

"大同的吉昌戏班有个水上漂近来唱红了，万驼社的好多人都想亲眼见识见识水上漂那两步。派人带着红包去请啦，请不动。羊社长让咱们把那个水上漂劫来！"

"呀，这倒真是好事情，我去。"海九年拍了一下大腿从地上跳起来，问道，"还有谁？"

"有牛领房，你和我，再叫上一个得力的弟兄。"

海九年脱口道："叫上二斗子吧？"

"好，就依你。"胡德全痛快道，"二斗子虽说是个头矮了一些，可他的心意拳厉害，万一事情不顺当动起手来，三五个人是近不了二斗子身的。"

"还缺一个赶车的呢。"

"不用啦，车倌和轿车社里都给预备好了。"

清月高照，山峦幽幽。四骑四乘拥着一辆蓝布轿车在大道上风驰电掣般疾驰。马蹄嘚嘚车轮隆隆，昏暗中不时有一串串橙红的火星溅起。这一支小小的马队离开归化城绕过了绥远城，直向东而去。马队驶进了山地，轰轰隆隆的马蹄声撞击着山崖，在山谷中发出了巨大的轰响，夜宿的鸟兽都被惊得四下奔逃。

劫戏乃是彼时归化地方特有的一种习俗，作为闻名八方的著名商业城市，归化的各种行社有百十家之多，为庆祝买卖兴隆也为壮大声威，各个行社每年都要唱社戏。从年初的正月到年根的腊月，茶馆里和戏园子里的戏班子戏以至北门的瓮城和各街口的野台子戏简直就是唱个不断。尤其是在驼队归来的五月至八月，归化的社戏更是红火到了极致，往往有几台甚至十几台戏同时都在通宵达旦地唱。这就不可避免地造成戏班子的紧缺。本地不够便到外地去请，先是文请，好说好商量。而一旦因为所请的戏班子预先答应了别家或是酬金方面谈不妥，文请不成便要武请啦，这就是劫戏。主家派出若干壮士，配以快马利刃，到达地点二话不说把做台柱子的戏子劫了，装进轿车星夜赶回归化。劫戏只劫戏子，而且只劫主角。这边早有预备好的配角和锣鼓班子候着，待到戏班子的班主打听清楚自己人的下落，追赶到归化来，戏大半已经唱完了。主家会把班主和戏子一起请到上等饭馆，压惊赔礼。为表诚意，酬金方面往往高出应给价码一倍以上，无论是班主还是戏子，在收入上是绝不会吃亏的。

出归化走隆盛庄，再经丰镇，翻过一座土山就到达大同，总共不超过五百里。这一点点路对于走惯了外路的驼路汉子们来说简直就是小菜一碟。头天三更起身，第二天黄昏之前就到达了大同府。把轿车和车夫留在城郊的一个靠近路口的僻静小店，胡德全、牛二板带着海九年和二斗子进了城。

四个人一路走一路打听，恰巧水上漂当天晚上有演出。胡德全大喜，说："真是天助我也，原估着怎么的也得在大同耽搁个三天两日的，看情势是用不着了。一会儿咱在戏园子旁边找家饭馆饱饱吃他一顿，待到天黑之后便动手。此事若能得手，明日天黑以前我们就能返回归化交差啦！"

饭罢，胡德全使出一个眼色，四个人起身走出饭馆。一弯新月斜挂在东南天际，街市上行人稀落。戏园子就在距饭馆不远处一箭之遥的地方，清清楚楚看见一个扎着裤腿的男人从戏园子里边走出来，那人手里一边提一个点了蜡烛的大红灯笼，挂在门前的挑檐上。

牛二板压低声音问："胡驮头，动手吗？"

胡德全说："时机到了。"

安排海九年留下看守马匹。

海九年把马牵到一棵大树的阴影处等待着。劫戏的事情他还是头一次参加，这勾当毕竟不是光明磊落，海九年不免心里打起鼓来，不觉间攥着马缰绳的手便是湿漉漉的。月亮在黑色的乱云中间穿行，移动的云彩的灰色暗影从街道和房屋上静静地划过去，看戏的人们三三两两地走向灯火明亮的戏园子门口。

两个身着长袍马褂的男人在海九年身边停下来，欣赏着那四匹马。

"这是谁家的马啊？"

"真漂亮！"

"大概是跑马吧？"

"是走马！"

"不是一般的马。"

"喂！伙计，"其中的一个走到海九年的面前来，"你是给谁家当差呀？这些马的主人是谁呀？"

"走开！"海九年在黑暗中闪动着眼睛，凶狠地喝道。

"怎么回事啊！"那人惊叫着向后退去，"你干吗这么凶！"

另一个说："听口音不像是本地人。"

"这人身上好像有股羊膻味儿。"

"说不定是个蒙古人。"

"别理他，咱们走吧。"

两个男人很害怕地不断回头看着，走远了。

约莫过了两袋烟的工夫，海九年看见胡德全他们从戏园子旁边的小巷子里走出来——那小巷通着戏园的后门。昏暗中九年看见牛领房与胡德全并排走着，一个身穿戏装头戴簪子的人夹在两个人中间。海九年心里打了一个激灵，急忙迎上去。

"好汉饶命！"

那戏子吓得浑身直打哆嗦，一个劲儿地向海九年鞠躬，他把海九年认作是劫戏的"强盗"首领了。

胡德全将冰凉的刀背往戏子的脖子上一推，低声喝道："悄悄的。"

负责断后的二斗子跑过来了，"胡驮头，快上马吧！"

胡德全说："不忙，咱先把人看一看，别像上次把人弄错了，回去交不了差。"

胡德全拿手抬起那戏子的下巴仔细端详着，问："你要老实回我的话，你可真的是雁北名角水上漂吗？"

"小人是水上漂，好汉饶命。"

"不对吧？"牛二板疑疑惑惑地说，"听着怎么是个男人的声音？这小子莫不是在骗咱们吧。"

"好汉好汉，饶命！我真的是个男子，我是专唱旦角的男人。"

胡德全说："大概差不多，如今唱旦角的多是男人。上马吧！"

胡德全和牛二板把那戏子一架，像丢小鸡似的扔到了骊马的背上。一声呼哨，四个人同时飞身翻上马背。马蹄隆隆，一路响雷似的驰出了大同城。在城郊路口的小店旁与接应的轿车会合，把水上漂装入轿车中，一路狂奔向西而去。算一算，从进入大同城到劫得水上漂撤出来，前后没超过一个时辰。

天亮之后马队进入一片狭长的山谷地，行进的速度缓下来。胡德全盼咐："二斗子，你看看车上的人怎么样啦。"

二斗子勒着马缰靠近轿车，撩起轿帘看了看，笑了。

胡德全问："没有把水上漂吓死吧？"

"没死，他睡得正香甜呢。"

四个人一起哈哈大笑起来。

"二斗子，你别弄醒他。"胡德全仰脸望望黛蓝色的夜空，又看看周围暗青色的山峦说，"时辰还早着呢，咱已经过了平地泉，这里到归化连三百里都不足，赶天黑以前咱是准回去了。让水上漂养养精神，晚上也好唱戏。"

归化万驼社的社长羊领房在会馆接见了水上漂。水上漂一身戏装已然皱皱巴巴，脸上的油彩也被汗水流得七零八落，模样十分狼狈。

一走进归化万驼社会馆，水上漂咚的一声就跪倒在地，又是作揖又是磕头的，连连说："羊社长饶命！"

羊社长掠掠下巴上的羊胡子安慰说："快快请起！我归化万驼社只是仰慕先生的大名，特请先生来唱戏的，并无恶意。你不要误会，更不要害怕。锣鼓班子和配角都在瓮城大戏台子上候您多时了，略微歇息歇息就上台吧。"

水上漂听了羊社长的安排，苦笑着说："您看我这行头还有这张脸，咋唱戏么！"

羊领房哈哈大笑，连声说："不妨事，不妨事！归化人是仰慕你在戏台子上漂起来的绝妙功夫，并不要看你的扮相。再说啦，野戏台子上唱戏，下边的人就是想看也看不清楚。"

当下盼咐人到归化最热闹的北门瓮城野台子去做安排，宣布雁北名角水上漂今晚领衔演唱《吕布戏貂蝉》。

羊社长当场兑现诺言，给了劫戏的人五十两银子。胡德全带领三个弟兄在归化最上等的饭庄宴美园大吃了一顿，将银子分了。一顿酒吃至掌灯时分，从宴美园出来，耳听得一阵阵激越的锣鼓声从瓮城那边传来，四人精神为之一振。

二斗子把沉甸甸的元宝揣进怀里，感慨道："这倒是真不赖，大同城里耍了一圈，银元宝就挣到手了！胡驮头，往后再有这等美差千万叫上我。"

"你俩怎么打算？"酒足饭饱，胡德全问道，未等回答又说，"牛领房到宝局房耍钱，老哥哥我要上美人桥，好好犒劳犒劳自个儿！"

胡德全说罢也不管九年和二斗子，脚步飘飘摇摇地走了。

"胡掌柜，等等我……"

牛二板跟在摇摇摆摆地迈着花步的胡德全身后。

"九哥，你说咱们上哪儿？"望着胡德全、牛二板的背影，二斗子问九年。

海九年说："二斗子，咱们回村吧。"

"什么？你说我们这会儿就回村？"

"连着两天两夜没睡觉，早就困了。一会儿路过瓮城看一会儿戏，就回村睡觉。"

"哈哈，"二斗子嘲笑说，"那些银子怎么花？难道说你也像王锅头似的把银子藏在炕洞里吗？"

"银子你不用发愁，不要说只是一二十两银子，就是有一千两、一万两银子咱也不愁花出去！"

"你是不是要拿这些银子买驼呀？又何必呢。"二斗子劝道，"人生一世，草木一秋，该吃该乐的时候别舍不得，要不也太对不起自个儿了！"

"做什么你别管，我自有主意。"

"好，我不管你。"

"你也不能去。"二斗子正待扭身离去又被海九年叫住。九年伸手到二斗子怀里，二斗子把九年的手摁住了，"你要做什么？"

"把你的银子给我。"

"为甚？"

"你的银子也不能乱花，要派个正经用处！"

"怎么？九哥，你自己苦自己不说，还要我也陪着你呀？他妈的，我不干！"

二斗子一只手摁着怀里的银子，另一只手往九年的胸脯子上推去，没有防备的海九年连连后退差一点跌倒在地上，但是九年把银子牢牢地抓着揣进怀里去了。

二斗子伸着手直通通走到九年的跟前，一字一板地说："你的银子怎么花我不管，可是你得把我的银子还我！"

"我跟你说了，这些银子咱有正经用处！咱要做生意，这是本钱！"

"我不要做什么生意，我二斗子现在是一个驼夫，我靠拉骆驼卖苦力养活自己。将来我做领房人，靠本事挣钱我能过上好日子！我不要做生意。"

"你今天喝多了，你要听我说……"

"我不听！谁的话我也不听。我二斗子从小就没爹没娘，我……我是喝苦水长大的，现在手里有了银子，我想怎么花就怎么花，怎么快活怎么干！把我的银子还我！"

"我是你哥不？"

"这会儿你就是我的亲爹也不行，拿我的银子来。今日二斗子我是除了银子谁都不认！"

二斗子从九年的手里一把夺过银子，哼了一声头也不回地走了。他的身子一会儿左一会儿右地摇晃着走远了。

"二斗子！"九年的喊声像旋风似的追赶上去，但是在第一个街角的地方被抛开了。

短暂的夏夜

摩肩接踵的人群在瓮城内涌动着,已经开戏了,锣鼓声震耳欲聋地响起来,把人群发出的嗡嗡声压下去了。海九年并不打算把戏看到底,他就站在人群的边缘上踮着脚瞭望,好在他身材高大,越过人们的头顶还都能看得见戏台子上的景物,只是人影模糊,连那角色的男女也难以辨得清。可是瓮城聚音,戏子们的唱词还是能够听得清清楚楚。

"这是出什么戏呀?"

九年兴致勃勃地向旁边的人打听。

"是《吕布戏貂蝉》。"

好生奇怪,回答他问话的是一个熟悉的女人的声音。海九年一扭脸看见竟是戚二嫂在他身边站着。

"原来是戚二嫂,你怎么在这儿?"

"咋?准你海掌柜到大同劫戏,就不准我戚二嫂来瓮城看戏?"

九年不吱声了,醉眼迷离地望着戚二嫂,她额上的刘海儿毛茸茸的,在黑暗中闪着亮光,一股野杏子油的香味儿吸引着他,海九年从来没有这么近地看过她,他不由自主地向戚二嫂跟前凑了凑,使劲儿抽了抽鼻子。

"你在干什么?"戚二嫂把脸冲着他问,她的细碎的牙齿像贝壳似的闪着湿漉漉的白光，她笑的样子妩媚极了。

海九年大着胆子说："你身上的味儿真香！"

"你喝醉啦。"

"没有……"

"这儿真热！真挤……"

海九年感到有一只柔软而又潮湿的小手摸索着将他的大手抓住了。戚二嫂那女性的温暖身体靠在了他的身上。海九年脑子里像突然炸响了的蜂窝嗡嗡地响起来，人声、锣鼓声渐渐远去了，变得模糊了。人群像深水里的潜流涌动着。戚二嫂"哎哟"叫了一声把海九年紧紧抱住了，柔软的身体贴在了他的身上。

"怎么回事？"

"有人踩了我的脚。"

"厉害吗？"

"不知道……"戚二嫂哼哼着，带着哭腔说，"弯不下腰，黑得什么也看不见。"

"走吧，到外边去，到有亮光的地方看看。"

海九年拉着戚二嫂的手来到一家店铺门前。一缕橘黄色的灯光从半开着的门缝泄出来，有人影在屋子里晃动。

"脱下鞋来看看吧。"

戚二嫂身子往后缩着，"你要干什么？女人的脚是随便让人看的吗？这里有外人，你让我脱掉鞋出我的丑哇？"

"那怎么办？"

"我想回家，到自己家再看看脚怎么样了。"

海九年朝瓮城那边看了看，在一片夜的宁静中，水上漂那像线一样细的甜嗓门一阵紧一阵慢地飘过来。

"好吧，我送你回去。你的马呢？"

"杏黄马在驼桥下边的河滩地绊着呢。"

海九年把马牵来了。

戚二嫂站着不动，说："我的脚使不上劲儿，咋能上得了马？"

"那怎么办?"海九年问。

戚二嫂说:"你抱我上去。"

海九年犹豫着向四周围看了看,弯腰把戚二嫂轻轻抱起来。戚二嫂哼哼唧唧地笑着,坐到马背上去了。

"走吧。"戚二嫂说。

路上的行人越来越少了,瓮城那边的锣鼓点子忽隐忽现,几乎听不到了。海九年沉默地走着。大约走出了四五里的光景,戚二嫂说话了。

"海九年,从归化到咱贴蔑儿拜兴三十多里地呢,你是不是打算就这么一直走回去呀?"

心脏在海九年的胸膛里咚咚乱跳起来,"驼路汉子还怕这一点点路,没事。"

"海九年,你真混蛋!"

戚二嫂骂了一句,俯身一探手抓住了马缰绳,杏黄马站住了。

"快上马吧!"戚二嫂说。

海九年站着不动。

"咋,你一个堂堂男子汉,难道说还让我把你抱上马背不成?"戚二嫂嘲讽着,向海九年伸出一只手。海九年翻上了马背,戚二嫂却并不催马走动。

海九年说:"走吧。"

"你抱住我的腰!"

海九年张开双臂用两只被汗湿弄得黏黏腻腻的大手抱住戚二嫂的肚子。戚二嫂咯咯笑起来,柔软的小肚子在九年的大手下面很有弹性地跳着滚着。缰绳一抖,杏黄马就跑起来了,在黑夜的郊野大道上越跑越快。约莫跑出了十几里地,戚二嫂勒住了马,也不等海九年问,便吩咐道:"把我抱下去。"

戚二嫂的双脚轻轻地落了地,可是她揽着海九年脖子的双手并没有松开。"九年……"戚二嫂耳语般呢喃着,软绵绵的身体紧紧贴住了海九年。

海九年觉得自己身上的血好像开锅似的沸腾起来,脑子里一片空白,只有一个强烈的欲望在支配着他的躯体。他像牛似的笨重地喘息着,把戚二嫂抱起来走下大道,走进了路旁一片开放着紫色小花的木樨地里。海九年脱下上衣铺在地上,把戚二嫂慢慢放下去。一双因为过分激动而不停哆嗦的大手笨拙地解开了戚二嫂上衣的扣子，戚二嫂甜蜜地哼哼着闭上了眼睛。一对像俄式面包似的圆圆的奶子在海九年的眼前极诱惑地抖动着，使人迷醉的野杏子油的香气熏蒸着海九年，使他再也不能自持了。"二嫂……"九年叫了一声伏下身去。

"九年……"戚二嫂软软地回应着。

淡蓝色的月亮的光辉抚照着夜的大地，微风在大地的怀抱里轻轻地呼吸，吸足了水分的花在夜间开得正艳，紫色的小花连成了一片，就像神话中的景象，在月光下放射出蓝色宝石的光芒。专在夜里出来活动的金花鼠吱儿吱儿地叫着，呼唤着自己的配偶。

事罢，足足有一袋烟的工夫两个人谁也没有说话，就那么静静地仰躺着。戚二嫂把脑袋枕在海九年的粗胳膊上，眼睛望着在紫色天幕上移动着的月亮，说："今天这一夜，我这一辈子都忘不了！"后来她翻起身来拿胳膊肘子支着身体，一只手在九年的脸上轻轻地抚摸着，"冤家！你算是住在我的心里啦，你去大同劫戏，走了几天我就几天没睡成觉。"

"没事！就跟玩儿似的，又散了心又挣了银子，真是好差事！下次我还去。"

"还说呢，去年耆老商会的人到镇定府劫戏，不但人没劫上反倒被人家抓啦，打了个半死。"

"哎，一切都是天意。"海九年愉快地叹口气说。

"你说什么？"

"我是说咱俩呀！就是你和我，你看瓮城那儿人山人海的，我怎么偏偏就遇上了你？这还不是天意？"

"你以为那只是老天的安排？"

"怎么？"

"你不知道的，我从天黑以前就找上你了，在瓮城那儿一圈一圈地绕啊！在人群里挤，把腿都走得发酸啦！"

"哇！我真不知道……"

海九年注意地看着戚二嫂的眼睛，好像是判断她说的是真话还是在开玩笑。

"你们男人哪，真是心粗得很，你是真的看不出来还是装糊涂？盼这一天我不知道盼了多少日子啦！一天到晚惦记着你的冷热饥饱，可是你却一点儿还不知道呢。我真是冤哪。"

　　说着戚二嫂已经是眼泪滚滚了，她也不擦眼泪，把一张被泪水打湿的脸冲着月亮仰着，好像与自己对话的不是身边的海九年，而是高高挂在天上的那个可望不可及的星球。

　　海九年咬着嘴唇说不出话来了。他对女人的心一点都不了解，戚二嫂的眼泪使他慌乱起来，他想不出该说什么好。在一种感动的推动下海九年从地上一跃而起，猛地扑到戚二嫂的身上将她紧紧抱住，嘴唇雨点般落在戚二嫂的眼睛上、眉毛上、被泪水打湿的脸上和光滑的额头上。两个人抱着在草地上翻滚着，把一大片苍绿色的木樨都压倒了。粗重的喘息声与女人甜蜜的哼哼声和谐地交织在了一起，在猛烈的亲吻的间隙，戚二嫂只能听见海九年早已不成句子的话语："二嫂……我的亲……人哪……恩人呀……"他像狼似的嚎叫着，在她的身体里猛烈地冲撞，一次又一次地发起冲击。戚二嫂忘情地尖声叫起来，用自己不间断的亲吻与心爱的人呼应着，鼓励着毫无床笫经验的海九年。她拿贝壳般的白色牙齿紧紧咬住海九年肩膀上的一块强健的肌肉，直到咬出了血也不肯松开。海九年觉得自己整个人全都融化了，化成了水，化成了看不见的空气。

　　月亮在他们的头顶上旋转着，惊骇地俯看着大地上发生的这惊心动魄的一幕。不知道发生了什么事情的金花鼠竖起尖俏的小耳朵听了一会儿，互相招呼着逃走了。一群不知名的夜宿的鸟儿因为受了惊吓腾空飞了起来，许多只翅膀扑啦扑啦地扇动着黑色的空气飞远了。

　　万驼社的社戏一连唱了三天，在这三天的日子里，戚二嫂天天晚上都和海九年在一起，他们几乎用不着担心谁和避讳谁——村子里的大人孩子全都跑到城里看戏去了，或是在村西的草滩或是在村南的柳树林里，紧紧依偎在一起疯狂地享受着对方的生命和肉体，从黄昏开始一直到黎明降临才恋恋不舍地分开。

　　三天热闹的社戏一眨眼就过去了，贴蔑儿拜兴村的生活又按照自己固有的轨迹向前运行起来，每家每户都在忙乎着自家的事情，没有谁去注意戚二嫂和海九年之间发生了什么事情。

　　胡德全和戚二掌柜在归化城的妓院里消磨着时光。他们把在驼道上积郁起来的苦闷和孤寂都发泄在那些可怜的女人的肉体上。胡德全整夜整夜地折磨陪伴他的妓女,他拿许多听来的办法对付她们,一整夜都不让她们休息。胡德全的坏名声在妓女们中间传播开来,使得很多妓女一听说他走进美人桥的大门就纷纷逃避,没人愿意接待他。为此胡德全必须花比别人多一倍的银子才能找到一个情愿伺候他的妓女。胡驮头并不吝惜银子,只要哪个妓女能让他满意,他就把自己从俄罗斯、从喀尔喀、从新疆带回来的贵重首饰送给她。

戚二掌柜总认为生活亏待了他,他抱着买卖人做了亏本生意的心情拼命地在妓女们的身上往回捞。戚二每天夜里都要换一个陪伴他的妓女,最多的时候他曾经在一夜里让三个妓女同时陪他。他的情欲就好像是一汪旺盛的泉水,永远也流不尽似的。

醉生梦死的生活摧毁了戚二的情感和记忆,他似乎把自个儿的老婆忘记了,把他的相好白驼寡妇也丢在脑后。白驼寡妇又给自己找了一个比戚二更年轻的驼夫,顶替了戚二的位置。可怜的妇人为了讨得年轻相好的欢心,拿出自己死去丈夫的狐皮大氅送给他。

刁三万为自家的母驼操尽了心血,他不辞辛苦四处奔波寻找优良种公驼,为自家的母驼配种。他的无尽烦恼来自于那些种公驼的主人,为了搞价钱,刁三万常常与他们争得面红耳赤。

二斗子则完全沉浸在赌博中了,五天五夜的时光,他把劫戏分得的银子全都输光之后就回到了村子里。他又变得一贫如洗,在赌博中把积郁在身体里的激情销蚀掉之后变得安静下来。自从海九年盖起了房子以后,二斗子就搬来和他的把兄弟一起住了,在许多不眠的夜晚他们谈论着各种有意义和无聊的事情,打发着时光。二斗子开始为自己的赌博后悔了,决定今后听从海九年的劝告。他信誓旦旦地说往后手里有了钱一定要积攒起来,买驼发家。

在贴蔑儿拜兴,大多数男人都兢兢业业地守着老婆过日子,他们只是在村子里的赌摊上玩些小赌注的游戏。在那些闲暇无聊的日子里,他们靠老酒陪伴度过一个又一个短暂的夏夜。

戚二嫂如今可快活了。她和海九年陷入一种疯狂和忘我的热情之中,一到夜幕降临他们就聚在一起,或是在村南的柳树林里,或是在大东沟退了水的沟崖下边,有时候也在海九年的黄泥小屋里，到处都留下了他们做爱的痕迹。戚二嫂更喜欢大东沟那地场，挨着河边潮湿绵软的土地躺下，在哗哗作响的流水声中她可以尽情地喊叫，为自己生命的快乐而宣泄。

大东沟的河水哗哗啦啦地流淌着，时光把贴蔑儿拜兴的日子一天天打发过去。眨眼的工夫，秋天就到了。

看不见的魔影

驼道汉子的命运是扑朔迷离的。生存与死亡、发达与衰败都在瞬间铸成。命运之手在一夜之间把海九年由一个卑贱的驼夫成就为地位显赫的驼户掌柜,并且把令人神魂颠倒的爱情送到了他的身边。

但是,终于有一天,这令人难堪的消息传进了戚二掌柜的耳朵里,是喝醉酒的刁三万把秘密泄露出去的。刁三万给双胞胎儿子过生日,也没大办,只是邀请了几个和自己挨好的汉子喝了一顿酒。黄昏到来以前刁三万杀了一只隔年的羯羊,把羯羊大卸八块在锅里炖着。不久客人就到了。客人中有胡德全、牛二板、寨二掌柜、戚二掌柜、王锅头,加上二斗子和海九年,连同刁三万本人总共八个人,大家围坐着小炕桌喝酒。二斗子身份特殊,论辈分他是两个小孩的哥哥,可他又与海九年平辈,只能跨着炕沿边儿坐下,主要任务是为客人添酒和肉,也陪客人喝酒。

胡德全进城到归化万驼社办事回来晚了一会儿,一进门就问:"不时不节的今日里,喝的是哪门子酒?"

一看见胡驮头走进屋子,炕上的客人全都移动着赶忙给他让了一个位置。

胡德全把鞋脱掉爬上炕。

"也没什么事,"刁三万简单地解释,"今天是两个儿子的生日。"

"原来是过生日啊！你怎么不早说话，我这个做大爷的也好给孩子准备一份礼物。"胡德全还没坐好呢，双膝在炕上跪着，拿两只大手在身上乱摸着。

"我就怕大家破费，"刁三万着急地向胡德全摆着手，"快坐！胡驮头。"

看见胡德全这样大伙儿都坐不住了，纷纷拿言语埋怨起来。

"都是刁掌柜，把消息捂得严严实实的！"

"好事就该好办么……"

"把我们弄得不仁不义。"

"小人巴家的哪里敢大事操办，不敢惊动大家，不敢惊动大家。"

这边胡德全已经从身上摸出两个精致的小元宝，在手上托着，"来来来！四虎和……这哥俩谁是哥哥谁是弟弟呀？"

麻三婶抢着说："眉毛重的是哥哥，叫四虎；眉毛轻的是弟弟，叫五虎。"

"好，四虎五虎。来，每人一个！"

看见闪闪发光的银元宝，两个光屁股的孩子嗷嗷叫着爬向胡德全，四只脏脏的小手争夺着把胡德全手掌上的银元宝抢过去了。

"小王八蛋！"刁三万假装生气，训斥着不懂事的儿子。

一个儿子已经把银元宝咬在嘴里了。

胡德全哈哈大笑着坐下去。

刚没喝几盅酒，就听见麻三婶忽然间大叫大骂起来。

"小祖宗啊！这可叫我咋办哪？"

众人全都扭过头，还没看到什么海九年就闻到一股强烈的臭味，原来是四虎五虎两个中的一个拉出来了。麻三婶惶惶地抓起一块破抹布把屎抓了跳下炕，急急地往屋子外面去。所有客人全都皱着眉头，抽着鼻子，停止了吃喝。

刁三万尴尬地笑着，说出来的话已经无法连贯："你看看，我这孩子……真是！"

"没有甚，"胡德全宽宏大量地说道，"谁家的锅底没有黑，谁家的娃儿不吃屎能长大。"

说话间麻三婶返回了屋子，女人又惊叫起来："哇！要命的娃娃呀……"

众人扭脸一看，两个孩子中的一个正在拿屎往银元宝上涂抹呢！

又坚持着喝了一会儿酒,众人纷纷起身告辞。

戚二掌柜走在最后。已经喝多了的刁三万伸出他的长手臂,把走到屋子门口的戚二掌柜抱住了,"你别走,咱俩再喝两碗。"

"不能喝了,已经喝多了。"

"我有话跟你说。"刁三万费劲儿地扭动着他的狼脖子看着戚二掌柜的脸。

戚二掌柜问:"什么事?"

"要紧的事……是一个人的名誉。"

"是谁的名誉?"

"当然是你的名誉。"

戚二掌柜摇摇晃晃走回来,重新脱鞋上炕,在炕桌边坐下。

结果喝多了酒的刁三万就把海九年与戚二嫂之间的事告诉了戚二掌柜。

"是我亲眼看见的。这种事咱可不敢给人瞎说。"刁三万舌头都直了,"那天晚上我到大东沟去,是去洗两张牛皮。刚走到河槽边儿就听见有女人说话的声音,声音怪熟的。走近一看,把我吓傻了!原来是你家的老婆……身子脱得……"

"就她一个人吗?你还看见了什么?"

"还有一个男人。"

"谁?"

"还能是谁,海九年海掌柜呗!"

"好哇!有这等事?"

"你可不敢对人乱说!"刁三万警告戚二掌柜,"这种事是要抓住一对才算数的,咋说的来着,捉贼拿双,捉奸拿赃。"

"你说反了,是捉奸拿双。"

那时候炕头上刁三万的五个儿子已经全都睡了,一排小脑袋整齐地排列着,麻脸老婆偎在儿子旁边也睡着了,难看地张着嘴打呼噜呢。这情形引发出刁三万心中的骄傲,他把话题一转,指着熟睡的儿子们问戚二掌柜:"你看我的儿子们怎么样?"

"都是好儿子。"

"过上两年就更好了!等我的儿子们长大,我交给他们每个人一串骆驼。五个亲儿子再加上干儿子二斗子和我，我刁家就能在贴蔑儿拜兴村的驼队里站一大串儿啦。到那时候，我刁三万可就牛气啦！"

"这话不错。"

"你说这世上什么东西最宝贵？"

戚二掌柜并没喝糊涂，他知道刁三万心里在想什么，迎合道："当然是人最宝贵啦！只要有了人就什么都不用发愁。"

"好！你戚二掌柜最了解我的心思……"

刁三万把戚二掌柜紧紧地抱住了。

一句话没有说完，戚二掌柜就听见耳边响起呼噜声，刁三万手搭着他的肩膀就睡着了，鼻子里呼出来的热气一个劲儿地往戚二掌柜的脖子上喷。

"你他妈的睡得倒快，我还想着和你划两拳呢。"

戚二掌柜觉得很扫兴，扭身扶住刁三万的肩膀把他放倒在炕上。

等到第二天黄昏戚二掌柜来找刁三万的时候，对于昨晚上说过的话，狡猾的狼人立刻就矢口否认了。

"没有啊！我什么时候说过这种话，肯定是你听错了！"为了表明自己的态度刁三万冷笑起来，"根本就不可能！戚二掌柜，听我说，你还是别没事找事了，省着点力气快去照看你家里的母驼去吧。我早就看出来了，你家有好几峰母驼要产羔啦！大喜临门啦！"

戚二掌柜狐疑地看了一会儿刁三万，一副不肯甘心的样子。戚二掌柜被刁三万推着离开了刁家的院子。但是，戚二掌柜立刻又返回来了，他一把抓住刁三万的衣领，把刁三万的脸拽到自己的脸前，"今日你不给老子说实话，看我把你这颗狼脑袋给拧下来！"

"干什么？"

"说！那个姓海的是不是真的把我老婆干了？"

"什么姓海的？"

"别装糊涂，就是海九年。"

"怎么可能！你疯了吗？"刁三万脖子被戚二掌柜拧得难受，几乎说不出话来，但是他的头脑很清醒，一口咬定说，"你他妈的再胡乱猜疑，老子跟你翻脸啦！"

"话是从你的嘴里吐出来的。"

"我没说！"刁三万拼命咬着牙，"你血口喷人。"

戚二掌柜盯着刁三万的眼睛看了半天，把手松开了。

"哼，日他！"刁三万扭动着狼脖子埋怨道，"往后再别想到我家来喝酒了。"

望着戚二掌柜离去的背影，一直躲在门后的麻三婶走到丈夫面前，妇人拿手摩挲着自己的胸脯长吁了一口气，发表着感想："哇！你这个背时的家伙，差一点儿就惹出天大的祸来了！你想想看，自古以来杀父夺妻这可是男人最不能忍受的事情！戚二掌柜还不闹个天翻地覆，血溅驼村啊！"

刁三万抹着脸上的汗，说："关老爷保佑，还算我刁三万机灵，躲过了一场大祸。"

"都因为你这张不值钱的嘴！"

"老婆大人说得对。"刁三万在自己脸上打了一巴掌。

戚二掌柜隐忍着一直没有发作。驼队起程前的一个黄昏，戚二掌柜将心中的仇恨爆发出来。晚饭后的时分，戚二掌柜足足喝了两大碗稠稠的汤面之后，推推空荡荡的海碗，随后将筷子哗啦丢在桌子上，也不知怎么，一根红柳筷子就掉在地上了。

坐在炕沿儿上的戚二嫂扭头看了丈夫一眼，嘴唇动了动没有发作，跳下地弯腰把筷子捡起来了。

"你还吃吗？"戚二嫂把筷子擦擦，拿起碗准备给丈夫盛饭。

"不吃了！"传来戚二沉闷的话。

戚二嫂诧异地望了丈夫一眼，问道："你怎么了？是身子骨不舒服吗？"

"我不是身子骨不舒服。"

"那是咋回事？我看你脸色不好看。"戚二嫂伸手到戚二掌柜头上，"我摸摸，是不是着凉了。"

戚二躲了一下把头闪开了。

"我是心里不舒服！"

自从在刁三万家喝酒以后，戚二掌柜再没有和自己的媳妇亲热过一次。戚二嫂似乎猜到了什么，也就不再多问。

　　临到驼队要起程的前一天晚上，温情才又一次在他们夫妻间出现。戚二嫂一边在灯下给丈夫缝补狐皮坎肩，一边安顿说："出门在外凡事都要多加小心，身子骨要紧……"

　　"没事，驼道上走了多少年了。"戚二掌柜语气温和地说，"你一个人在家遇到的难事多，又没有个帮手。"

　　"我肚里也有了。"

　　"我知道。"

　　"你咋也不问问？"

　　"那有什么，谁家的女人不生孩子。"

　　那一夜戚二嫂接受了丈夫的亲热，但是很没有味道。

　　"你咋不上劲儿？"事毕丈夫问妻子。

　　戚二嫂简单地答复说："我怕肚里的孩子受制。"

　　在贴蔑儿拜兴村种下的仇恨的种子，到了深秋后在驼道上发芽生长了。

　　不愉快的事情不可避免地发生了，在驼道上两个汉子打起来了。起因很简单，为了一件小事，吃饭的时候海九年把油茶洒到戚二掌柜的驼屉上了。戚二掌柜张口便骂起来："你他妈的没长眼睛！"

　　"说话客气点儿。"

　　"对你不需要讲什么客气。"

　　"我咋了？"

　　"你做的好事不敢承认吗？"

　　"什么事？"

　　"你和我老婆的事！就这事，你敢不敢承认？"

　　"我怕什么。"

　　"好，就是说你做了？"

　　还没等海九年回答，戚二掌柜一个饿虎扑食就把海九年压倒在地上。两个驼夫汉子扭打着在地上滚来滚去。也不知道怎么的，一会儿就像变戏法似的戚二的手里就出现了一把尖刀。眨眼的工夫，就见戚二掌柜把刀子架在了海九年的脖子上，动作快得像闪电。

"我宰了你！你他妈的，欺负到我戚二的头上来了。"

在场的人都傻了。

胡德全、王锅头、二斗子、刁三万和蹇家兄弟将打架的人围在中间。

王锅头喊："戚二掌柜，你可别做傻事！"

"你们谁也别过来！"

"有话好好说！"刁三万急得直摆手。

"杀父之仇，夺妻之恨！我咽不下这口气。"

"捉奸拿双，捉贼拿赃，"王锅头说，"你没凭没据……"

"全贴蔑儿拜兴村的人全都知道了，海九年他给我戴了一顶绿帽子。"

"说出一个证人来。"

"好，刁三万，他亲眼所见。"

刁三万被众人一看，吓得直哆嗦，一个劲儿往别人的身后躲，"戚二掌柜，你血口喷人！"

危急关头又是胡德全那裹了蟒皮的钢鞭发挥了作用，钢鞭在戚二掌柜和海九年的头顶上飕飕叫着，迫使两个扭在一起的汉子怪叫着跳开了。他们各自拿手捂着自己的胳膊，两个人的胳膊上同时出现了几道鲜红的血印子。

"兔崽子们！别忘了这可是在驼道上，整个贴蔑儿拜兴村的身家性命全都在驼队身上押着呢！"

狂风突然袭来，转移了人们的注意力。风中夹杂着狼的嚎叫声，越来越响亮、清晰地传进人们的耳朵。

"有狼！"牛二板招呼大伙儿，"掌柜子、伙计们操家伙！"

护卫狗们都吠叫起来，群狗集合在一起向野狼叫嚣的地方冲过去。

大伙儿都扑向各自的驼列，从货驮间抽出自己的武器。

"海九年，你等着。"戚二恶狠狠地说着，跟在群狗的后面向黑暗中的草原跑去。

危险很快解除了，人们三三两两地回到房子里。

王锅头第一个发现了海九年脖子上的伤，扳着海九年的肩膀让他侧过身体把头凑到油灯跟前，"我看看。"

锋利的刀刃已经在海九年的脖子上划开一道血口子，一道鲜血像蠕动的蚯蚓似的顺着肮脏的脖子流进衣服下面去了。

王锅头给海九年的伤口敷了药，用布条子将伤口缠住。

事后王锅头奇怪地问海九年："这么重的伤你自己不知道？"

"不知道。"

"你就不疼？"

"不疼。"

所有人都明白，事情只不过是暂时过去了，但谁都知道不论白天还是晚上，在海九年的头上始终有一柄利剑在悬着。仇恨就像一个看不见的魔影，不管海九年做什么，走到哪里都罩着他。所有人都担心，也许某一个早晨，当人们起身的时候会发现海九年已经死去了。为了这样的悲剧不要发生，王锅头专门找戚二掌柜谈话，警告他不要暗算海九年。

"总有一天我戚二会把海九年的脑袋拧下来，不过明人不做暗事！王锅头你放心，我戚二是不会暗算他的。"戚二掌柜这样答复王锅头。

话虽然是这么说的，但是王锅头还是放心不下，他一再提醒海九年多加注意。

对于王锅头的提醒，海九年的回答是："现在不是他戚二还没有把我杀死么，既然还有口气在喘着，我海九年就得继续在驼道上往前走。"

沙滩上的女儿

归化城。大南街，一片繁华热闹的景象。大街上人头攒动。戚二嫂、麻三婶、白驼寡妇挤在人群中间走着。她们来到一片杂货摊子跟前。耳坠、手镯、项链、戒指、香包……戚二嫂手里拿着一个布娃娃，正在欣赏着。

结果被白驼寡妇发现了，经验丰富的女人走到戚二嫂身后观察了好一会儿，伸手把戚二嫂手里的布娃娃夺过去了，"这是什么？"

戚二嫂的脸腾的一下就红了，遮掩着说："没什么。"

"你瞒不了我，我是谁？我什么事没有经见过？"白驼寡妇上下打量着戚二嫂，说道，"说吧，你肚子里是不是有了？几个月了？"

"三个月吧。"

"我早就发觉你不大对劲儿啦，"白驼寡妇说，"还是上个月十五那天在村西的草滩，有一次我远远地看见你好像在呕吐呢。"

"好难受。"

"是瘦多了。"戚二嫂犹犹豫豫地承认。

"爱吃什么？"

"就想吃酸杏。"

"可惜季节不行了，晚了。"白驼寡妇说，"早半个月，咱这山上到处都是山杏哩。"

"是啊，什么东西越是没有就越是想，有的时候又不稀罕。真是没办法！"

过了两天，一个黄昏，白驼寡妇来找戚二嫂。恰巧是个阴天，天黑得早。白驼寡妇也没敲门，直接走进戚二嫂屋里，正坐在地上拉风箱的戚二嫂被她吓了一跳，从小凳子上跳起来了。

"这是谁呀，吓死我了！"

"还怪我？"白驼寡妇说，"喊你好几声都不答应，脑子里想甚呢？"

"能想什么，"戚二嫂赶忙招呼客人，"快上炕吧，我正蒸糕呢。俗话说得好，赶得早不如赶得巧。"

客人上了炕，戚二嫂又说："你把油灯替我点着，今儿个阴天，天黑得早。"

待到油灯橙黄色的光亮照亮屋子，戚二嫂又被吓了一跳，"你的脸是怎么了？"

"没怎么。"

"怎么血糊拉茬的？"

"是吗？"白驼寡妇拿手抹着自己的脸，"我怎么不觉得。"

"你是做什么去啦，把自己弄成这副样子？"

"我到鹞子沟去了。"

"干什么？鹞子沟多危险哪，都说是那沟里有狼呢。"

白驼寡妇把一个毛口袋朝炕桌上一扔，说："我摘酸杏去了！你看，这么多。我知道现在这季节也只有鹞子沟还能有，别处哪儿也找不到了。"

戚二嫂一下愣住了，她被震慑了，喃喃地说道："你是为我才弄成这副样子的？"

"我知道你爱吃酸杏。"说着白驼寡妇把她受伤的脸扭到一边去。

眼看戚二嫂的肚子一天天大起来，但是人们还是看到每天早上她亲自把自家的骆驼赶到村西的草滩上去。看着戚二嫂在村道上艰难地挪动着身子，麻三婶劝道："别逞能了，谁也不是铁打的。"

但固执的戚二嫂还是不肯把骆驼交给别人，坚持自己放牧。

一个阳光灿烂的下午，在村西草滩放牧的时候，戚二嫂好端端地突然就觉得自己的肚子一阵痛。待到那波浪似的疼痛第三次袭来的时候，戚二嫂感到害怕了，她喊叫起来："麻三婶！"

麻三婶跑着来到戚二嫂身边。

"怎么了？"麻三婶问，"看你脸上这么多汗！"

戚二嫂弯着腰捂着肚子，"我肚子疼。"

"是哪里？"

麻三婶仔细观察着，伸手在戚二嫂身上摸着。

"八成是要生了吧。"

"你说什么？"

"我是说你要生孩子了，"麻三婶板起脸来，"怎么劝你也没用，就是不肯听话，现在怎么办？"

"我……哪里会知道。"

戚二嫂愁眉苦脸地回答着麻三婶的问话，心里七上八下地想着危险的后果，"我该咋办呢？疼得要死……说不出话来了。"

妇女们从四面八方朝这儿跑过来。

就在那个初春的下午，戚二嫂把自己的女儿生在了沙滩上。大家用树干扎成一个临时担架，把戚二嫂抬回村里去。

小姑娘皮肤分外白皙，眼睛黑黑的，一看就非常健康。事实上小姑娘自打落地一直长到三个月从来没有闹过什么毛病，连个头疼脑热也没有，非常省心。杨树叶抽芽的时候，小姑娘就敢到屋子外边来了，戚二嫂放驼的时候或是串门的时候就把女儿抱在怀里。村子里的女人们都很喜欢这个小女孩，问起戚二嫂孩子的名字。戚二嫂说："等孩子爹回来，由她爹来取吧。"

于是村子里的人们就临时管戚二嫂的女儿叫"丫头"。

只有戚二嫂自己最清楚，这个孩子是谁的骨血。她咬着牙对谁也不肯说。

但是不说也瞒不了明眼人，白驼寡妇就看出蹊跷来了。这天傍晚，白驼寡妇到二嫂家串门，她把孩子抱起来逗着端详着，脱口说道："我一眼就看出来了。"

"看出什么了？"

"你看,这孩子的眼睛,黑色的睫毛,棕黄色的眼球……"

"怎么了?"

"像一个人。"

"我吧?"

白驼寡妇摇头。

"戚二?"

"哼!"白驼寡妇撇撇嘴直摇头。

"你说像谁?"

"海九年!"

"看我不扯烂你的嘴!"

夜里,戚二嫂就着油灯久久地盯着孩子的眼睛看,觉得白驼寡妇说得准,孩子就是海九年的,不仅是眼睛,什么都像,嘴巴、额头、鼻子……

不用说戚二嫂心里是多么熨帖。过了几天妇女们又凑到一起,戚二嫂主动问白驼寡妇:"嫂子,你说这会儿咱贴蔑儿拜兴村的驼队行走在哪里了?"

"行走在哪里?这我可说不好。"白驼寡妇为难地说,"大概在喀尔喀草原的西部吧。"

"大概……"戚二嫂遐想着,脸上洋溢着掩饰不住的幸福。

"可惜孩子的爹不在跟前。"

"等他从驼道上回来,孩子怕是都会爬了。"

"那还用说,三翻六坐七爬么!"

独闯鬼门关

没等到戚二掌柜对海九年实施报复,一场意外的灾祸就降临到海九年的头上。隆冬的喀尔喀草原,一片白茫茫的雪原向四面八方铺展着。在雪原的某些地段,艾蒿刺穿了雪层,艾蒿粗壮的长秆在西北风中可怜地抖动着。西北风很冷静地刮着,一阵紧似一阵,把高岗上的积雪一点一点搬到低洼的地方去了。在西北风的尖利哨声中,艾蒿不时发出噼噼啪啪的断裂声。贴蔑儿拜兴村的驼队在茫茫的雪原上行进,远远看上去就像是一个蠕动着的黑色小线虫,都认不出每个人的脸来了,胡子、眉毛、眼睫毛全都挂满了白霜。

这次西行在海九年的记忆中,大概是他一生中最为艰难的一次跋涉了。驼队刚刚翻越阴山就遭遇到这场大雪。绵延三千里的冰雪道路把他的体力消耗尽了,双腿磕磕绊绊地移动着,身体就像即将坍塌的山崖飘飘忽忽的,怎么也把握不住。

一个小黑点在驼队的最前面迅速移动,海九年知道那是领房人牛二板和他的骊马。海九年从来没有哪一次像今天这样怀着急切的心情企盼着牛二板的歌声,企盼着前方亮起那蓝色的闪电——那闪电来自领房人手中的刀形火镰。只要领房人的歌一唱起来,蓝色的闪电亮起来,程头就到了!从昨天的后晌起程,在风雪中跋涉了百十多里路,不论是人还是驼都已经精疲力竭了。没有谁不盼着到了程头好好休息休息,大家围着篝火热乎乎地喝几碗王锅头熬的牛油茶,然后把冻成冰坨子的匣子鞋脱下来——不喝牛油茶那匣子鞋是脱不掉的——美美地睡上一觉,这成了海九年此刻唯一的指望。

　　　　人人都说拉骆驼好,
　　　　爬冰卧雪谁知道?
　　　　毡垫、毛袜、匣子鞋,
　　　　黑风黑雪冻了脸。
　　　　搭起帐房熬滚茶,
　　　　干粮冻得硬邦邦!
　　　　…………

果然牛领房的歌声顺着风飘来了!黑暗中那蓝色的闪电——火镰发出的火光——放射出一束束耀眼的光亮。海九年不由得一阵兴奋,他把手伸到怀里去拿酒鳖子。他想喝两口酒给自己鼓鼓劲儿,赶快走完最后这一截路。哪想到心里一松就坏了事,他猛然间觉得两腿一软,一头就栽倒在雪窝子里……

醒来时海九年发现自己已经躺在帐篷房子里,不用问他也知道是二斗子把自己背到营地的,许多驼夫围在海九年的身旁。

刁三万用手碰了碰九年的脸,惊叫起来:"哎呀,海掌柜不对了,他的脸都烫手呢。"

王锅头沉着脸把两根手指头从海九年的手腕上挪开,"这后生的苗头不好,怕是得了伤寒。"

刁三万慌忙往边上挪挪身子,"要真的是伤寒会传染人的!"

众人的脸上都现出恐怖的神色。

"这可怎么办?"二斗子焦急地望着王锅头的眼睛,"您得想办法把九哥的病治好。"

王锅头已经在帐篷里站起来了,一边从怀里掏出一个小布袋,从里面捏出两个小纸包放在二斗子手上,"这两包药你给他吃下去,能不能好就看他的命了。驼道上行走的人得了病，得拿命抗着。"

二斗子用牛耳尖刀把海九年的牙齿撬开，刁三万用雪化成的水把药面儿拌成糊糊灌进了九年的嘴里。海九年半仰半坐地靠在刁三万的身上，他的三角形的喉结在肮脏的皮肤下面上下滚动着，已经说不出话来了。

半夜里刁三万被什么声音吵醒了，他翻起身看见躺在自己身边的海九年正在闭着眼睛呐喊。一缕从帐篷的毡门帘缝隙照进来的月光恰巧停在海九年的脸上，刁三万清清楚楚地看见海九年的脸上像蒙上了一块月蓝色的布，痛苦的表情使他感到非常恐怖。刁三万用手摇了摇海九年的身体，海九年停止了呐喊。

第二天起程的时候，二斗子把他的把兄弟装在一个腾空了的货篓子里，用绳子绑在骆驼背上。

二斗子在他的身上盖了两件老羊皮袄。海九年紧闭着眼睛，牙齿咬得咔咔直响。从他的嘴里呼出来的气在他毛茸茸的胡子上、狐狸皮风帽两边的耳帘上、长长的眼睫毛和眉毛上结了一层白白的霜，已经看不出人的本来面目。

从这天起，二斗子把海九年牵引的十八峰骆驼全都归到自己的驼列里来，他一个人担负起两个驼夫身上的重担，同时还要照顾他生病的拜把子兄弟。每到一个程头，二斗子都要独自一人把两个驼列的货驮子全部卸下来，第二天再重新装上去，就连海九年应该承担的拾柴火、放牧骆驼、夜里做警戒值班的工作，二斗子也全都承担起来了。在这个小个子驼夫的身上似乎有着永远也消耗不完的力量与热情。每到程头，驼夫们把各自的营生做完之后围着王锅头的灶火喝茶，他们看着二斗子矮小的身体迅速地奔跑着把一个个货驮子卸下来。有时候戚二掌柜或是刁三万也会伸出手来帮一帮二斗子。

通常情况下奆啬的狼人刁三万总要唠叨着埋怨二斗子："甚人甚命，海九年他落到这步田地都是命里注定的，你帮不了他。这是驼道上谁都知道的事情，没有哪个得伤寒的人能活着走出草原。莫不如趁着他的身体还有热乎气儿给他折叠起来，还好装在篓子里带走。不然的话，你就只有把你的把兄弟扔在这荒野里了。"

刁三万找到戚二掌柜，把他拉到房子外面悄声道："你看咋办？"

"什么意思？"

"大家在议论，把海九年叠了吧，不然……谁也下不了手，要不你来？"

"你他妈的还是不是人？"戚二骂起来，"你们把我戚二看成什么人了？落井下石！趁早别想，我做不到！"

戚二与海九年和好了，他来到仇人跟前，说的话很实在："我心里恨你……可是我还是希望你活下来。咱们以后再算账。"

海九年断断续续地说："你要好好看护……戚二嫂，多关照她……是个难得的好女人。"

"我记下了。"

人们奇怪地看到这些日子戚二掌柜差不多每天都要到海九年跟前，和病倒的情敌说话。

二斗子很警惕地注意着戚二掌柜的一举一动。

二斗子不说话，他依旧默默地、毫无怨言地为海九年做着一切。在路上二斗子经常会把驼列停下来，他让骆驼卧倒，自己趴在海九年的脸上，一边"九哥，九哥"地喊着，一边仔细地观察着海九年的脸，注意着海九年脸上的每一点细微的变化。他心里害怕地想道：他不会死了吧，若是他死去的时候我还不知道，那么我连为他叠尸的事也不能做了。

每到一个程头，二斗子顾不上自己吃饭，总要先照顾海九年。他把干烙饼嚼碎了用手指头塞进海九年的嘴里去，这活儿细致得简直就像对待婴儿一样。有时候昏迷中的海九年并不能够很好地配合给他喂饭的人，他的牙齿经常是紧闭着的。喂海九年一次饭要用掉半个时辰的工夫，常常是同伴们都已经吃完饭开始脱掉皮袄要睡觉了，还看见二斗子就着油灯的灯光在喂海九年吃饭呢。这时候胡德全就会说："二斗子，你该不是在喂一个娃儿吧？"

"二斗子有做娘的心肠呢。"

众人议论着各自睡了，只有王锅头匆匆忙忙地收拾着锅碗瓢盆，走到九年跟前，说："我来喂，你赶快吃饭吧，碗里的面条都快凉透了。"

这样的日子过了差不多有六七天的光景。有一次二斗子替海九年值班，他抱着一支伯勒根猎枪坐在篝火旁守夜，猛地听到帐篷里响起了一声奇怪的喊叫，二斗子冲进帐篷，看见刁三万、牛二板、胡德全、塞二几个人正围着海九年。二斗子看见海九年仰躺在地毯上，寒二按着海九年的肩膀，胡德全和刁三万各抓着海九年的一只光腿，他们已经把海九年的腿叠起来了，正在向下使劲地叠压着。海九年的身体像弹簧似的跳着，从人缝间二斗子看到了海九年的一双眼睛圆睁着，恐怖的光亮正从他的眼睛深处向外乱射，海九年那可怖的目光与二斗子的目光撞在了一起。

"二斗子！"海九年绝望的声音就像炸雷似的冲击着二斗子的耳膜。

二斗子愤怒地把胡德全、刁三万推倒在地上，用伯勒根枪对着刁三万，枪栓拉得呼啦啦响，"谁敢再动手害九年哥，我就拿枪子儿崩了他！"

刁三万望着黑洞洞的枪口愣住了。

胡德全说："二斗子，你别胡闹。大伙儿这么做是为了海掌柜好，也是为了你好，谁都知道在驼道上得这么重的病肯定是活不成了。"

"必死无疑！"寒二说。

二斗子吼道："你们一个个都没长眼睛吗？没看见九年哥他还睁着眼睛呢，他还在喊我呢，咋说就没救了呢？"

刁三万拿巴掌在脸上抹着泪，"二斗子，你别怪大家，大伙儿是怕你于心不忍，才背着你给九年叠尸的。"

二斗子叫骂着跑出去了，在另一顶帐篷房里，二斗子把躺在皮袄下的王锅头拽了起来。二斗子用他有力的手指掐着王锅头的脖子，另一只手把枪口抵在了王锅头的脑门儿上，问道："你给九年算卦的时候是咋说的？你不是说九年哥他是大福大贵的命吗？"

王锅头被二斗子掐着脖子喘不上气了，翻着白眼珠向二斗子点点头。

二斗子拿了药旋风般跑回自己的帐篷。他用枪逼着让刁三万和王锅头一个撬开海九年的嘴，另一个拿吃饭的勺子把药灌到海九年嘴里去。

也许是出于对死亡的恐惧，海九年这一次醒来之后再也没有把眼睛闭上。肌肉在他的像蜡一样失去光泽的脸上神经质地颤动着，脸上露出了难以言说的痛苦和绝望的表情。

二斗子伏在海九年的胸前，他听出来，更准确地说是猜到了海九年动着嘴唇在问他："这里是什么地方？"

"石柱山。"二斗子大声地喊着告诉海九年。

二斗子听见海九年轻声说道:"就把我扔在这儿算了。我知道我已经没指望了。"

海九年在二斗子的怀里坐起来,他的目光从帐篷口望出去。二斗子沉默了一会儿,同意了海九年的意见。他别无选择,他知道自己不可能带着重病的伙伴走出雪原了。

"九哥,千万记着这根石柱子……"他听见二斗子泪涟涟的声音在说,"我不能再拖着你走了。"

刁三万附在他的耳边说:"我们找好一家牧民,把你放在牧人的毡房里。"

"听天由命吧。"

"有什么安顿的话你就全对二斗子说了吧。"

"来年路过这儿我们接你。"

戚二掌柜走到海九年跟前,一把将海九年的一只不会动弹的手放在他有力的大手中间,"海掌柜,不说出来我的心里过不去,我自己难受。我曾经想暗算你……就在你值夜放牧骆驼的那天……"

"哦……"

海九年已经说不出话来了,他的意识已经模糊了。

"现在我后悔了。兄弟,我不是人……我给你吃饭的碗里放了断肠草的汁儿。"戚二掌柜呜呜咽咽地哭起来。

"是你的命大,那碗毒水在你回来之前给狗喝了,我把一条狗给毒死了。"

海九年没能把戚二掌柜的话听完就又昏过去了。

九年和二斗子都不知道,那根灰色的石柱原本是一头猛犸象的巨大牙齿,经过数十万年的时间已变成化石。七百年前成吉思汗经过这里发现了它,把它视为神物。成吉思汗命手下的战士将猛犸象牙化石从底下掘出来,栽在土岗上,作为军队移动的标志物。

二斗子知道海九年与大家的告别是最后的诀别。

把海九年抱上骆驼的脊背,在两个驼峰之间放好。二斗子骑上去把自己的把兄弟紧紧地抱住,王锅头、刁三万、牛二板保护着,组成一支小小的驼队,把海九年送走了。雪越下越急,驼队移动着,很快就被雪雾遮挡了。

对于二斗子来说,一个场景是他一辈子都不能忘掉的:弟兄们把海九年放在牧人的毡包中，王锅头从怀里掏出一小包碎银子交在女主人的手上，用蒙古语说着，请求她照顾好生病的同伴，王锅头的手在剧烈地颤抖，刁三万扭过身子偷偷地抹眼泪。

他们离开牧人的毡包，走出一段路，二斗子突然抖动缰绳吆喝着骆驼返了回去。他扑进牧人的大毡包咚的一声跪下，浑身乱摸着掏出最后一点碎银子捧在手掌上，请求说："大姐！你一定要看护好我的哥哥啊！他是个苦命的人。"

那时候海九年醒了，嘴唇翕动着，却一句话也说不出来。他的目光像钩子似的拉拽着二斗子的身体，让他无法迈动脚步。

二斗子猜出来海九年是想对他说："带我走……"

海九年绝望的眼神中透出的恐怖神情让二斗子一辈子都忘不了。

铅云低垂，大雪飘飘，呼啸的西北风陪伴着驼队。

驼队响亮的脚步声通过凝冻的大地传达给人的身体，悲痛像一个看不见的影子随着驼队走完了数千里的冰雪道路。

把兄弟与女人

转年驼队回到贴蔑儿拜兴村,在村口怀抱着孩子的戚二嫂迎接了自个儿的丈夫。

戚二掌柜从妻子手里接过女儿,抱在怀里。孩子已经半岁大了,第一次看见自己的父亲吓得哭起来,两只小胳膊大张着要妈妈。

"算了,看你别把孩子吓坏。"戚二嫂要过孩子。

戚二掌柜喜滋滋地望着女儿的小脸笑着,与妻子并肩走回村子里。

海九年病倒在喀尔喀草原上的消息,戚二嫂是从丈夫戚二掌柜嘴里知道的。驼队回来那天戚二嫂手里捏着首驼的缰绳,回头望了好几次没看见海九年的影子,心下嘀咕着"海九年咋不见了呢",终于没好意思问出口。

王锅头牵着海九年的驼列从戚二嫂身边走过去,低着头没吱声。

戚二嫂一眼就从骆驼的鞍屉上认出了是海九年的驼列,紧张的神经猛一下在头脑中蹦跳起来。她一把拽住骆驼缰绳,问戚二掌柜:"海九年呢?"

"留在草地上了。"

"怎么回事?出了什么事?"

"海掌柜他……病在草原上了。"戚二掌柜简单地回答着。戚二掌柜以从未有过的宽容,回忆了海九年的许多往事。而且戚二嫂也很奇怪丈夫以掌柜来称呼海九年,这是很少有的事。

有几次戚二掌柜把脸迎向妻子，寻找着戚二嫂的眼睛，他很想说点什么，嘴唇翕动着还是没有出声。他想不出用什么恰当的话安慰妻子，钻进被窝闷声说："你也早点歇息吧。"戚二嫂觉得再问下去就不方便了。

难堪的沉默一直延续到晚饭以后。酒足饭饱，戚二掌柜坐在炕上怀抱着女儿，抓起一把葡萄干儿逗着女儿，女儿天真的笑声在屋子里回荡着。

戚二嫂却痴呆呆地望着一个地方想起了心事。是的，一个驼夫在驼道上病倒了，不能跟大队继续前进，他被同伴送进一家牧人的毡包。驼队继续前进，那驼夫的命运就像一片秋天的落叶，随着牧人的毡包在草原上迁徙，从此音讯全无。也许他很快就死了，也许他会渐渐习惯牧人的生活而在草原上留下来，变成一个真正的牧人。这种发生在归化驼夫身上的故事太多了，也太相似了，而他们中大多数人逃不脱悲剧的命运，因草原上缺医少药得不到及时医治死去。在归化城只需喝两包草药就能治好的小病，放在驼道上就会酿成要命的绝症。

整整一个晚上，戚二嫂辗转反侧。过去的日子里海九年的形象一个接一个地出现在她的眼前，他的笑容，他走路的姿势，他沉默寡言的样子，一个个全都活了。海九年的每一个样子、每一个表情都让她心痛，痛得就像有人拿锥子在扎她的心！戚二嫂无言地哭泣起来。

半夜里戚二掌柜被妻子的哭声吵醒了，他懵懵懂懂地问："干什么呢？你在哭吗？"

黑暗中戚二嫂遮掩着应付说："没事，我做了一个噩梦。"

一连好几天戚二嫂都沉默着。戚二掌柜找不到与妻子交流的话语，干脆也就不再努力。他把热情和精力全都放在了赌博上。更多的时候戚二掌柜是在归化城里消耗自己的热情和金钱，吃喝玩乐，哪里快乐计划到哪里去。

戚二嫂的所有感觉和思想全都被那个没有出现的人带走了。或者是在放牧的草滩，或者是在做饭的灶台前，经常出现在她眼前的是隆冬的喀尔喀草原，一片白茫茫的雪原向四面八方铺展着。在雪原的某些地段，艾蒿刺穿了雪层，艾蒿粗壮的长秆在西北风中可怜地抖动着。西北风很冷静地刮着，一阵紧似一阵，把高岗上的积雪一点一点搬到低洼的地方去。在西北风的尖利哨声中,艾蒿不时发出噼噼啪啪的断裂声。贴蔑儿拜兴村的驼队在茫茫雪原上行进,远远看上去就像是一个蠕动着的黑色小线虫,都认不出每个人的脸来了,胡子眉毛眼睫毛全都挂满了白霜。总之一句话,就是失魂落魄。戚二也看出来了,但是他宽容地保持了沉默。

戚二嫂想象着西行时海九年艰难跋涉的情形,头脑里是驼队运行的情形:大雪纷飞……绵延三千里的冰雪道路把他的体力消耗尽了,双腿磕磕绊绊地挪动着,身体就像即将坍塌的山崖,飘飘忽忽的,怎么也把握不住。

戚二掌柜不在的时候戚二嫂也去找王锅头,详细地询问海九年病倒的过程。王锅头也很难过,他的哀伤常常是通过吟唱一首《驼路歌》来表达:

> 人人都说拉骆驼好,
> 爬冰卧雪谁知道?
> 毡垫、毛袜、匣子鞋,
> 黑风黑雪冻了脸。
> 搭起帐房熬滚茶,
> 干粮冻得硬邦邦!
> …………

低沉的旋律,忧伤的曲调,差不多每次都让戚二嫂掉下眼泪。

戚二嫂和所有人都知道,这是老驼夫对逝去的海九年的思念。

有时候在睡梦中戚二嫂也能听到王锅头的歌声,于是海九年和驼队的景况就在她的梦境中出现了。王锅头的歌声顺着风飘来了!黑暗中那蓝色的闪电——火镰发出的火光——放射出一束束耀眼的光亮。海九年不由得一阵兴奋,他把手伸到怀里去拿酒鳖子。他想喝两口酒给自己鼓鼓劲儿,赶快走完最后这一截路。哪想到心里一松就坏了事,他猛然间觉得两腿一软,一头就栽倒在了雪窝子里……

半个月的工夫,戚二嫂人瘦得已经脱了形,两只眼睛深陷在眼眶里,无神地向外望着。

一连过了三天，戚二嫂再也坐不住了，晚饭后碗筷也没收拾就来到刁三万家，隔着栅栏院门喊："他三婶，你家二斗子在家吗？"

她想找二斗子这个海九年的把兄弟说说他和海九年最后分别时的情形。尽管那场景从王锅头、刁三万、胡德全乃至自己的丈夫戚二掌柜嘴里说了无数遍，她还是不肯甘心，总觉得一些细节她没有了解清楚。

麻三婶走到屋子外边来了，"是戚二嫂呀，我当是谁呢，怎么不进屋里来？"

"我找二斗子问个话。"

麻三婶说："唉，我家二斗子一天到晚不着家。"

戚二嫂看出了麻三婶言辞躲躲闪闪。

戚二嫂红着脸走了，在村巷里与一个喝得醉醺醺的人撞了个满怀，那人软绵绵地瘫倒了，与强烈的酒气同时冲向她的还有一阵粗鲁的叫骂："日他妈的，是谁这么不长眼……"

戚二嫂听出了是二斗子的声音，"是我，戚二嫂。"

"你说你是谁？"二斗子躺在地上不肯起来。

"怎么连我的声音也听不出来了？"

戚二嫂把二斗子拉起来，二斗子酥软的身体靠在戚二嫂的肩膀上。

戚二嫂把二斗子送回家，结果是一无所获。在麻三婶的帮助下，戚二嫂刚刚把二斗子放到炕上，二斗子就睡着了，麻三婶一连推了好几下也没醒。

"好几天了，"麻三婶说，"自打回到村子里，酒就没醒过。我真担心他这样下去会喝死的。"

也不知道是清醒着还是梦境中，二斗子竟然开口和麻三婶对上了话："管球着呢……老子死，死比活着好……九年哥他等我去呢。"

戚二嫂的心立刻又哆嗦起来。

麻三婶刚要问二斗子什么，就见二斗子翻个身又呼呼噜噜地睡着了。

七月，一场暴雨在归化降下。大雨下了整整三天三夜，贴蔑儿拜兴村不论是人还是牲畜全都被大雨围困在了院子里。就连狗都无法走出院子，只是在屋子的房檐下寻找一点东西勉强充饥。骆驼全都挤在一起，把弯曲的脖颈交织起来。它们沉默着闭着双眼，痛苦地煎熬着，等待着雨停的时刻。雨水把它们黄色的皮毛全都淋湿了。仔驼全都躲在成年骆驼的肚子底下，它们依靠母驼的奶水躲过了饥饿。洪水在大东沟里日夜咆哮，巨大的轰鸣就像远雷日夜不肯停歇。

给孩子起名字的事似乎被做父亲的给忘记了，不管是家人还是村人，大家都还把戚二嫂的孩子叫作丫头。

许多无所事事的汉子自动聚到了胡德全家，玩色子赌博。他们的赌摊就像连绵的秋雨似的昼夜不停歇，看热闹的人比赌博的人更多。胡家的大正房炕上炕下挤满了人。反正是被大雨困住，谁也出不去。十好几个汉子同时抽烟，翻腾的烟雾装满了屋子，从外边看浓浓的烟雾从开着的窗户冒出去，不知道的人还以为是着火了呢。

女主人一天到晚在人堆儿里挤来挤去地招待着这些不请自到的客人，为客人端茶，上些零食。有时也不管是白天还是夜晚，应了注的人会忘情地呼喊起来，声音大得仿佛要把房顶给掀起来，把女主人骚扰得不得休息，晚上只好躲到放草料的厢房和衣睡在草垛上。

大雨之后一连几天二斗子没有回刁三万的家，刁三万找不到二斗子，按照自己的猜测往海九年的院子去了。

刁三万怒气冲冲地走进海九年的院子，结果被看到的景象弄呆了：二斗子蹲在破损的院墙墙头，手里拿一块破了角的瓦片给被雨水淋坏的墙头戴帽子。二斗子做活做得很专注，戚二嫂站在墙根也挺忙乱，一会儿为二斗子铲泥，一会儿又扔掉铁锹为他抛递砖和瓦。经过修理的院墙显露出崭新的面貌，看上去使人感到很舒服，透出一副有着主人勤劳的双手管理的农家院落的闲适和温馨。

刁三万笑了，心里生出些许羡慕。他蹲下去掏出烟袋慢慢地给铜烟锅里装上烟丝。刁三万抽着烟，欣赏着眼前难得一见的情形。刁三万就蹲在戚二嫂的身旁，足足有三袋烟的工夫，做活的人居然都没发现他。

后来戚二嫂被一阵突然响起的咳嗽声惊了一跳，猛回头发现刁三万在距离自己很近的地方站着，正拿一种奇怪的眼神看着自己。

"哇！怎么是你！刁掌柜，你可把人吓死了。"

"真是笑话，你戚二嫂是那种胆小的人吗？"刁三万语调阴阳怪气地说着，拿眼睛看看二斗子，又看看戚二嫂。

二斗子斜看了干爹一眼，继续着手里的活儿。

"好哇，这泥瓦活儿做得真是不赖呀。"刁三万讽刺道，"可是我的干儿啊，你知道吗？咱自己家的院墙塌了一个大洞，骆驼都快能从墙洞跑出去啦，也没有谁帮我修修。"

二斗子还是一句话不说。

"这倒是啊，年头不一样了，什么怪事情都出来了。"刁三万嘲讽着说，"自己家的事再大也是小事，别人的事再小也是大事，分不清楚里外了……"

刁三万的话使戚二嫂觉得很难堪，她的脸倏地就红了。

二斗子不理那一套，继续不慌不忙地把手里的活儿干完，顺着戚二嫂为他搭好的梯子从墙头上下来，拍拍手朝院门走去。刁三万把烟斗在鞋帮子上磕磕，慢慢站起来，也不忙着走，只拿话讽刺着、追赶着已经走到院子外面的二斗子："你着什么急呀！不再干一会儿啦？"

二斗子理也不理干爹，脚步声咚咚地走远了。

已经走到了院子门口，刁三万又站住，回头看着戚二嫂独自一人收拾着散落在院子里的破砖碎瓦。刁三万又想说话了，凑近戚二嫂放低声音问道："要我帮忙吗？"

"滚你妈的！"戚二嫂猛地抬起头来，一边骂着一边在地上寻找着抓起一把铁锹，铁锹抡起来飕飕响着，把刁三万赶走了。

戚二掌柜怀着隐隐的愤怒和对死去的人的怜惜与同情——他以为病在驼道上的海九年是必死无疑——体察到了妻子的心境，又不好拿话安慰她。于是夫妻单独相处的时候就常常出现莫名其妙的沉默。在丈夫跟前，戚二嫂觉得很压抑，同时她也能以聪明女人的纤细心理体察到戚二掌柜幸灾乐祸的意味，所以戚二嫂只要能找到借口就尽量离丈夫远一点。

一个傍晚，太阳已经落山很久了，草滩上灰蒙蒙的，天空若有若无地下着小雨，白驼寡妇到村西草滩去找一峰未归的小驼，发现一个影子在黄昏的细雨中晃动。她以为是她要找的小白驼，走过去发现是一个女人，正跪在地上烧纸呢。不用想白驼寡妇就猜到了是戚二嫂，黄色的火舌映着戚二嫂悲戚的脸。

白驼寡妇在戚二嫂身后站了一会儿，轻声说："戚二嫂。"

"哦，原来是白驼寡妇。"戚二嫂侧身和白驼寡妇打招呼。

"今日是七月十五哩，我都忘得一干二净了。"

"是哩，鬼节。"

白驼寡妇叹口气说："要我说你是不该烧纸的。"

"为什么？"

戚二嫂拿一根木棍拨着火，但是火苗子被雨滴给浇灭了。

"不为什么，你不见吗，冥纸都点不起来。"白驼寡妇看到戚二嫂脑后的发髻被雨水淋湿了，闪射着湿漉漉的光，"人还没有个确切信儿呢。俗话说活要见人，死要见尸的，你忘记了？"

白驼寡妇的一句话使戚二嫂激动起来，肩膀一耸一耸地抽搭。

白驼寡妇觉得心里酸酸的，也直想掉眼泪，她蹲下去把一只手放在戚二嫂的背上抚摩着。

"哭也是不该的，人还不知道死活呢就哭，要是哪天早上海九年走回贴蔑儿拜兴村该咋办？"

"你别拿话来安慰我。你知道的，出了这么大的事，叫我一个人闷在肚子里乱猜。多少天了，自从驼队回来我没有一夜睡着觉。我也不知道该怎么办，又不能跟人说。"

戚二嫂说出了自己的心里话。

"这都是命，"白驼寡妇说，"再等等消息吧，或许你更应该到关帝庙里去求求关老爷，也许会显灵的。"

"你别再拿话骗我，驼道上的事我懂。"戚二嫂说，"海九年他回不来了。往后每年我冲着北边的草地给他烧沓纸钱尽尽心。"

"话不能这么说，"白驼寡妇反驳说，"想当年蹇老太爷被暴客绑架，都说是肯定回不来了，到了他老人家还不是回来了吗？"

戚二嫂说："话是这么说。"

白驼寡妇掐着指头算着，"我问过胡驮头了，是腊月十八。胡驮头和二斗子、刁三万把海掌柜送进一家蒙古牧民的毡包。"

"腊月十八……我记下了。"

"盼着吧。"

悲伤使戚二嫂的脸上像是挂了一层霜,白驼寡妇惊讶地想,这女人怕是四五十岁了,感叹着女人的生命真是轻薄,是经不住几番折腾的。

寻找海九年

在村西的草滩上，骆驼散放着在安静地吃草，牧驼狗在驼群周围巡行。王锅头坐在一个沙堆上，他的腰部以下围盖着一件破旧的白茬子老羊皮袄，眼睛盯着手中的一个黑枣木的纺锤。纺锤飞速地旋转着，于是一根细细的驼绒毛线就从老驼夫的手心下流出来。王锅头在纺毛线线呢。在贴蔑儿拜兴村人人都会纺毛线，人人都会织毛活儿，什么毛袜子、毛衣毛裤都会织。毛活儿织得好、织得精巧的不是留在家里的妇女，而是在驼道上奔波的男人，是那些牵着驼列赶大程的驼夫。一边牧驼或者牵着驼列走长途，随手将脱落的驼毛拣拾起来，有空纺成毛线，然后就按照自己的心愿编织出各式各样的毛活儿。

"王锅头！"还离得老远，白驼寡妇就在喊，同时眼睛向四下里张望着。

一看见白驼寡妇的样子，王锅头立刻就警惕了，心里对自己说：这是来找我代替那个刚刚离开的年轻驼夫了，我才不会上当呢。

白驼寡妇又喊了一声："喊你半天咋不答应，听不见还是怎么的？"

王锅头讽刺道："怎么会听不见，老远我就闻到你散发出来的味道了。"

"瞎说，什么味道？"

"女人的味道，"王锅头又补充道，"是寡妇的味道！"

"我有正经事情哩。"

"你说吧。"

"求你帮我一个忙。"

"什么事你说吧,只要是不让我从口袋里掏钱给你,那就什么事都好说。"

"正经事。"白驼寡妇说,"我想请戚二嫂到我家一趟,你给我传个话。"

"什么事你不能自己到戚家的院子里去?"

"不方便,是女人之间的事。"

王锅头答应了。

下午白驼寡妇在自己家的院子门口迎接了戚二嫂。

"怎么把孩子也抱上了?"

"放在家里不放心。"戚二嫂说。

白驼寡妇凑上前看看孩子,悄声问:"睡着了?"

"睡着了。"戚二嫂压低声音说,"找我有事情?"

"也没什么打紧事,进屋吧。"白驼寡妇让开路跟在戚二嫂的身后走进了屋子。

"坐吧!"戚二嫂听到白驼寡妇在自己的身后说。可是她却没有立刻坐下,她被眼前的情形弄得很是诧异,问道:"你这是干什么?要请客啊?"

"说请客也行。"

"是什么贵客啊?"

"贵客就是你。怎么,你不愿意赴我的宴吗?"

"哪里话,是不好意思劳烦你。"

"现在还讲什么客气话。"白驼寡妇问,"你要先吃一点儿东西吗?对了,把孩子先放下。"

戚二嫂怀里抱着孩子,用胳膊肘和膝盖支撑着很费力地爬上炕。

隔着小炕桌两个女人面对面坐好了。戚二嫂注视着对面的白驼寡妇,心里升起一个疑问:这就是自己过去的情敌吗?她有一种云里雾里的感觉。

白驼寡妇熟练地为戚二嫂面前的酒樽斟满了酒。

"喝一点儿吧。"白驼寡妇端起酒杯朝戚二嫂晃晃。

"好，咱们喝！"

言语很少，一连喝了五六樽，两个人也没说几句话，后来自然而然就把话题扯到了驼道和远行的驼队身上。

白驼寡妇长吁了一口气，感叹道："驼道啊，可真是一条要我们女人命的路哇！"

"可是也给人生活，也让人牵肠挂肚，"戚二嫂说，"没有驼道，我们这些养驼户吃什么去！"

"是啊，驼道就像种田人手里的土地。"

"这我知道，我们身上穿的、嘴里吃的全都是驼道带来的。"

对话在不知不觉中展开，两个女人像男人似的推杯换盏，喝着酒，话就越来越多。

"不管怎么，我们女人还是得活下去。"

老资格的寡妇注意地观察着这个昔日情敌的表情，复杂的感受在她的心头翻滚着。

而戚二嫂呢，与白驼寡妇同村住了这么多年，这还是头一次说知心话，也是头一次觉得白驼寡妇心地的美好和善良。

白驼寡妇的每一句话都让她听着心里舒服，"如今咱俩可是同病相怜了！"

戚二嫂道歉道："过去我曾经诅咒过你。"

"快不用说了，这种时候还是说说往后的日子怎么过吧。你身边有个孩子，真让人羡慕！"白驼寡妇把目光移到睡在身边的孩子身上。

"是哩，你说对了。要不是有这个孩子，我的日子真不知道怎么打发。"

白驼寡妇端详着，"这孩子活脱脱就是又一个小海九年……戚二嫂，有个事我想告诉你。我听到一个消息，有人在草原上见到海九年了……"

一边说着话，白驼寡妇一边注意观察着戚二嫂的反应，就见"海九年"三个字刚一出口，戚二嫂的身体就像打摆子似的哆嗦了一下，她立刻打断白驼寡妇的话问："这话你是听谁说的？"

"一个拉骆驼的。"

"他是谁？"

"他是……告诉你你也不认识，指给你又太远，还是不用问了吧。"

"那么你能告诉我是在哪儿听到的消息吗？"

"是从在归化城大观园烧卖馆喝茶人的嘴里听的,听说是大盛魁的领房人,姓羊。"

"哪个杨?是杨柳树的杨吗?"

"不,是牛马羊的羊。"

当下戚二嫂脸色就变了,脸颊上泛起来红晕,说:"好吧,白驼寡妇,我……你一个人喝酒吧,我得走了。"

"做什么?"

"我有事……"

刚走出门戚二嫂又返回来了,说:"我得进一趟城,这丫头麻烦你替我照看一下。"

白驼寡妇答应了。

一阵疾骤的马蹄声敲打着道路,离开贴蔑儿拜兴村往归化城里去了。黄昏时分戚二嫂来到大观园烧卖馆的门前。戏园子门前已经亮起了灯,准备开张了。戚二嫂把马拴好走进烧卖馆。

"掌柜的……"

一个戴着眼镜的老先生在拨拉着算盘记账,看见有客人进来,说:"已经打烊了!你没看见吗,大戏园子都响起了锣鼓点子。"

"我打听个人。"

老先生抬起头看看戚二嫂,"你找什么人?"

"大盛魁的领房人羊领房。"

"啊哈,你找羊领房,到烧卖馆来算是找对地方了!羊领房他天天来吃烧卖。"

"谢谢了,掌柜的……"

"羊领房他只要是不走驼道的日子,天天在我这儿喝茶吃烧卖,这可不是吹的。羊领房这会儿一准是在北沙梁呢,他在狗圈看他那些护卫狗呢。你到那儿找他去吧。哎呀!这会儿就怕是狗圈也找不到他了,天已经擦黑他该回家了。你找他有什么事吗?"

"我想打听羊领房讲的故事。"

"什么?他讲的故事?什么故事?"

"驼道上的故事，"戚二嫂说，"大爷，您没听说羊领房在驼道上遇到一个人吗？"

"这故事好像经常发生。"

"是一个驼夫！"

"这种人多去了，驼道上的事么，不稀罕。"

"我稀罕！我的好大爷，你快告诉我羊领房遇到的那个人是什么样？他叫什么名字？"

"名字好像是有一个……我怎么会记得这种事，每天记账的事就把我的脑子弄糊涂了。"

"我要急死了，老人家！"

"这样吧，你要是想了解事情的详情呢，你就明天上午来。"老先生怜惜地说，"你得亲自问羊领房。他每天早上来，你明天上午来他一准在！挨着窗户的那张桌子，那是羊领房固定的座位。"

第二天一早，烧卖馆还没有开门，戚二嫂就已经等候在烧卖馆的门前了。一切都和老账房说得一模一样，羊领房准时到了。羊领房中等个头偏瘦的身材，两只眼睛炯炯有神地向外放射着亮光，戚二嫂赶紧迎上去。

"您就是羊领房？"

羊领房在鼻孔里哼了一声，眼光在戚二嫂身上扫了一遍，只管走进了烧卖馆。戚二嫂跟在羊领房的身后，看着高傲的领房人威风凛凛地在属于自己专用的桌子旁坐下。

"羊领房，我想打听个人。"戚二嫂说，"听说有个驼夫得病留在了草原上……"

"这种事多了去了，不知道你是想打听哪一个？"

"一个名叫海九年的驼夫。"戚二嫂小心翼翼地看着领房人脸上的表情，"市面都传说是您救了他，前年冬天腊月十八的事。"

"没有……"羊领房说，"我没有救过姓海的人。"

"那传说……"

"你大概是说去年的事吧？"羊领房说，"我是在草原上遇见过一个姓海的驼夫，不过他没有跟我的驼队走。"

"就是说您看到过这个人?"

"有。"

"您快说说!"

"你是他什么人?这样急?"

"我……"

"是他的媳妇吧?"

"是媳妇……"

"好,难得女人的心!我就告诉你……我见到海九年的那天是一个黄昏,在一个名叫二眼井的地方。驼队正要起程,突然间护卫狗全都叫起来。我一惊,看见所有狗都冲着一个方向过去,顺着狗的方向我发现一个骑马的人。我和驮头几个人带着武器迎上去,我担心遭遇暴客,可是发现来的是单身一个人。"

"那人长什么样?"

"高个子,很壮实,一看就知道是个受苦人。他先认出了我,还知道我就是号称归化三大领房人之一的羊领房!他说他是归化的一个驼夫,名叫海九年,在驼道上生病留在了草原上,现在他的病好了,他想返回归化,请求驼队带上他走。我简单地问了海九年几个问题,确认他就是归化的驼夫,便答应了他与驼队同行的请求。"

"可是海九年他人呢?"

"是一个蒙古女人追赶上了驼队。"

"什么样的蒙古女人?"

"是一个年轻的女人,海九年说是那个女人救了他的命。"

"您是说……"戚二嫂失望地问,"海九年还是没有跟您的驼队走啊?"

"是,没有。"

"后来呢?"

"后来海九年就跟那个蒙古女人返回去了。"

"啊……原来是这样。"

戚二嫂确认海九年并没有死,但又不能够回到她的身边,这个结果让她既高兴又悲伤。她浑浑噩噩地回到贴蔑儿拜兴村,生命中似乎没有能够再让她提得起兴趣的事情了，除了她与海九年的女儿丫头。

上天给了她和海九年一个女儿，似乎又是拿这个女儿来折磨她的。没有什么迹象，也没有预感，丫头在还没有满周岁的时候就夭折了。出事的那天傍晚，戚二嫂匆匆忙忙地闯到白驼寡妇的院子，说是孩子生病了，请她帮忙照看一下，她自己要去请大夫。

白驼寡妇一边穿衣服一边跟在戚二嫂的身后走出院子，她问："戚二掌柜呢？"

"那个遭天杀的！进城两天了，到现在也没回来……"

结果就在戚二嫂骑着马去请大夫的时候，丫头就断了气。丫头是死在白驼寡妇的怀里的！等到戚二嫂领着大夫回来，丫头的身体都快凉了。

大夫说孩子得的是伤寒。

牛二板之死

丫头没了。戚二夫妇把可怜的孩子葬在了村南的柳树林里了。戚二花了三两银子置办了一口杨木小棺材，算是对自己良心的一点弥补。村子里的习俗是一般不满三岁的孩子死去不用棺木。接连到来的灾难给戚二嫂的打击显现出了明显的效果，这个精力旺盛、热情奔放的女人一下子就显老了许多，目光中失去了往昔的光彩，总是心事重重的样子。而她本人还不知道，厄运还没有打算放过她。一个更加残酷的悲剧已经在不远处的驼道上等待着她。

一个嫩盈盈的小生命消失了，就像是一滴露水被太阳一照就没有了。但是另一个生命在世界经历了整整九十六个漫长春秋才走到尽头，是驼村最老的驼夫蹇老太爷。盛夏的凌晨老驼夫驾鹤西去。蹇家的子孙为蹇老太爷的后事日夜忙乱着。蹇老太爷九十六岁无疾而终，乃属白喜，因此蹇家要大肆操办。平日里与蹇家走得近乎的村人和那些热心的人们也都被卷进筹办蹇老太爷的白喜事中去了。蹇老太爷咽气的当天晚上，蹇家的几个兄弟就在院子里搭起了灵棚，天明以后把清洗干净的蹇老太爷放进早就预备好的棺中。说起蹇老太爷那棺木可是不简单，材料好、分量重不说，单是时间上就很长，在蹇家院子里的西厢房放置了整整三十个年头！蹇老太爷六十六岁就为自己预备好了棺材，这里面还有一个惊心动魄的故事。

很多年前贴蔑儿拜兴的驼队走新疆,在经过肃州地面的时候遭遇了暴客。面对凶狠的暴客,带队的蹇老太爷临危不惧,挺身而出与暴客谈判。蹇老太爷对暴客说:"我们贴蔑儿拜兴的驼队载的是不值钱的葡萄干,你们拿去一下子也变不成钱。不如这样,这一次你们放我们过去,待来年再走新疆的时候我们给你们一千两银子。"

暴客哪里肯相信蹇老太爷。

蹇老太爷又说:"你们要是信不过的话,就把我扣下做人质好了。"

"这样行,"暴客的头目说,"多会儿把一千两银子拿来多会儿放人!"

结果做了人质的蹇老太爷被暴客带走了,说好来年贴蔑儿拜兴的驼队拿赎金换人。

事实是,一连三年贴蔑儿拜兴的驼队也没有到新疆去。大家都以为蹇老太爷必死无疑!村人心怀愧意地集资为蹇老太爷买下一副柏木棺材。哪承想,命比天大的蹇老太爷在三年后的一个早晨突然出现在村子里。原来蹇老太爷被暴客带走以后,很快就与暴客们混熟了,并且取得了暴客首领的信任。胆大心细的蹇老太爷做得一手好饭菜,在暴客的营地一日三餐把暴客们伺候得舒服极了!待到约定的日子没见贴蔑儿拜兴的驼队,暴客的首领刀下留情没有杀掉蹇老太爷,但为了表示惩戒,叫手下人拿刀旋下了蹇老太爷的一只耳朵。

自回家以后,每年天高气爽的季节,蹇老太爷都要亲自用上好的桐油把自己的棺材油刷一遍。二十七年下来,单那棺材上的油漆就有好几百斤重。蹇家人把西厢房的一堵墙拆了,用了十六个精壮后生才把那棺材从屋子里抬出来。依归化地方的说法,人七十岁以上去世被看作是白喜,后辈儿孙就该把丧事当作喜事来办。于是宰猪杀羊请鼓匠,还没等出殡的日子到来,按捺不住的孩子们就乒乒乓乓地放起了爆竹。除了九十六岁的蹇老太爷的白喜之外,贴蔑儿拜兴就再也拿不出什么有趣的新闻来了。

还是在为蹇老太爷做丧事的时候,王锅头就曾发表过这样的高论。胡德全请他为贴蔑儿拜兴驼队出行掐算日子,出行的日子选定之后,王锅头无端地长叹一口气,说:"阎王爷看中咱贴蔑儿拜兴了。"

当时胡驮头还是将信将疑,但是不久之后的残酷事实让王锅头的卦显灵了!蹇老太爷的丧事刚刚办完,紧接着就是年轻的领房人牛二板和戚二掌柜相继死在了驼道上。

在归化通往科布多的驼道上,在距离归化城三十个程头的地方,是一个名叫骨井的地方。骨井在驼道上是一个很有名的程头，因一口很特别的水井而得名。在骨井之后的驼道是一个连七旱。所谓连七旱就是连着七天的路程都见不到水，因此这口骨井对于过往的驼队就显得特别重要。骨井是一眼特殊的水井，井壁是用骆驼骨头砌起来的。这骨井与牛家父子的声望与命运保持着密切的关联。若问这种关联重要到什么程度，就是身家与性命！这口井是牛二板的父亲牛刚当年亲自踩的点并且亲手挖出来的。

驼道上的事就是这样，隐藏在草丛和沙丘后面的道路是领房人的命根子，而那些隐秘的路径是谁发现的就归谁所有。所以这骨井的地理方位只有牛家父子知道，也只有牛家父子能够使用。因此归化驼运行的人也把骨井叫作牛家井。

为了便于记忆，领房人把驼道上的秘密全都编成唱词，装入《驼路歌》中。歌词的要害地方全都是隐语和暗语。比如怎么在茫无边际的草原上寻找到骨井，各种方法在《驼路歌》中隐藏着呢。外人就是唱给你也听不懂，还以为是一首普通的民歌呢。

驼队到达骨井要给人、骆驼、护卫狗饮水，要给水鳖子加水。这水是难得的甜水，骨井后面还有七天的路程没有水源可取，又称连七旱，所以这骨井就尤其重要，连七旱路程所需用的水全得在这儿备好。

哪承想，正是这一趟，领房人牛二板惨死在了草原饿狼的爪下。在骨井事件发生的那天夜里，广袤的草原上宁静平和，天上缓缓飘动的浮云、满含艾蒿辛辣苦味的夜气，都没有暗示给领房人牛二板什么危险的信息。在牛二板的感觉里一切都很正常，快到骨井的时候领房人骑着骊马站在一块高地上擦亮了火镰，约定俗成，火镰一亮就是告诉身后的驼队程头到了！

信号发出后，牛二板便心境宽松地催马跑下坦缓的坡地。那里有一眼深约两丈的水井。牛二板熟悉那水井就像熟悉自己的指纹，那井是他和自己的父亲一锹一锹亲手挖出来的，井壁是父亲带着他用一块块骆驼的骨骼垒砌起来的。井底的泉眼水很旺，足够两千峰骆驼的大驼队饮用。然而就是这眼牛二板父子亲手挖掘的骨井无耻地背叛了他。当他趴在井沿上将一只牛皮软桶垂下去的时候，才意外地发现骨井里已经没有了水。他误以为是映在井水里的两颗星星，原来是一只陷入枯井的狼的一对眼睛！那只垂死的狼听到了人的动静，以为是遇到了救星，睁开幽绿色的暗淡眼睛朝他嚎叫一声。

狼的嚎声把牛二板的醉意吓得无踪无影。驼道领房人是从来不喝酒的，怕误事，但是牛二板敢。牛二板一家爷孙三代做领房人，在归化城声名赫赫。牛二板二十岁开始做领房人，走北沿、闯欧洲、下汉口如履平地，二十年未出过一丁点儿差错，他要喝即喝，谁也奈何他不得。

醉意顿无，神志清醒，牛二板跳起来大吼一声，一把牛耳尖刀已经握在手中。手腕一抖，一道白光飞出去，尖刀不偏不倚地插进狼的咽喉，一双幽暗的绿灯熄灭了。牛二板攀着一根绳子扑到井底，两只手发疯般在干燥的沙质泥土上刨了半天，抓在手里的全是干刷刷的沙土，全无一点儿水的信息。

"老天呀，是你要绝我牛二板的生路吗？"

牛二板将两只紧攥的拳头伸向苍苍茫茫的夜空，发出比狼嚎还要恐怖的绝望声。驼队赶到程头立刻就发生了牛二板意料之中的骚乱与躁动。驼户掌柜胡德全、刁三万、戚二、塞家兄弟吆喝着伙计们扎房子卸驮，这时候王锅头已经开始拢柴点火了，是二斗子第一个发现了情况异常。二斗子正和刁三万搭手从卧倒的驼背上往下搬货驮子，一扭脸看见师傅愣怔怔地立在骨井旁，手里握着一根马鞭在发呆，骊马没上绊子，站在他的身边。十多只护卫狗一齐围着骨井，七零八落地朝井里望着，又抬头拿一种奇怪的眼神看牛二板。

群狗都愤怒地吠叫起来，王锅头提着牛皮水桶走向骨井，他好像是被什么吓了一跳。二斗子听见他叫了一声："牛领房！"

二斗子听出王锅头惊骇的叫声中的张皇失措，他丢下货驮子跑过去，问："师傅，咋啦？出甚事了？"

牛二板没说话。

王锅头把手里的牛皮桶伸向他，说："二斗子，这可咋办呀，骨井里一滴水也没有！"二斗子将信将疑，望望牛二板又看看王锅头，然后扑向骨井。

王锅头的喊叫声像一阵旋风，眨眼间就把惊慌的情绪传染给了整个驼队，正在吆喝骆驼卸驮子的驼夫和掌柜们都停了手跑向骨井。拖着沉重的匣子鞋跋涉了一百多里的驼夫们，一个个早已是饥肠辘辘、焦渴难耐、疲惫不堪了，都眼巴巴地盼着在程头上卸了驮，舒舒坦坦地躺在房子里喝上口热茶，等着王锅头做饭，哪承想他们盼到的却是一眼枯干的骨井。没有水熬茶，没有水做饭，没有水饮马饮狗，更没有水饮骆驼。饥饿、干渴、疲累与失望搅在一起酿造出愤怒。粗野的叫骂声疾雨般砸向领房人牛二板，许多双愤怒的眼睛都逼视着领房人，许多双粗大有力的手从四面八方伸出来推搡着他。牛二板被围在人群中间，像个陀螺似的旋转着，自信的、威风凛凛的神态一扫而光，呆痴的表情挂在他那苍白的脸上。

"师傅！"二斗子叫了一声扑上去，被身高力大的刁三万拿胳膊一挡推到一边去了。

"你们要干什么？"矮小的二斗子被淹没在了身躯高大的驼夫汉子群中。

王锅头把二斗子拉到了一边，说："出了这么大的事，你就别添乱了。"

二斗子说："我怕师傅吃亏！"

"我操你的祖宗！牛领房！"

"你领的这是什么路？"

"叫狗日的下井去淘水去，今日他姓牛的若是掏不出水来，咱们就喝他的血。"

"你以为那五倍于驼工的工钱就是那么好拿的？"

"还有呢，咱还给他另加着八两上等的大烟膏子呢！"

"再说了，他姓牛的拿着领房人这份工钱，他就得办领房人的事情，迟早这找水的事得他去！"

被愤怒的驼夫和掌柜子们团团围住的牛二板一句话也说不出来，眉头皱成疙瘩，牙齿在紧闭的双唇后面嘎吧嘎吧响。他把自己的辫梢咬在嘴里嚼成了碎末，狠狠的目光停在了一个地方，一动不动。

胡德全和刁三万、王锅头交头接耳一番，用手拨开叫骂不停的驼夫们走到牛二板跟前，一字一句地说："牛领房，俺们出一百两银子的大价钱雇你，可不是为了让你把驼队往枯井跟前领的。"

"还有整整八两大烟膏子呢！"刁三万喊。

牛二板的眼珠转了转，仍没话。

"你说该咋办吧！牛领房！"胡德全的情绪也是怒不可遏。

"你们让领房人的脑袋清醒清醒！"戚二掌柜说，"依我看大家先歇息着，让牛领房坐下来想一想。他牛家祖孙三代做领房，算起来在这驼道上跑了也快一百来年了，再没有谁能像他对驼道上的事熟悉,他能想出办法的。"

经验老到的王锅头也劝大家:"大伙儿别吵吵了,这会儿就是吵翻了天,骨井里也不会冒出水来的,就是立马把牛领房剁成八段也没用。这会儿要紧的是想一想咋能找到水。"

狂躁的驼夫们都安静下来,几十双满含愤怒的眼睛盯住牛二板,等待他的答复。二斗子手心里捏着一把冷汗,他知道在这种情形下,他的师傅挨一顿臭揍将是顺理成章的事情。二斗子拉了拉牛二板的衣襟,提醒道:"师傅,俺跟你去找水,俺就不信草势这么旺的地方会没有水!"

牛二板从惭愧与沮丧中清醒,一口将嚼碎的头发与辫子一起吐出,说了声"走",抓起辫梢一甩,那长长的独根辫子在他的脖子上缠绕了两圈。

漠漠荒野,夜风砭人。师徒二人一前一后,顺着一面漫坡朝低凹处草势繁茂的地方走去。二斗子听见自己的肚子里咕咕噜噜叫了两声,说:"师傅,你饿不?"

牛二板说:"不饿!"抡开手中的铁锹将一排披碱草拦腰斩断。二斗子紧跑几步跟上师傅,一边解开裤带把直向下滑的裤子往上提提,将裤带重新勒紧。二斗子听见师傅说:"把鼻子放灵泛点儿,往草深的地方闻,咱两人分开寻。"

师徒俩像狗似的不停地抽搐着鼻子,弯着腰在草尖上一路嗅一路走。他们把鼻子收集到的所有气息仔细地过滤、分辨、筛选、鉴定。鼻子的嗅觉功能得到充分发挥的同时,听觉与视觉相对受到抑制,驼队的嚷嚷争吵声听不见了,躲在不远处深草丛后面的五六双闪着残忍绿光的狼眼也被他们轻轻地放过了。他们低着头在草尖上嗅着走,一点儿也不知道,那狼眼里放出的交叉的绿光慢慢地结成了一张网,正将他们罩住,并且越收越紧。

是命!完全是命!那天夜里小小的狼群中所有狼都盯住了同一个目标,而把二斗子轻轻地放过去了。狼们很耐心地散开一个包围圈,跟着牛二板走了十多里地。在牛二板终于找到了泉水,一边呼喊着二斗子一边欣喜若狂地挥锹挖下第一锹的时刻,恶狼扑上去咬断了他的喉咙。二斗子只听到师傅被狼咬断的半截子呼叫,朝着师傅跑过去。在朦胧的月光下,他清楚地看到一只站立起来的狼从后面把两只爪子搭在牛二板的肩膀上,另外两只狼正从前面向师傅进攻。

二斗子用生命的全部力量发出了呼喊，铁锨抡圆了在头顶挥舞着冲向狼群，他连着两次的攻击打断了两只恶狼的腰。他知道狼是铜头铁屁股麻秆秆腰。两只被打断了腰杆的恶狼滚在地上发出毙命前的绝望嚎叫。三只，也许是四只正在向牛二板攻击的狼被二斗子的勇猛突击打乱了阵脚，纷纷放下猎物跳出圈外，在几十步远的地方围着二斗子打转嚎叫。二斗子拔了一些隔年的蒿草匆匆地扭在一起，燃起一个火把，一边抵御着恶狼，一边照着师傅查看他的伤势。牛二板头耷拉着，脖子上有一个拳头大的窟窿，黏稠的血从伤口上翻着的窟窿向外涌。二斗子用一只胳膊抱着牛二板，一只手高举着火把，拼命地摇着师傅的身体，将他从昏迷中唤醒。

恶狼的牙齿把牛二板的喉管整个切断了，他嘴唇拼命地翕动，却是一点儿声音也发不出来。后来他拼尽全身最后的力量抬起一只手臂，向一个方向指了指。二斗子顺着师傅指的方向看到一座土山包，那座土山包是马鞍形的，两座山头相连的地方凹了下去。二斗子知道师傅是要他记住那座马鞍形的土山包，找到马鞍山就能找到泉眼。牛二板又指指自己的嘴，指指自己的心窝。二斗子明白了，师傅的意思是让他把马鞍山编进《驼路歌》。骨井已经干枯，《驼路歌》中原来的那段词不能再用，二斗子呜呜咽咽地把四句新编的歌词唱给师傅听。

没等二斗子唱完，牛二板就断了气。

这个驼队领房人，这个英武彪悍的汉子死了，死在了他刚刚找到的泉水旁边。他用自己的生命和最后一滴鲜血，为《驼路歌》的歌词做了一次修正。

听到呼救的驼夫汉子们及时赶到，帮着二斗子把狼群赶跑了。

黄昏的时候草原上下了一场小雨，雨滴毫无障碍地自天而下，噼噼啪啪地砸在草丛里，溅起一团水雾，远山近景都变得模模糊糊。镶着灿烂白边的黑云一路翻滚，把焦脆的雷声丢向湿淋淋的草原。从云层中斜射下来的太阳光束，把清亮清亮的大滴雨珠照得透明清澈。被雨淋湿了皮毛的狗纷纷夹着尾巴躲到身躯庞大的骆驼肚子下面。散布在草滩里的骆驼以它们的睿智预感到了这场雨会下得很久。它们一个个都仰起脑袋大张着嘴，把下落的雨滴接在口中。整整齐齐按顺序排列着的货驮子摆成了四方形，都盖着苫布，在草原上盖出一座临时的小小驼城，中央是用苫布搭起的房子。房顶中间的天窗一团一团地卷起燃烧着的干柴的青紫色烟雾。紫色烟雾被雨滴打散，沿着房子四周卷落下来。诱人的饭香裹在白色的热气中包围着房子。草原的空气是透人心肺的清爽。

二斗子走到骊马跟前，弯腰扯开马腿上的三脚绊，他拿马衣在骊马的脊背上仔细撩了半天，然后给它备好鞍桥、紧好肚带。二斗子正要牵着它走的时候，那马儿嘶叫一声，猛一仰脖子把二斗子拽倒了。一个意外的惊心动魄的场面出现了，挣脱了缰绳的骊马自己跑到了牛二板的坟前，在坟头上不停地嗅着，低沉的嘶鸣在骊马的长喉咙里翻滚着。

看到骊马这样子，二斗子心酸的眼泪又流了出来。二斗子拿肮脏的拳头抹着眼泪，安慰骊马说："师傅他……死了，咱们还得活下去。"

二斗子在心里叹息着，牵着骊马离开了师傅的坟头。沉重的责任压在他的肩上，使他再也不能想、不敢想别的什么事情了。二斗子在心里默默地唱着《驼路歌》，把将要走的这一程的路线和所要经过的地方一一仔细滤过。

"掌柜子们、伙计们，起驮！"

心里沉甸甸地装满了责任与情谊的二斗子，纫镫攀鞍翻上马背，骊马咴咴地嘶叫起来。

驼道上又响起了那沉稳的驼铃声，湿淋淋的泛着新鲜水汽的草原在驼队的脚下吧嗒吧嗒地响着，节奏鲜明而有力。十几条各等毛色的护卫狗踏溅着草滩上的积水，在驼队的前后奔跑逡巡。驼道从骊马的蹄下向着落日的地方延伸。二斗子凝视着远处越来越明亮的地平线，那地平线就像蛇一样在舞动。就在二斗子眨了一下眼睛的瞬间，在那明亮的蛇形地平线的上方，在铅色的云层退出来的天幕上，一字排开，出现了七个环环相扣的太阳！七个太阳把闪闪耀目的七彩光芒涂抹在云层上，涂抹在草原上，涂抹在驼队的身上，涂抹在领房人二斗子身上。七个太阳用它们的七彩光芒涂抹出一个美得让人心惊的奇幻世界。整个驼队所有的驼夫、骆驼、马和狗都被那奇异的景致惊呆了。霎时间，一切声音都消失了，整个世界都像着了魔似的愣在那里。

"跪下！"

二斗子呆痴片刻，大叫一声，与此同时他滚下马鞍，把一张虔诚骇然的脸冲着七个光彩辉煌的太阳，咚的一声跪下，不由自主地说了些什么。当时驼队所有的人、驼、狗都朝着那七个神奇的太阳跪下，齐刷刷的。

谁也不知道过了多长时间，七个太阳中有六个渐渐淡化融合在了幽蓝色的天幕里，只留下一个挂在天边、挂在那条蛇形的地平线上像一座又大又圆的橙红色的门。二斗子带着驼队就朝着那座又大又圆的门走过去。

二斗子是在非常情况下做上了领房人的，可以说他是临危受命。但是可怜的二斗子坐上了领房人以后并没有过上几天舒心的日子，第二年就在沙漠里出了事。

毛尔古沁峡谷的秘密

也许是过了一会儿,也许是过了很久,海九年已经完全搞不清楚了,他觉得那时间忽而就像他的一生般漫长,忽而又像眨眼之间那么短暂。在黑暗的雪野上,灵魂奔跑着,呼号着找啊找啊,在一个地方终于找到了自己兄弟般的肉体。灵魂无限欣喜地扑过去,与肉体合在了一起……

这时候海九年开始苏醒了。

首先出现在海九年视线中的是一座蒙古包的包顶,圆形的天窗,许多根白蜡木棍支撑起来的包顶和覆盖在上面的羊毛毡。

"我在哪儿?"海九年问道。他以为自己的声音大得响彻了整个蒙古包,实际上他的声音很小,微弱得只有伏在他的脸前才能听得到。

海九年连问了几遍无人应答,心里就有点着急。他挣扎着竭尽全力试图坐起来,结果没有成功,身体的各个部位都不肯听从他的调遣。这情形让海九年感到害怕了。在灵魂与肉体分离开来的时候他没有害怕过,可是现在当他从死神的魔掌下逃脱出来的时候,他开始害怕了。他觉得自己就像一个婴儿般软弱,甚至他都怀疑自己是否还活着。

也不知道过了多久,终于得到了回应,是一连串呼哧呼哧的奇怪响声。海九年把目光扫遍蒙古包的各个角落,结果看到离他很近的地方几乎与他肩并肩躺着一个人,呼哧呼哧的响动就是从那个人的喉咙里发出来的。从天窗投射下来的阳光时而强烈时而暗弱，海九年看到在变幻的阳光作用下那人的脸忽而暗绿忽而铁青，十分可怕。阳光在晃动，有一会儿青蓝和灰黄的颜色在那个人的脸上争斗，迅速涨大拉长，占去了整个脸的大部分面积。在那张可怕的脸上亮着两个洞，有幽幽的蓝光在闪动。海九年猜想那该是一双眼睛。

发现海九年看到了自己，那个人脸上的表情松动了一下。于是一场莫名其妙的对话就开始了。

"啊……唔唔……哇……"那个人问海九年。

海九年非常紧张，他不能断定自己此刻是在天堂还是在地狱，他也不知道躺在他身边的这个人是天堂里幸福的弟兄还是地狱里的凶恶魔鬼。他急急忙忙说："我……我还活着……我没死……"

那人又说："唔唔……啊……哇哇哇……"

"我叫海九年……我没死……你要干什么？我还活着……"

海九年下意识地回答着，他认定眼前这个人是阎王爷派来的使者。慌乱中他在说明自己的时候也不知道使用的是蒙古语、汉语还是俄语。

这场不会有结果的对话直到黄昏时分女主人放牧归来方告结束。

年轻的女主人走进蒙古包，一看见海九年立刻笑了，她弯弯的细眉挑了起来，说道："呜哇！拉骆驼的人，你到底是醒过来啦！"

"我是在哪里？"海九年用熟练的蒙古语问，他的意识已经清醒了，他猜到了这个蒙古女人是毡包的主人。"这是我的毡房，"女主人说着又解释道，"你是在我的家里，你觉得怎么样？是不是想吃点东西？要不要喝奶茶？"

海九年摇摇头，"这里是什么地方？"

"怎么，你不知道吗？"女主人在他身边跪下，伸手摸摸他的额头，"好极了，已经退烧了！没事了……看来你是被烧糊涂了，这里是喀尔喀草原。你生了病，得的是伤寒症，是驼队中你的朋友们把你送到我这儿来的。你整整昏睡了三天三夜……"

"这么说我这一次又没有死……"海九年喃喃地说着，"老天不灭我呀！"

海九年闭上了眼睛。

"瞧你说的！"女主人看到有眼泪从海九年紧闭着的眼缝中溢了出来，她用手帕把那泪擦掉，安慰道，"你别胡思乱想，拉骆驼的哥哥，像你这么强壮的男人是绝不会轻易死去的！我请来的长老寺的喇嘛大夫就是这么说的。"

海九年勉强把一大碗苦涩的蒙药喝下去，又昏昏沉沉地睡着了。他太虚弱了，一觉睡到第二天下午，他睁开眼睛看到女主人坐在自己的身边，她的一双黑眼睛闪动着单纯、善良的笑意。

"谢谢你救了我的命。"海九年挣扎着想坐起来，但是他觉得自己的身体就像婴儿似的软弱无力。

"你别动，你想做什么我来帮你干。"女主人把一只手放在海九年的胸脯上，"我刚熬好了奶茶，你喝点儿吧。"这时候女主人的眼睛在离他很近的地方。

海九年紧紧地咬住嘴唇朝女主人重重地点了点头。重新获得生命的感慨压迫着他，使他不知道该说什么好了。此刻他的心理和他虚弱的身体一样脆弱得很，他从女主人那温暖的目光中感受到了亲情。一股热流从他的胸膛里升腾起来，冲上了喉咙，堵得他喘不上气了。

老天不灭我！海九年在心里对自己说着，眼角上便溢出了一滴泪。那泪在他皮肤皲裂的颧骨上久久地驻留着，随着他身体的哆嗦颤动着。那泪只是一滴，再也没有了。

"你怎么啦？"女主人拿手帕轻轻地把泪擦去，"你是在为自己的生命担忧吗？你没事的。"

"这是谁？"海九年用目光望着躺在他身边的人问女主人，"他是你的阿爸吗？"

欢欣的笑意迅速从女主人的脸上退去，她深深地叹了一口气，一字一顿地说："他是我的丈夫。"

女主人给海九年讲述了自己丈夫的不幸故事。

女主人的丈夫是王府的一名驯马手，三年前驯马手在调驯一匹烈马的时候不慎被那匹马掀下了马背，不幸的是马的一只蹄子恰巧踏在了他的脖子上，把他的颈骨踏成了粉碎性骨折。驯马手侥幸活了下来，但是自那以后再也没能站起来，同时他也失去了说话的能力。

那以后，有一天王爷亲自来到王府的偏院。王爷走立在马厩旁边的驯马手住的小房子,说:"我可怜的驯马手,灾难把你折磨成了这个样子,看见你就让我心里难过。你在王府为我服务了整整二十八年,有无数的名马良骥经你的手被调驯出来,你的功劳就连佛爷也会看在眼里的,我绝不会忘记你。现在你成了残疾人,再也不能为我调驯走马了,那么好吧,我就赏给你三九羊群、一对乳牛和骏马三匹,再把王府里最漂亮的丫头送给你做妻子。你带着属于你的畜群和妻子随便到哪里都可以,去过像云彩般自由自在的日子去吧!"临出门的时候王爷又补充道,"你记住,只要是在我的领地上,就免除你终生的一切劳役和赋税!"

女主人是用勒勒车拉着丈夫离开王府的。女主人与驯马手一直在草原上过着迁徙奔波的生活,驯马手也一日不如一日。海九年醒来后的第五天,可怜的男主人死了。直到这时候海九年才知道女主人的名字:达尔玛。

海九年帮着达尔玛把可怜的驯马手埋葬了。

浑浑噩噩地过了些日子,海九年终于下决心去追赶驼队。

早茶过后达尔玛照例骑着豹花马去放羊,豹花马腿细腰长,胸肌发达,皮毛油亮,走起路来步态矫健而又潇洒。马背上的达尔玛轻摇曼摆在唱一首歌。羊群走上一处山岗。远处是迷迷蒙蒙的晨雾,太阳像一盏奶油色灯罩般发着亮,在羊群扬起的尘头上涂抹着变幻不定的粉红和蛋黄的颜色。一缕朝霞投射在达尔玛的身上,海九年看到在山岗顶上出现了一个仙女般的美丽剪影。骤然穿透晨雾的光束落在达尔玛蓝玉石的耳坠上,红里透紫,紫里透蓝,光线反射起来,像彩色的乱箭,射得海九年前俯后仰站立不稳。

海九年沉重的身躯靠在蒙古包的软门框上,整个蒙古包被撞得訇然作响。达尔玛骑着豹花走马最后在山岗上晃了一下,消失了,那里留下了达尔玛永远也不会消逝的影子。草原静谧无声,让人心慌意乱。海九年悒悒惶惶、手足无措,他把目光转向草滩,那匹暗红色的老骒马正伸长脖子冲着达尔玛消逝的那座山岗呆望。

海九年不再犹豫,返身走进蒙古包。

"我走啦……达尔玛,我对不住你!"

海九年喃喃地说着,声音大都被泪水浸了心里,涌出来的几滴泪在眼眶里悠悠打转。他把一床羊皮被子抱在胸前,被子散发着羊膻味儿和达尔玛身上特有的馨香。那混合的气味从鼻孔钻进他的心脏,变成一根根钢针,扎得他一阵阵发抖!后来海九年猛然跳起来，拿一块粗布单将自己的几件衣物包起来，然后把布包斜着绑在身上，最后跪下来冲着蒙古包正面的神龛磕了三个响头，转身跑出了毡包。

两个时辰以后海九年骑着老骒马来到了他所熟悉的驼道上，找到了那个猛犸象牙化石。他跳下马在草地上寻觅着，很快就发现了一堆新鲜的驼粪，沿着驼粪的方向追了不一会儿，就看见了驼队的影子。

这是归化城的一支驼队。领房人正是大盛魁的羊领房。通过姓名，羊领房答应带海九年跟随驼队返回归化。

可是事情发生了变化，仅仅是第二天中午，达尔玛就追了上来。整个行进的驼队被护卫狗们的吠叫惊动了，驼队自动停了下来，海九年和驼夫们紧张地操起家伙——大家以为暴客出现了。羊领房已经把枪端在手上，向那个女人瞄准。

那女人骑着一匹豹花马在草地上画出半个圆来，躲避着群狗的攻击，截住了驼队的去路，她手里握着的牛耳尖刀闪出一束束雪亮的白光。

羊领房举起枪向跑过来的女人厉声喝道："停下！不准你过来。"

这时候海九年跑向羊领房，对他说："羊领房，她不是暴客！千万别动手！"

那女人勒住了马。豹花马暴躁地打着旋子，发出一阵阵高亢的嘶鸣。

羊领房不想拖延时间，就把两只空拳抱在胸前向那女人作了揖，用蒙古语说："你我素不相识无恩无怨，请让开路放我们驼队过去吧。我们是吃驼脚饭的人，耽误了时日是要遭货主罚银子的！请姑娘高抬贵手。"

"这位师傅说得不错，我们素不相识，无恩无怨，我绝没有为难驼队的意思，只是请你们把海九年交出来！"

驼夫们一窝蜂地跑过来看热闹。

"海九年你别做出这般窝囊样！没用。"羊领房拿马鞭指着海九年骂道，"做小子的要拿得起放得下，眼下你说一句痛快话，你是愿意跟驼队走呢，还是愿意和这个蒙古女人回去？"

"我愿跟驼队走。"

这还有什么好说的，既然海九年愿意跟驼队走，羊领房就得把他带回归化城。人不亲土地还亲，好歹是一个地界的人，又是吃驼道饭的。羊领房挥了一下手，驼队开始起动了。

那女人牵着马一步步走向海九年，但是她被羊领房挡住了。

"躲开！"那女人愤怒地朝羊领房喊道。

"别意气用事，姑娘！"

话音未落，就见那女人猛地将手伸向腰间，胳膊肘子一旋锃亮的牛耳尖刀就握在了手上。羊领房的马被这突然出现的情形吓得连连后退。

可是羊领房是什么人，岂是一个蒙古女人一把牛耳尖刀能够吓得住的。说时迟那时快，羊领房将身子一闪，同时拳头出击，只听得一声响，那女人手中的刀子已然落在了地上，说着一伸手把那女人的胳膊牢牢抓住，任她怎样挣扎也动弹不得。

驼队经过那女人的身边走远了。

第二天，在驼队扎房子的营地。后半夜躺下的驼夫们还在睡梦中，只有两名值班的驼夫在草滩里看守着进食的骆驼，猛然间响起了护卫狗的吠叫声。羊领房把脑袋伸向帐外，看见十几只护卫狗形成一个像展开的扇面朝着东边的一座土岗包围过去，有马蹄声隐隐从那里传来。

"这才隔了一天就又追来啦，真是痴心婆娘负心汉！"羊领房把羊皮大氅往身上围围，紧坐在那里兀自发起了感慨，"你说女人这东西也不知道是拿什么做的，真是让人犯迷糊。"

"羊领房，你躺着吧。"

羊领房正在穿衣服，听见海九年说的话觉着十分诧异，就问海九年："怎么，你有办法能把那个女人弄回去？"

"不是……"海九年已经穿好衣服，鞋子也蹬上，他一边把腰带往紧了扎着，一边俯身拾起他随身带来的那个小包袱，"我跟她回去。"

羊领房呆呆地站在那里。在许多双被海九年的意外举动弄得迷惑不解的眼睛的注视下，海九年高大的身躯在房子门口弯了一下腰走出去了。

所有的驼夫、掌柜都跑出房子。锅头喊住了护卫狗，狗们都蹲在草地上不动了。

海九年一步一步朝停在土坡上的那女人走过去。

但是海九年和达尔玛后来的故事就是羊领房和他带领的驼队中所有人都不知道的

了，也是他们想象不出来的。

海九年离开驼队一步步地朝着达尔玛走过去。

达尔玛骑在豹花马的背上等待着海九年，她脸上的表情十分平静。让海九年诧异的是她的身后多了一峰骆驼，骆驼的缰绳拴在豹花马的鞍桥上，在它弯曲的脖颈旁边吊着一只硕大的牛尿泡水袋，沉甸甸地坠着。

海九年走近达尔玛，眼睛也不看她，说："走吧。"

他们沉默地走着。过了大约两袋烟的工夫，海九年听见达尔玛说："你骑着骆驼走吧。"达尔玛吆喝骆驼卧倒，海九年爬到骆驼脊背上去。这中间海九年始终没说一句话。骆驼的缰绳仍然在豹花马的鞍桥上拴着，海九年也不要求解开骆驼的缰绳。他在驼背上摇晃着，散漫的目光从半眯着的眼睛缝中铺洒出来。一片片草原和丘岗的模糊影子从他的身边闪过。

达尔玛放马跑起来了，跑得越来越快。骆驼载着海九年在豹花马的后面跟随着。也不知道过了多久，海九年觉得自己的目光被一片阴影罩住了，他睁开眼睛，发现他们正面对着一座怪石嶙峋的大山。从阳光的角度判断这座山是南北走向，往南往北都看不到尽头，十分陌生地耸立着。一道狭窄幽深的峡谷躺在阳光的阴影下。在峡谷口的两边，像被刀削斧砍似的褐色岩石一层层地向上盘摞上去，一直升到目力不及的地方。看不到一只飞鸟和野兽。在寂静的压迫下，巨大的山脉、险峻的峡谷和它周围的草原都可沉默着，听不到一点声音。这里肯定不是他和达尔玛曾经居住过的草原。

海九年吃惊地问："这什么地方？"

达尔玛没有立刻回答，她下了马，牵着缰绳走近海九年。海九年从卧倒的骆驼背上跳下来，疑疑惑惑地打量着哈拉沁山。高耸的山峰沉默着，一座接一座连绵着望不到头，有一种不好的猜测在他的心里升腾起来，他觉得达尔玛也许会干出什么可怕的事情。但是他从达尔玛异常平静的举动中什么迹象也没发现。他注意着达尔玛的每一个动作，看着她从豹花马的鞍桥上把骆驼缰绳解下来，交在他的手上。

达尔玛的眼睛望着毛尔古沁峡谷对海九年说："这里就是毛尔古沁峡谷。"

一个霹雳在海九年的心头炸响，他感到自己的身体在不由自主地颤抖，"难道这就是恐怖的毛尔古沁峡谷吗？"

"是的，"达尔玛看出了九年的怯懦，问道，"你是害怕吗？"

"哼！我怕什么！"九年把脑袋甩了一下，语气决绝地说，"脑袋掉了碗大的疤！你说吧，你要我怎么样？"

"现在我要送你过去。"达尔玛说完不再理睬九年，只管自个儿冲着峡谷跪下，两眼微闭，手指拨弄着脖子上的佛珠祷告起来。

海九年不由自主地打量起了毛尔古沁峡谷，从表面看去这条狭长幽深的山谷并没什么太特别的地方，只是它两边的岩壁更峥嵘陡峭，像被刀削斧砍过的褐红色的岩石一层一层地耸上去，越往峡谷里边山崖越陡，峡谷越往上越窄，到了崖顶上，两边的崖壁几乎就要接上了，只留出一条极狭窄的缝。太阳的光线只有很少一点能够射进峡谷中去，因而峡谷内十分阴暗。在山口前的阔地上立着两个木架。九年走近了，认出那是两个十字架。黑色的油漆早被风吹日晒得斑驳脱裂，上面的俄文字迹已经模糊不清难以辨认了。海九年猜想，这两个俄国人，大概就是大盛魁员工口中的地理学家和考古学家，因为他们的死，归化城的商民前后付出将近八万两银子。

在达尔玛的指挥下，九年拿绳索把骆驼的嘴扎上，也把小狗巴卡的嘴缠住。达尔玛用预先准备好的碎毛片包住豹花马的蹄子。做这一切的时候海九年已经没有了任何思想，只听凭达尔玛的摆布，达尔玛叫他做什么他就做什么，绝不多问一句。在他的心里自己已经死了。他想，是达尔玛给了他又一次生命，为了他背信弃义的逃离，达尔玛怎么处置自己都不过分。

海九年认定自己是必死无疑了。

一切准备好之后，海九年听见达尔玛说："走吧！"

"往哪儿去？"

"向峡谷里走。"

也不知道过了多久，海九年突然感到眼前一下子豁亮起来，一片金黄色的沙漠出现在他的面前。强烈的阳光刺激得海九年睁不开眼睛，他把手掌搭在眉骨上，打量着眼前的景物，黄色的沙漠在阳光下闪耀着一片金色的光芒。

达尔玛已经把豹花马嘴上的绳索解开了，豹花马呼哧呼哧地喘着气将脑袋高高地扬起摆动着。达尔玛嘴里哼哼着，用手抚摸着骆驼的脖颈，把缠在骆驼嘴上的绳索也解开了。

"这就是伊克沙漠，"达尔玛整理着手中的绳索说，"南北不到两百里。只要一天一夜的工夫就能穿过去。"

"等等！你刚才说什么？"

"我说这是伊克沙漠，是片小沙漠……"

"不！我是问你，你刚才告诉我咱们穿越的这条峡谷是毛尔古沁峡谷？"

"对，是毛尔古沁峡谷。"

"可是……这是不可能的！毛尔古沁峡谷有神佛守护着，是任何人也不可能通过的。"

"可是我能够，我知道它的秘密。"达尔玛讲起来了，"我阿爸活着的时候我们家就住在这一带的草原上，那时候我们转场走敖特尔每年都要穿过毛尔古沁峡谷。阿爸是从一位大喇嘛那里得知毛尔古沁的秘密的。"

"达尔玛！"直到这时海九年才明白发生了什么事情，他激动得连一句完整的话也说不出来了。

"你走吧，骆驼身上驮着水袋和干粮，足够你半个月用的。愿神佛保佑你，你走吧！"

"叫我怎么报答你？"

"不要，我不要你报答。这完全是神佛的旨意。你走吧，你是一个驼夫，去做你该做的事情吧。记住，在喀尔喀草原上曾经有一个蒙古女人，她叫达尔玛。"

海九年牵着骆驼走起来，一步三回头。

叠尸

我们早就说过,自古以来驼道就非安靖之所在,比如驼队被强盗所劫,比如遇上黑沙暴驼队迷了路或是不慎让驼队在不宜扎房子的地方休息,骆驼吃了断肠草、喝了有毒的水……真可谓是七灾八难时时在等待着你。

大家该记得,王锅头曾经有过一个灾难性的预言,他说:"阎王爷看中咱贴蔑儿拜兴了……"不幸的是王锅头的预言应验了。就在这次驼队走科布多的时候,贴蔑儿拜兴人刚刚失去了自己的领房人牛二板,仅仅过了不长时间又遭遇了一场可怕的灾难。那是在乌兰布和沙漠的边缘,突然刮起的大风迫使行进的驼队停了下来。人都藏在卧倒的骆驼肚子旁边。大沙暴好像要把整个世界拖到末日,连天接地整个世界全都变成昏黄的颜色,分不出上下,分不出东南西北,就像有一个巨人在天上向下抛土似的,很短的时间内落在人身上的尘土就积得非常多,还有货驮子上、行李上、骆驼的身上。翻滚的沙尘逼得人睁不开眼,张不开嘴,喘不过气来。尽管这样,嘴里仍然塞满了沙子。本来是一个中午的天气,却是只隔十几步就看不清对面的人,空中飞漫着黑色的沙粒,只有最近的距离内才能勉强看到形体巨大的骆驼的身影,但也只不过是浓雾中的影子似的。

"二斗子……"

不知谁在喊,但是这个人的呼喊声显得十分可怜,瞬间就被呼啸的沙暴吞噬了,风的呼啸声充斥了整个世界。

所有人都在原地趴着,不敢轻易走动,眼看着驼屉被风刮走,也没人敢去追。若是离开大家,哪怕仅是一瞬间的工夫,就可能永远失踪。沙暴之后,驼夫掌柜们一个个从沙堆下面爬出来,抖掉身上的沙土,向一起聚拢。

沙暴将人的面目都弄得无法辨认了,眼睫毛、嘴巴周围全都被沙土涂抹,彼此没有差别。一个声音玩笑着说:"我们全都是土地爷的儿子了。"

另一个凑近说话的人拿手在对方的脸上摸着,疑惑地问:"你是谁?"

"他妈的!连我也认不出来了?认不出人来你还听不出来吗?"

"认不出来,就像你说的,我们都成了土地爷的儿子了,声音也变了。等等,你好像是刁三万吧?"

"日他,还能是谁。"

于是大家都笑了。

二斗子喊道:"赶快清点人和骆驼的数目。"

人们也只是根据矮小的个头认出说话的是二斗子。

还好贴蔑儿拜兴村的驼夫、掌柜全都是常年在驼道上跋涉的老手,竟然没有损失一人一驼。待各家的掌柜把清点结果报上来,二斗子长长地吁了一口气,说:"关老爷保佑!起程的时候没有白白给您老人家烧香磕头。"

但是刚打算上路的时候,驼队已经开始移动了,寨二掌柜突然跑到二斗子跟前拉住了骊马的缰绳。

"出了什么事?"

"我的那条花斑狗不见了!"

"不能吧?你再找找。"

"找过了,哪儿都没有。"

二斗子皱着眉头翻下马背。

外人有所不知,护卫狗对于驼队那可是重要得很,狗是驼队的保卫力量,其重要程度比人差不了多少。

二斗子招呼大伙儿帮助寨二掌柜找狗,很快就在一个巨型沙包后面把可怜的花斑狗找到了。准确地说，大家找到的已经不是一条狗了，而是被沙暴的力量剥得干干净净的一副白森森的骨架。

塞二掌柜是从那狗的牙齿上认出是自家的花斑狗，他兀自哭了一阵之后，把狗的骨架就地掩埋了。

真正可怕的事情发生在驼队起程之后。因风暴改变了地理地貌，二斗子找不到路径了！就是说驼队的领房人迷了路，于是驼队在大漠里打起了转转。

两天后严重的后果出现了，第一个牺牲者倒下了，是一只年老的护卫狗。二斗子听到一个男人粗野的叫骂声："二斗子，你这个小王八蛋！都是因为你，害死了我的狗！"

相比而言，在驼队中生命力最脆弱的除了马就是狗。马只有领房人骑的一匹，因为有特别呵护——水和料能够得以保障——不容易出事。狗就不一样了，担负着整个驼队的保卫工作，特别辛苦，体力消耗也大，因而最容易牺牲的往往是狗。

二斗子没有回头，他不用看，单凭着那汉子的哭声就猜出来是刁三万。

驼队停下了。

刁三万一阵旋风似的扑向二斗子，抓住二斗子的衣领，声嘶力竭地喊道："二斗子，你赔我的狗！你算什么领房人！呜呜呜……"

二斗子面无表情，被疯狂的刁三万摇晃着。

刁三万就像狼一样放开嗓门号啕起来。

一只大手拧住刁三万的手腕把他和二斗子分开了。痛苦中的刁三万扭头看看，见是胡德全。

"刁掌柜，你不想活了？这样大声哭闹，你知道这样会消耗多少体力吗？"

刁三万跌坐在沙堆上，立刻没了声响。他的眼睛直勾勾地盯着那只死狗，从旁边看上去就像是一尊木头刻成的人似的。

"我做领房人还没出徒呢……"二斗子喃喃地自语着，"我咋这么不走运？刚刚没了师傅，没几天就把驼队带入了绝境。"

"我们不能就这么等死，"休息了一会儿，胡德全从地上爬起来问二斗子，"好歹你也是个领房人，你好好往四下里看看，哪个方向是北？"

二斗子站在一座沙丘上往四面望了一会儿，回到胡德全的身旁，指了一个方向说道："那边。"

"这回你可认准了？"

"我认准了。"

在驼队开始移动之前，刁三万用铁锹掘了一个坑，把他的爱狗掩埋了。这个吝啬的驼夫趴在狗的坟堆上哭了好半天。

驼队又缓慢地移动起来，没有歌声，没有说话声，甚至连狗都知道事情的严重性，悄没声儿地跟在驼队的旁边走着。驼铃有气无力地响着，人、驼、狗夸张的喘息声在沙漠寂寥的上空回响着，像是从另外一个世界传来的。

二斗子看见寒家老三把自己的驼列停下来，他弯倒腰把自己家的一只护卫狗抱起来，放在了一峰骆驼的背上。

晚上，临时扎起来的房子中，挤在一起的驼夫们想起了家，想起了那个偎在大青山脚下的可爱的村庄，想起了村中的女人和孩子们。于是大家不约而同地谈起了各自的孩子、老婆，都说起自己老婆的好话来了。就连脸上布满了麻点儿的麻三婶在丈夫刁三万的嘴里都变成美女了，"你们可是不知道，我那麻脸老婆做起家务可是一把好手哩。"

说着说着，也不知怎么的驼夫们就把议论的话题转到了戚二嫂身上。

刁三万问胡德全："说说吧！"

"你想听什么？"

"就说说海九年和戚二嫂的事，你不是亲眼看见过他俩……"

"你他妈的忘记死了？"胡德全骂道，"这都性命攸关的时候你还说什么女人！"

"听一听就是死了也无怨了。"刁三万转向二斗子，"都说海九年和戚二嫂早就有一腿了，是真的吗？"

"不是真的怎样，是真的又怎样？"

"我就想听听，嘻嘻嘻，没别的意思。"刁三万拿舌头舔着满是黄色燎泡的嘴唇。

"是真的。"王锅头望着刁三万的嘴替胡德全回答，"你就当作是对一个垂死人的最后要求，满足他的愿望吧。"

"哇！你真的看见过了？没骗我？"

"真的，不骗你……好！他妈的，我这一生要是能上一回死都闭眼了！"

"还是你小子有福气，"刁三万没听清楚胡德全的话，兀自感叹道，"唉，其实我也下了不少功夫，到了也没弄成……"

话说到没有意思的地方就算是自动结束了。

睡到半夜刁三万突然惊叫起来，他的神经有点不正常了，一个劲儿地要水，嘴里不停地喊："我要喝水！我要喝水……"

听到动静王锅头爬到刁三万的跟前，老锅头就着月亮的光亮把自己水鳖子里的水倒给了刁三万喝。喝过水之后，刁三万安静了。

天亮以后挨过了一个白天，驼队继续走，朝着他们认定的一个方向向前走。

入夜的时候，蹇二掌柜的另一只狗也死了，那只狗像人似的坐在骆驼的背上走了几百里冤枉路。

人们都进入到可怕的半疯狂的状态。蹇家兄弟把死去的狗剥了皮，架在篝火上烤。肉还半生的呢，蹇二就开始吃起来，他咔嚓咔嚓地咀嚼着，把狗肉里的水分咽进肚子里去，将嚼成干柴似的肉渣噗地吐出去。

骆驼尿也成了珍贵的饮料，每个驼夫都把自己驼列中的骆驼尿仔细地收集起来。驼队行进间的不少时光都被用来收集骆驼尿了。每一个人都变成了地地道道的吝啬鬼。戚二掌柜在感到自己驼列中有骆驼要撒尿了，就让整个驼队停下来。他半跪在那峰有撒尿迹象的骆驼的肚子下边等待着，手里拿着一个牛皮水袋等待着。但是已经好几天没有喝到水的骆驼，尿也变得越来越少。过了足足有半个时辰，骆驼才勉强地流出很少的尿液，滴滴答答地滴进戚二掌柜的牛皮水袋里。还没等骆驼尿喧嚣的黄色泡沫沉淀下去，他就不顾一切地喝几口，然后把皮袋的口子仔细扎好，驱赶着自己的驼列去追赶驼队。

那个火一样的下午，太阳悬在人们的头顶，奇怪的圆球一会儿是黄色的，一会儿又变成了黑色，在人们的头顶上肆意地呼啸着、旋转着，就像是一个法力无边的魔鬼在施展着它的威力，没有穷尽的热量从令人炫目的天上一批批地倾泻下来，蒸烤着大地。沙漠就像被煮沸了的黄色的大海，沸腾着，翻滚着。一缕缕的蜃气扭摆着婀娜的腰肢，就像是魔鬼宫殿里的一群舞女在摇曳、舞蹈。到处都是令人头晕目眩的金黄色，到处都是无边无际的黄色的炎热，人们身上的水分、意志和希望正在一点一点地被耗尽。

不远处有两座沙丘就像巨鲸翘起的尾巴，无动于衷地在那里迎住了驼队。就在那两座沙丘的中间，驼队倒下来。驼夫们都喘着气倒在了地上，几十张被汗水和尘土涂抹的脏兮兮的脸变得陌生了，全都是野兽一样的表情。大家沉默着，在沉默中等待着死神的降临。因为没有止境的跋涉耗尽了力气的骆驼们都失去了往昔的风采，全都自动卧倒了，护卫狗们一个个都躲在庞大的骆驼身旁，在阴凉地儿里把长长的红舌头伸出来喘气。

二斗子带着大家在无边无际的沙漠中东一头西一头地瞎闯，把驼队带的最后一袋水都消耗光了。五天的跋涉中死掉了三只护卫狗，连牛二板留给二斗子的宝贵骊马也死了。随着时间的推移，随着希望的一点点失去，驼夫们都知道二斗子最后的时刻来到了——作为领房人，二斗子在沙漠中迷失了方向，把驼队领上了绝路，依照行规，他就该自行了断。

几十个被绝望逼疯了的汉子们将二斗子团团围住，几十双血红的眼睛盯住了失职的领房人。这些多年来生生死死与二斗子在驼道上一起闯荡的弟兄们，现在就要将他置于死地！至于领房人死了之后其余的人怎么办，大伙儿心里都明白，等待着他们的也只有死亡这一条路了。他们和二斗子的下场不会有什么两样，要说区别也就只是时间问题。他们将一个个地慢慢死去，倒在寻找希望的路上。结果是一样的，也许三两天，也许只是一天一夜，总之在很短的时间里，太阳和脚下的沙漠便会将他们身上的最后一点水分吸干，使他们可怜的渺小躯体变得更加渺小。但是他们的身体将会是完整的，不会腐烂。

仿佛是被人们的脚步声惊醒了，二斗子在大家交织的目光中坐起来，昔日的弟兄们那一双双熟悉的、亲切善意的眼睛如今都变得可怕而又陌生。

"吃吧……"

胡德全平静的声音回荡在沙漠上空。

直到这时二斗子才彻底清醒了，他记起了自己在接下领房人这职务的时候曾经许下的诺言——如有闪失，他宁愿吞沙自尽！现在该到了他履行自己诺言的时候了。想明白了这一点，二斗子的心里反而平静了，他向围在他周围的弟兄们看了一圈，然后跪下来，把脸冲着东边的方向——此时的东方就只是凭着感觉了——目光平视着遥远的地平线,望着千里之外的那个他生活了许多年的温馨亲切的村庄贴蔑儿拜兴村,磕了三个头。他的辫子匍匐在地上就像一条将死的蛇。

胡德全又催促道:"二斗子,你还有什么要交代的话就说吧。或许我们中间还能有谁活着走出这沙漠,也好替你完成最后的心愿。"

"替我捎句话给我的把兄弟海九年……"二斗子说,"就说我二斗子不该不听他的话,我后悔了。我应该把自己挣下的银子全都积攒起来,跟着九年做买卖,跟着九年发财致富。"

"好。"胡德全说,"大伙儿都听到了吧,不管我们谁能活着回到归化城,都不要把二斗子的托付给忘记了。"

"哼!海九年这会儿就怕是我们见不到了,他大概正在地狱里等着你呢。"

"吃吧!"

"吃吧!"

"吃吧!"

一个个平静的声音叠起来,沉重地压在沙丘上,使得大沙漠都有点承受不住了。一缕缕细沙从沙丘上流淌下来。二斗子慢慢地抬起头来,滚烫的沙粒在他的额头上烫出了许多密密麻麻的小坑。

所有人都用眼睛盯着二斗子,看着他开始吞沙,他把抓起的沙子一把一把地往自己的嘴里塞!

驼队在胡德全的带领下又起动了。人、驼、狗都无声无息地走着,朝着一个认定的方向。

只有一峰骆驼喊叫着不肯朝前走,频频回头。骆驼缰绳猛扯着,刁三万都快抓不住了。

心硬得像石头似的驼夫汉子们连头也没有回一下。一切都有行规管着,二斗子以吞沙的方式结束自己的生命,是他自个儿在接受领房人这活计的时候就选定了的。他无怨无悔。贴蔑儿拜兴村的驼户、掌柜和众多拉骆驼的穷苦弟兄将各自的财产和性命交在他手上,他二斗子就得以自己的性命作保。无话可说。

在一座沙山的拐弯处,刁三万看见二斗子已经成了一个小黑点缩在地上一动不动。

都是在驼道上闯荡多年的人，谁都知道在这荒无人迹的大沙漠中，没有水、没有食物就足够二斗子死上一百回，更不要说是二斗子当着大家的面吞下那么多的沙子。

后半夜，在临时营地上大家都熟睡了。刁三万悄悄地走到骆驼堆里，他查找了好一会儿，终于认出二斗子的那峰母驼，轻轻地解开母驼绳索……

二斗子正在通往死亡的道路上跋涉，他看见自己走进了一个金子的世界，黄金的太阳，黄金的大地，黄金的山脉，黄金的树木。沿着黄金铺就的驼道，他看见一峰黄金铸成的骆驼正向他缓缓走来。太阳的光芒呈七彩的颜色，在那骆驼的身上迸射。二斗子站在那里等待着，终于认出了那正是他心爱的母驼赛因赛。二斗子看见自己叫了一声，他没有听到自己的声音。但是他的呼唤声母驼听到了，母驼哦儿哦儿地叫着朝他跑过来。母驼的脖颈一耸一耸地跑得很快，它的金黄前腿弯曲伸展，伸展弯曲，它的两条后腿略略向两边岔开，踩踏出纷纷扬扬的黄金尘埃。它的深褐色的眼睛湿润温暖，它的目光灿然耀眼。它的尾巴小巧俏皮，一颤一颤地晃着，金色的风从它的两侧向后掠去……

母驼绵软的脸颊在他的身上蹭着，伸出它粉红色的舌头舔他的头发，舔他的脸，舔他的鼻子，舔他的嘴。二斗子拼命地把母驼那酸酸的、甜甜的湿润气息深深地吸进自己的身体里，他感到母驼亲切的鼻子正在轻轻地摩挲着自己的耳膜，二斗子终于醒了。

原来这并不是一个梦，他的心爱的母驼此刻正站在他的跟前。二斗子从母驼的眼睛中清清楚楚地看到了自己。他想叫一声，却怎么也发不出声音。这时他才想起他的嘴里塞满了沙子。

看见二斗子睁开了眼，母驼激动地打着响鼻叫起来。这通人性的生灵有和人一样的感情，二斗子清清楚楚地看见，有两滴亮晶晶的泪珠从母驼那褐色的眼睛中溢出来，泪水滴落下来，在母驼毛茸茸的长脸上慢慢地移动。

上午驼队围坐在一起吃饭，这是自从迷路以来头一次安安生生地吃顿饭。说是吃饭，其实就是大家坐在一起嚼干烙饼。一片艰难的咀嚼声在沙漠的上空回响。只有实在忍受不住的人才打开皮囊喝一点骆驼尿润润嗓子。大家沉默地咀嚼着，突然听到刁三万发出奇怪的声音。胡德全看见刁三万把脖子伸长停止了咀嚼。胡德全笑了，他明白刁三万是被干烙饼给噎住了。

王锅头问刁三万："你没事吧？"

"没……"

刁三万站起来，拿巴掌在自己的胸脯拍着，好一会儿才喘过气来。就在这时候他猛地定在那里望着远处一动不动了，接着刁三万喊起来："胡驮头！快看！"

"喊什么喊？"胡德全问道，他背对着刁三万坐。

"你往身后看！"

胡德全转过身来，他呆住了，在他的视野尽头出现了一个移动的小黑点。他眨巴了几次眼睛，当那黑点越来越大，能清楚地认出那是一峰骆驼的时候，他的心狂跳起来。胡德全感叹着："老天爷呀，难道说是二斗子吗？"

母驼正朝着他们慢慢地走过来，背上的驼峰之间横搭着一个人，胡德全连想都没想就猜到了，那个横着趴在两个驼峰间的人真的是二斗子。

王锅头丢掉手里的干烙饼发疯似的狂奔过去，大伙儿都跟在他的身后跑向二斗子。

王锅头用珍贵的骆驼尿把一种捣碎的草汁冲开来，灌到二斗子嘴里。半个时辰以后二斗子开始拉肚子了，王锅头用这种办法把滞留在二斗子食道和肠胃里的沙子清洗出来。

"是老天不让二斗子死啊！"王锅头说，"三岁的时候他全家遭到暴客抢劫，几十口人死于非命，唯独他这个小生命活了下来，是老天在保佑他。既然他没有在那次劫难中死去，那么这一次他也不应该死。"

头脑简单的驼夫们都信奉这样一个朴素的真理，既然二斗子没有死，那就是说老天爷不让他死，老天爷不让他死，这就是天意！于是大家决定继续让二斗子做领房人，请他带领驼队前进。一切如旧，就像是什么也没发生一样。

在这种恶劣的环境下，驼夫们艰难地生存了那么多天，每个人的身体都变得脆弱不堪，最早出现情况的是戚二掌柜，他感到自己的脑袋在发热发涨，浑身乏力。但这个时候，性命都朝不保夕了，这点小毛病他并没有在意。谁也没有想到，就是这小小的毛病，最后却要了戚二掌柜的命。

又走了两天——实际上是两夜——上午的时候，驼队在一片怪异的白色沙滩前停住了。二斗子抬头观察着周边的环境，眼前的景物让他感到眼熟。突然，他的眼睛直勾勾地停在了一个地方，他的呼吸在刹那停止了跳动，一行鲜明的脚印出现在他的视线里！他像个疯子似的扑过去。

众人都等待着。大家看到二斗子身子伏倒在地上观察着。

"我们得救了！"传来二斗子的喊声。

驼夫们都撒开了缰绳一个跟着一个扑过去，都围在二斗子的周围。只是凭着感觉，他们不约而同地猜到了什么。许多双饥饿的眼睛同时追踪着那一行脚印，是一行非常新鲜的脚印，整整齐齐地向着一个方向延伸出去。

"有人！"

"刚刚经过！"

这时候的戚二掌柜已经是浑身疲软无力了，他的病似乎越来越严重，但当生的希望出现的时候，他还是拼尽最后的力量向二斗子发现的那一行救命的脚印爬过去。他流着眼泪伏在脚印上，嘴都快要触到地面了。

"是驼和人……的……脚印！"戚二掌柜呜咽着，断断续续地说出自个儿心里的感受，"这一定是一个寻找走丢牲畜的牧人留下的脚印。"

"也许是一个追赶猎物的猎人。"

"不管怎么说我们是有救了，只要有人的脚印，就说明附近有人有水。"

大家七嘴八舌地议论着。

但是二斗子做出了一个完全不同的判断，他把那脚印仔细地研究了好一会儿，又抬起头向周围望了一圈，呆呆地说出了自己的判断："这脚印是我们自己留下的……"

二斗子的话就像响雷似的把所有人都震慑了，说话的、哭泣的都不敢再发出一点声音，一个个都像泥胎似的戳在那里。上天给了这些可怜的驼夫们一丝希望，结果却告诉他们这只是一个玩笑，是一个错误。

没有尽头的行程继续着。

也许是老天觉得玩笑开大了，隔了三天，他们就发现绝对不是他们自己的一行脚印。

"难道说我们真的得救了吗？"刁三万疑疑惑惑地问二斗子。

二斗子无声地点点头。他已经把周围的环境仔细地研究过了，他已经确认驼队走出了大沙漠!

一帮驼夫像狗似的弯着身子,追寻着那一行救命的脚印。沿着这行脚印,驼夫们一直走出了约有二里路的光景,眼前出现了一片绿草地!

紧接着二斗子就找到一眼水井!

贴蔑儿拜兴的驼队得救了!

然而,此时的戚二掌柜已经没有力气再被这种生的希望打动。在这场残酷变故中,该死的二斗子没有死,不该死的戚二掌柜却把性命丢在乌兰布和沙漠里,这全都是上天的旨意,不可违抗。人们就是这样来解释所发生的一切,并且用悲恸的心情接受上天安排的残酷现实。

走出沙漠的第二天,生病的戚二掌柜再也走不动了。本来就是一般的头疼脑热的小毛病,就像现在的感冒。起初他只是身上有点发烧,不愿意吃饭。但是戚二掌柜走路和上货驮下货驮都不受影响,于是谁也没当回事。而且因为迷了路使整个驼队陷入绝境,大家的注意力全都放在了二斗子身上,哪里会想到戚二掌柜的小毛病迅速发展成了要命的大病。

驼队休息的时候,王锅头给戚二掌柜端饭,发现戚二掌柜嘴里哼哼着,已经什么话也说不清楚了,嘴唇变成了奇怪的蓝颜色,面颊凹陷,双目毫无光彩,现出了死亡的征兆。王锅头掰开戚二掌柜的嘴,看见半张着的嘴里舌头浮肿着,白得就像发起来的馒头。就在这个时候,仰躺在地上的戚二掌柜的身体就像一张弓似的突然撑了起来,在场的人全都瞪着恐怖的眼睛看着他。

不到半袋烟的工夫,戚二掌柜的身体开始慢慢地松弛下去,一点一点地落下来,最后整个身体都贴在了地上,一动不动了。

戚二掌柜的生命就这样结束了,一条铁一样硬的驼夫汉子悄无声息地死在了驼道上。人们把死者的身体搬动着,让戚二掌柜脸朝天躺好,准备要叠尸了。二斗子眼见着失去生命的戚二掌柜的骨节发出奇怪的咔吧咔吧的响声,不肯甘心的眼睛半睁着望着不断变幻着颜色的炎热的天空,忍不住无声地哭泣起来……悲哀的空气笼罩了一大片草原。

人们把戚二掌柜温热的身体叠成三折,然后装进一个腾空了的红柳货篓子里。

二斗子仰着脸把挂满了星星的天空观察了半天，又仔仔细细地研究了一会儿周围的环境，又走起来了。他脚下的绵软草地就像棉花似的柔软，窸窣的脚步声在蓝色的草原上空回响着，震动着每个汉子的心！

悲戚的女人

"戚二嫂!"

二斗子悲切的声音在戚二嫂家的院子上空回荡。他的身后是一峰骆驼,骆驼的背上驮着一对红柳篓子,被悲痛和愧疚压迫着的二斗子矮小的身体显得更短小了。二斗子又喊了一声。

这一回屋子里有了反应。

"是谁呀?"戚二嫂出现在屋门前的台阶上。她抬起一只手搭在眉骨上,那手上的湿面团儿顺着她高挺的鼻梁滑落下来。太阳强烈的光线刺激着她的眼,使她什么也看不清楚。她只是从熟悉的声音中感觉到喊她的是什么人。

"那是二斗子吗?"戚二嫂走下台阶。

"二嫂!"二斗子又叫了一声。

这一回戚二嫂听清了,也看清楚了咚的一声跪下去的二斗子。

戚二嫂疾步走到二斗子的跟前。经过短暂判断,戚二嫂已经从二斗子沙哑的声调和呆立着的骆驼身上体察出若干悲剧的成分。她问:"你这是咋啦,二斗子?"

"我该杀呀!是我的罪过……"

"怎么回事?二斗子,有话你站起来慢慢说。"戚二嫂伸手拽着二斗子的胳膊,二斗子却是怎么也不肯起来。

"是我害死了戚二掌柜，二嫂……你处置我吧！"

"你是说，戚二……他出事啦？他如今在哪儿？"

二斗子抖了一下缰绳，骆驼无声地跪下了。二斗子用目光指了指架在骆驼身上的货驮子，"我把二掌柜带回来了……"

戚二嫂像被谁突然打了一下，身子一阵摇晃，差点儿跌倒在地上，一双眼睛向外射出恐怖的黑光，死死地盯住骆驼身上的货驮子。霎时她那黑色的眼睛就像变成了石刻木雕一般不会转动了，"二斗子，到底是怎么一回事情，你给我说清楚！"

二斗子把驼道上发生的事情简单地说了一遍。戚二嫂不再说话了，她知道不幸的事情真的发生了。

在戚二嫂呆痴的目光中，二斗子颤颤巍巍地站起来，一边拿肮脏的拳头擦着脸上的泪，一边动手去解货驮子。她还是不肯相信，问站在二斗子身后的王锅头："他说的是真话？"

王锅头无声地点了点头。

二斗子把货驮子从驼背上搬下来，轻轻地放在地上。

这是一个装茶叶用的普通货驮子，用坚韧的红柳条编成的椭圆形筐子，上面盖着盖儿。二斗子把捆绑红柳筐的驼毛绳慢慢地解开，把绳索放到地上，伸手揭开了盖子，一个像半大孩子似的焦干人体躺在筐子里。这是一个被沙漠里的燥热空气迅速风干了的人的尸体，一个人核儿，标准说法是：干尸。

戚二嫂从那人鼻子下面一抹浓密的黑色髭须上认出了她的丈夫。一阵痉挛像扭曲的闪电从戚二嫂的脸上闪过，只听得她的喉咙里发出了一声奇怪的呜咽，整个人便像面团似的瘫倒了下去。

戚二嫂醒过来的时候，看见身边围着许多人。王锅头跪在她的身前，一手扶着她的肩膀，另一只手的大拇指在她的鼻子下面掐着。看见戚二嫂睁开眼睛，王锅头把手松开了。人们长长地呼出一口气。

"把戚二嫂抬回屋里吧。"

在王锅头的指挥下，麻三婶和另外两个妇女抱起戚二嫂。戚二嫂的胳膊、腿软得像面条似的向下耷拉着，但是就在她被女人们抬到屋子门口的时候，她突然清醒过来，她从女人们的手里挣扎着跳下了地。也不知道怎么的一身力气又回到了她的身上，她的力气大得让抱她的妇女们大大吃了一惊。在众人惊呆的目光注视下，戚二嫂猛地扭转身体，发疯似的扑向了跟在后面的二斗子。

"二斗子，你这个遭千刀剐万刀杀的……是你害死了我的男人，我要你赔我的人！"

戚二嫂把悲痛化作力量，扑到二斗子跟前抡开两只手臂一下接一下地在二斗子的脸上扇着嘴巴子，巴掌打击肉体的响亮声刺激着在场所有人的耳鼓。

二斗子任口鼻流出的鲜血飞溅着，咬着牙为戚二嫂叫好："打得好！二嫂，你狠狠地打吧！只要你心里能够痛快些，你就放开手打吧。你打得越狠，我的心里就越痛快！"

既然是如此，一个愿打一个愿挨，大家也能理解，就不再说什么，只是在旁边看着。这一场痛打，直打得二斗子脸上鲜血乱溅，连面目也难辨了；直打得戚二嫂气力耗尽，再一次瘫倒在地上。

第二天，在戚家院子里的角上出现了一个灵棚，死去的戚二掌柜被安置在一口红漆柏木棺材中。这是刁三万赶着大车，拉着王锅头和胡德全连夜赶往归化城的杠房里为戚二掌柜购买回来的。花了整整一百八十两的好银子，不要说是在贴蔑儿拜兴村了，就是走遍整个归化城，这样的棺材也算是上等的，为的是给戚二嫂一个交代。

丧事由王锅头主持操办。王锅头对戚二嫂说："内掌柜的，二斗子说了，这棺材钱由他出。"

戚二嫂摆摆手，"算了吧，有这话我就知足了。一百八十两银子，够他十年八年挣的……"

王锅头又说，"二斗子他可是真心实意的，他不敢见你，托我把话递过来。他说等内掌柜消了气，他再来见你。"

"古人说得好，人死不能复生，既然这样了我还计较他什么。那天一气之下打了他心里也怪后悔的，挺大的男人让一个妇道人在脸上打，确实也不成样子。"

丧事办完之后二斗子找到戚二嫂说："我甘愿为戚家做工，不要工钱。"

戚二嫂当时就答复说："往后休要再提这码子事，过去的事情就算过去了，谁也没那本事把过去的日子给重新来一遍。你该做什么就去做什么，但凡哪一天我戚二嫂有马高镫短的当儿，那时候我戚家人招呼一声，你还能认识我戚家人，我就感谢不尽了。"

但是过了没半个月，二斗子又找上门来，二斗子说："不行，二嫂说什么也得答应我给你家做活计，不然我连睡觉都不得安生。"

戚二嫂很诧异地问是怎么回事。

二斗子解释说："我天天梦里看见戚二掌柜，天天到庙里烧香，都不济事。没有别的办法了，就算是你挽救我二斗子的一条性命吧，不然我真的是活不成了。"

这回戚二嫂同意了。

二斗子开始为戚二嫂家做活，放牧骆驼，打草，上桥，什么都干。

你别说，半个月做下来，二斗子失眠的毛病就没有了，睡觉香，吃饭也香，于是人也就胖起来。不单身体如此，做活做得越多心里也越觉舒坦。王锅头说，这主要是人的心里熨帖了，不觉得愧了。

但是有一个人想不通，这个人就是二斗子的干爹刁三万。有一次刁三万在村道上碰见戚二嫂，把她拦住了。

"你把我截在半道上是有什么要紧事吗？"戚二嫂语气平和地问道。

"当然有要紧事。"刁三万理直气壮地质问道，"戚二嫂你得给我个准话，不然我不能放你过去。"

"什么准话？"

"就是你甚时候放我家二斗子回来？"

"这叫甚话？"戚二嫂说，"二斗子到我家来是他自愿的，甚时候留甚时候走都由他自个儿。"

"你刮他的油还没有刮够哇，要到甚时候才肯罢手？"

"这话跟我说不着，你找二斗子本人去。"

戚二嫂一把将挡路的刁三万推开，头也不回地走了。

在贴蔑儿拜兴村每个人的心里都有着各自不同的挂念。有好几回戚二嫂把二斗子叫到她的屋里去，寻问她所关心的事情，"你把海九年的事说给我听听。"

二斗子为难地搓着大手,"二嫂,我已经说过多次了,海九年他在我们过象牙柱的时候就离开驼队了,是我和王锅头、刁三万亲自把他抬进牧人的蒙古包。"

"那你怎么就说他一定死了呢?"

"我没有说过九年他死了,可是二嫂你别忘了那是在驼道上!我也不想他死。"

戚二嫂不说话了,但两眼紧盯着二斗子的眼睛不肯移开。

二斗子知道戚二嫂是对九年的事不肯甘心,就开解说:"二嫂,你是个多么明白的人,这事还想不清楚?走驼道的人谁不清楚,死个人那是家常便饭。但凡踏上驼道,那就是有无数个死在前面等着你呢!遇上暴客你得死,遭逢大雪你得死,遇上沙暴你得死,甚至有个小灾小病的你也得死!你看戚二掌柜。"

"可是塞老太爷当年就活下来了!"

戚二嫂把塞老太爷的例子一拿出来,二斗子就无话可说了。说到底,二斗子本人也是不相信海九年已经死了。

相同的对话不知道进行过多少次,每次都是这样,他们的谈话都是在毫无结果的气氛中结束。

心爱的人海九年没了音讯,女儿夭折了,现在丈夫也死在了驼道上,接二连三的灾难打击着戚二嫂,使她的生活失去了所有的希望和色彩,她变得心灰意冷,什么都不想做,后来就迷上了摸猫鱼。摸猫鱼是村里人玩儿的一种赌博小游戏。

起初戚二嫂只是和村子里的妇女们玩玩,怀里揣上几十个铜子儿。就算是玩上一个通宵,输赢进出也超不出一百个铜子。可是后来玩儿着玩儿着,戚二嫂就玩儿得上了瘾,于是甩开女人们,专和那些男人们玩儿。动真格的了,她每次都带着一个羊皮口袋,里面装几十两、上百两银子。再后来就拿活物押赌,拿驼村人眼里最值钱的东西——骆驼押,一次输三峰或者五峰骆驼。结果没过多少日子,戚二嫂就把自家值钱的骆驼差不多全输掉了。

一个早晨,塞老三带着自己的同胞哥哥、弟弟走进戚二嫂家的院子。二斗子眼睁睁地看着塞家兄弟把院子里的骆驼全都赶走了,只剩下五峰,还都是仔驼和病驼。

戚二嫂悲戚模糊的脸从窗户后面透过来。

二斗子不甘心,上前挡住了院门。

一向暴躁的寒老三也不动怒，扬起下巴朝上屋喊："戚二嫂！你家二斗子这是咋回事啊？挡着门不让我们出去。"

上屋的门一响，戚二嫂出现在屋前的台阶上，她冲二斗子摆摆手。

得了戚二嫂的话，寒老三也不等二斗子做出反应，伸手把二斗子扒拉开，拉开院门把骆驼赶了出去。

这时候戚二嫂看见站在人群中看热闹的刁三万，对他说："你把二斗子领回去吧。骆驼没了，这回我的院子里再也没那么多营生可做了。"

刁三万欢天喜地地牵着二斗子离开了戚二嫂的院子。

醉生梦死

那个塞外普通的夏天,每个早晨和夜晚都像拿刀刻在岩石上一样,深深地印在了戚二嫂的脑海里,戚二嫂意识到自己的生活走到了尽头。这个生活在归化城贴莜儿拜兴村的女人,一个身体健硕的女人,充满了各种欲望的女人,一个身负数十万家财的驼户女掌柜,丈夫猝死驼道,情人不知所踪,女儿不幸夭折。这个看不到任何希望的女人就像是在沙漠里迷了路似的,如同行尸走肉,整日醉生梦死,用喝酒和赌博来打发时光,而死亡的阴影随时伴随着她。

当然了,赌场上的事有输也有赢,就像是老天有时刮风有时下雨,谁也说不清。连两个月都不到,戚二嫂就把自己家所有的骆驼全都输掉了。她成了一无所有的人!

昔日里颇受人敬捧的大驼户女掌柜戚二嫂如今可是一贫如洗了。或许是因为她风姿绰约的身材或许是因为她过去豪爽大度的为人,虽然落魄了、虽然一无所有了,落在她身上的鄙夷的目光却并不是很多。

但是她似乎并不在意。就在戚二嫂输光了自己所有骆驼后的半个月头上,时运突然就关照上戚二嫂。一天一夜的工夫戚二嫂不但毫不费力地把输掉的骆驼全都赢了回来,又干赚了八十峰健驼。戚二嫂是拿高利贷做赌本翻盘的,许多赌场上的老手都被她的赌风吓住了。首先是输了三峰健驼的刁三万退出了赌局,接着蹇老三和他的哥哥蹇老二也退了出去。驼村的这些爷们儿都被戚二嫂吓住了。

消息传开,引来归化城的不少赌客。

许多白天和黑夜,戚二嫂把时间全都消耗在了赌摊子上,从一个连色子的点数都不识的女人迅速成长为赌博高手。

一个夏天和一个秋天,戚二嫂把自己的形象彻底地改变了。首先是衣着上男性化,在她的手腕上、脖子上再也看不到色彩鲜艳的饰物。总之驼夫汉子穿什么,她就穿什么,甚至走路的姿势、说话的腔调也都像个男人。对什么事情都满不在乎,得过且过,好像整个人突然间失去了头脑和情感。有时候在赌摊子上遇上汉子们喝酒,只要招呼她,她就会毫不客气地坐下去和大家一起喝。遇到赌博赢了的时候,戚二嫂会像男人似的高声而放肆地喊叫。

她的精神气质变化之大让熟悉她的人都感到惊讶!当然还有些人并不把她当作真正的男子汉看待,有一天胡德全瞅准一个机会向她动手动脚。那是一个上午,村里的骆驼全都在村西草滩,胡德全趁王锅头放牧的工夫走进了戚家的院子,身体强壮的驮头从后面把戚二嫂抱住了。

"是谁?别!"

"我,你还听不出来?"

"胡驮头你松手,不然我就……"

"你还能怎么样?"胡德全赖皮赖脸地在戚二嫂脖子上亲了一下,"我的心里痒痒了多少年,看着你走过来走过去的……屁股扭得真是……今日里终于等到了机会。"

"松手!"

"别,干吗要让自己干着呀,来一下咱俩都舒服,你也不吃亏……"

话音还没落地,胡德全就怪叫一声,把抱着戚二嫂的两只手松开了,用腾出来的两只手抱住一只脚在地上蹦高。原来他的脚被戚二嫂狠狠地踩了一下。胡德全骂骂咧咧的,一蹦一跳地离开了戚家院子。

一连半个月胡驮头走路都是一瘸一拐的,当着村人的面,戚二嫂嘲笑着胡德全:"怎么样,胡驮头,崴了的脚还没好啊?"

只有胡德全和戚二嫂在村巷中相遇的时候,胡驮头才会四下里看看,然后把声音压得低低地埋怨说："不愿意就不愿意吧，何必伤人呢。"

"叫你长点儿记性。"

"你这个女人，下手也太狠了。"

不过这件事戚二嫂一直到死也没跟任何人透露过。

后来有一次寨老二也企图打戚二嫂的主意，看出风头的胡德全就这样劝说："你别忘了戚二嫂原本就是拳脚上很有一套功夫的，小心你那玩意儿被她骟了。"

实际上贴蔑儿拜兴的人们隐隐约约猜测到了戚二嫂的心事，知道她还在想着海九年。于是这些男人都感觉到他们被一个不存在的人威胁和压迫着，感到很不自在。

不管怎么说，再也没有人敢动她的脑筋了。

仲夏的时候戚二嫂年迈的父亲宇文老汉到贴蔑儿拜兴村看望女儿来了。老驼户掌柜已经年过七旬，步履蹒跚地走进戚二嫂家的院子，却是怎么也找不见自己的女儿。

是村道一个坐在石头上打毛活儿的老奶奶指点宇文老汉说："你到胡驮头家去看看吧，八成还在那里玩色子呢。"

果然宇文老汉在胡驮头家的一间厢房找到了自己的女儿。那时候戚二嫂正双手合举着宝匣子在头顶上使劲摇晃，全神贯注地准备投下色子。许多精神既紧张又兴奋的驼夫汉子和妇女把胡家的屋子挤得水泄不通。

这一注戚二嫂押了八十峰健驼，赌注之大引得在场的人全都紧张地屏住了呼吸。

一注丢下去，戚二嫂彻底输了。

这一场赌从前日夜晚一直进行到现在，经过了整整一夜又大半天，戚二嫂大起大落，开始接连赢了几把，但是不久运气就离开了她，结果是连连输，一路输下来，轻而易举地就把赢到手的一百六十峰骆驼全部输光了，输得连一根骆驼毛也没了！

宇文老汉从人群中把女儿拉了出来。

悲怆的宇文老汉对女儿说："跟我回娘家吧。"

"我这儿有自己的产业呢。"

"产业产业，那有什么重要的，我看你是连性命都危险了。我走南闯北几十年，我看得出来你的景况不好！"

宇文老汉态度坚决地给一峰骆驼备了鞍，把女儿接走了。

在察罕拜兴村的娘家住了三个月,回到贴蔑儿拜兴村后,一连三天戚二嫂没有走出家门。

走驼道的女人

八月，塞上著名的商城归化城热闹非凡，大南街大北街熙熙攘攘人头攒动。

一个身着绸质长袍的清代贵族在津津有味地欣赏着卖艺人的武艺，他蓄一片整洁的髭须，左臂上戴着一只齐肘深的粗帆布手套，一只老鹰就蹲踞在他那横架起来的手臂上。老鹰用金红色的小眼睛盯着走近它的人们，也不知道是受了什么刺激，突然间那老鹰扎撒着翅膀想要扑向谁。这动作把正好经过的一个年轻女人吓得尖叫起来。

女人躲闪不及跌倒在旁边一个钉鞋匠的身上，钉鞋老人伸手把她扶住了。安慰说："姑娘，你没事吧？"

"这老鹰，也太凶了……"

"姑娘快走吧，这老鹰不好惹！"老头一边叮叮当当往鞋上砸着铁钉，一边唱着。

老头的钉鞋摊旁边是一座桥，桥身全由巨大的青石板筑起，横跨在扎达海河上。

一段歌词没唱完，老人停住了，他奇怪地问站在自己身边的姑娘："你怎么还不走啊？你不怕老鹰啄你吗？"

"我哪儿也不去，毛师傅。"姑娘答道，"我就是来找你做匣子鞋的。"

"你认识我？"

"大名鼎鼎的毛师傅，归化人哪个不认识你啊。你毛师傅做出来的匣子鞋驼夫穿上走外路，保证恰克图打来回且匣子鞋不塌底、不倒帮……"

"呵呵……你也知道我的手艺好？"老鞋匠笑起来，"好啊，有生意来找我当然高兴，有鞋样子吗？"

女子从身上掏出一个硬纸片剪成的鞋样子交到老鞋匠手里。

"你是给你父亲做鞋吗，还是给你哥弟做鞋？"老鞋匠接过鞋样子端详着，奇怪地问，"怎么这么小哇？"

"我是给我自己做匣子鞋。"

"你的鞋我做不了。"老鞋匠伸手把鞋样子还给姑娘，手指捏着麻线刺啦刺啦地响着，"我告诉你，进北门走两百步，路西有一家鞋店，是专做女人鞋的。字号叫义和，掌柜子姓姚，他做的女鞋最好，要多俏有多俏……"

"我不要俏，毛师傅！"女子打断了老鞋匠的话，"我就是要做匣子鞋。"

老鞋匠停下了手里的活儿，抬起头看着女子问："你要做匣子鞋？你知道匣子鞋是做什么用的？"

"走驼路用的。"

"拉倒吧你！"老鞋匠把手挥挥，"没事你到一边玩去，你没看见你身后还有两男人等着钉鞋呢。"

"老鞋匠，我没跟你玩笑，我就是要做匣子鞋。"

"你要做走驼道的匣子鞋？"

"是。"

"难道是你要走驼道不成？"

"你说对了。"

"还是啊，怎么会有女人做驼夫走驼道呢？自古以来就没有。"

"现在就有了。"

老头子傻眼了，盯着女子好半晌接不上话来。

"你是不相信吗？老人家。"

老鞋匠摇摇头，"我问你，你是哪个拜兴的人？尊姓大名？"

"我是城北贴蔑儿拜兴村的人，人称戚二嫂。"

"贴蔑儿拜兴村我知道,驮头姓胡。"

"对了,胡德全。"

"你娘家哪里?姓什么?"

"我娘家在城东三十里,察罕拜兴村。我父亲就是大名鼎鼎的宇文大义。"女子说,"你不相信吗?我娘家的名字叫宇文秀儿。"

"哦!你就是宇文大义的女儿啊?宇文大义我更知道,有一身好拳脚啊!听说有一年在驼道上遇见劫匪,三四个土匪近不了他的身。倒是养驼世家,可是我还没听说过有女人走驼道的呀。"

"现在就有了。自古以来就有这样的妇女,花木兰替父从军听说过吧?"

"哇!难道说这是又一个花木兰现世了!"老人惊叹道,"好,我为你做。女英雄,十天后你来取吧。"

看着女子走了,老鞋匠感慨道:"世道不一样了,女人也要走驼道了……"

取鞋的日子到了,老人把一对精致的匣鞋交到戚二嫂的手里,补充道:"不用你费心看了,女英雄!你到桥上打听打听就知道,做匣子鞋的毛老汉,还是有点名声的呢。我做的匣子鞋你就放心地穿吧,保你恰克图打来回,鞋帮不倒鞋底不塌……"

匣子鞋做得果然好,戚二嫂拿在手上左右上下端详了好一会儿,嘴里啧啧称赞着。

但是在付钱的时候发生了争执,毛老汉说什么也不收戚二嫂的钱。

"这不行!你做这双匣子鞋费老工了,这我知道,我家祖祖辈辈都是吃驼路饭的。"

"不是我不收,是我不敢收你的钱。"

"你怕我什么?"

"也不是怕,而是我就要跟着你的大名沾光啦。"

"这话从何说起?"

"你想啊,自古以来咱归化地方可曾有过女人闯荡驼道的吗?对,没有!如今出了你这么个女英雄,不日只要你在驼道上一露面,立马全归化都得轰动不是?"

戚二嫂抿着嘴笑了,她没否认。

"你再想想,你出了名,你脚下蹬着的可是我做的匣子鞋,我不就跟着你也出名了吗？"

戚二嫂笑了。

"你想啊，我这个耍手艺的人出了名，那可是有利头在后面跟着呢。不说全归化，单讲这桥头上，你看看钉鞋的摊子一家挨一家。从今往后你出了名，一夜之间满归化的人就知道我毛老汉的大名了！你说我不是跟着你沾大光了吗？那可是滚滚银子呐。"

戚二嫂又笑了，她爽快地答应了老鞋匠的要求："好吧，这点碎银子我就先收起来，等以后有机会……"

事情果如老鞋匠毛老汉所讲，戚二嫂以女儿之身闯荡驼道的消息很快就像爽利的西北风在归化城里传开了。在市井里，在牛桥上，在驼运行，在商界，大家都知道贴蔑儿拜兴村出了个女英雄，是个驼户女掌柜，如今进入到男人的世界，走上了驼道。

戚二嫂要走驼道的消息在归化城已经传遍了，贴蔑儿拜兴村的人们才知道。用麻三婶的话说，戚二嫂走驼道的消息从归化城倒灌进了贴蔑儿拜兴村。

傍晚时分，麻三婶和白驼寡妇约了一帮妇女找到戚二嫂门上。

"真有这事？"麻三婶问，"你要走驼道？"

"不可能吧？"白驼寡妇开导戚二嫂，"别想不开，驼道上死人的事儿多了去啦，男人死了咱再难也还得活，像我不是活得好好的，你不能走那条路。"

"我不是去寻死。"

"跟寻死也没什么差别。"

"自古以来就没有女人闯驼道的，你住手吧。"

女人们七嘴八舌地劝着戚二嫂，拿那些古老的训条开导她。

"妇道有妇道的规矩！你这么做就是坏了贴蔑儿拜兴村妇道的规矩，叫我们往后怎么办？"

"不好做人啊！"

"规矩是人立下的！"

"我猜想，你八成是想到驼道上去找寻海九年吧？"麻三婶问。

众人都哑了。

"也算是吧，那又怎么样？"戚二嫂说，"我违法了吗？"

话说到此处，众人都觉得很没趣，纷纷走开了。贴蔑儿拜兴的女人们猜对了，那就是在戚二嫂的心里，海九年还活着。对情人的那份情感在她的心底像火焰般燃烧着！戚二嫂走驼道是为了寻找自己的相好海九年。

白驼寡妇最理解戚二嫂此时此刻的心情，大家都在的时候她没有多说什么，大家离开的时候她留下来了。

"我知道你的心思，我经历过的。突然之间自己喜欢的男人没了，又不能跟别人说，在人跟前还得装样子，那难受劲儿我可是知道。那时候我连死的心思都有。"

戚二嫂被白驼寡妇的话引得抽泣起来，到后来干脆号啕大哭。

白驼寡妇也不劝，把一块干净毛巾递给她，就那么在旁边听着，一边做自己的事情。直到戚二嫂哭得没了劲儿，她才说："你哭吧，哭哭心里就轻松了，这我知道。"

戚二嫂抽抽搭搭地说："我咋谢你哩！"

"嗨！快别提什么谢不谢的话了，我只求你别再恨我就烧高香啦。"

这一对昔日情敌此刻倒完全像是从上辈子开始就结为好朋友似的。

初秋，贴蔑儿拜兴村驼队出发了，一身男装的戚二嫂牵着一串骆驼跟着上了驼道。戚二嫂的身份是塞老三家雇请的拉骆驼的驼工。在贴蔑儿拜兴村，在整个归化地方，女人做驼夫走驼道，就是从戚二嫂开始的。戚二嫂头一次走驼道走的就是大外路，去的是千里之外的恰克图，也就是后来名声大作的俄罗斯口岸。

说起驼路来，说道可就多了去了！草原上的道路纵横交错，叫法很多，什么驼道、羊道、马道、营路、驿道五花八门，它们大多是依靠骆驼运输的道路，说到底其实都是驼道。回族驼队有回族驼队的规矩，汉族驼队有汉族驼队的讲究，总之是不能乱的。在归化城，驼运队伍是很庞大的，因此有些规矩也不尽相同。比如回族驼队中领房人和先生就骑骆驼，而多数汉族驼队领房人和先生则是骑马。历史形成的规矩是不能随便改变的，所以有时候在草原上遇到驼队，有经验的人远远一看领房人骑着骆驼就知道那是一支回族驼队。

不管是骑马还是骑骆驼，领房人都是驼队的灵魂。他在漫长的深夜，在风雨雪雾的旅途中，既有辨别方向找到草原水头的经验，又有丰富的兽医常识。全部人畜安全，都由他一人负责。当驼队到达了住宿程头以后，凡是抬水安灶、架设房子、检点用具，均由先生管理。骆驼离群，也是由他骑马寻找，职责分明。领房人是驼队总领导，先生专管记账、为人和牲畜治病，分工明确。

说起驼道上的著名地方，什么四子王旗、百灵庙、五台山、包头、隆盛庄，只能去这些地方的驼夫是不被人瞧得起的，他们把前往这些地方叫作走小外路。在归化城的烧卖馆里，聊天的人们张口闭口就说库伦、科布多、北京城……这样的驼夫才算好把势，见过世面，这叫走大外路的。

走小外路的驼夫档次差多了。走大外路的驼夫挣钱也多，还能做捎驼买卖。不成文的规矩，主家借给驼夫一峰骆驼让他做，捎上一峰骆驼自己也做点小买卖，一峰捎驼弄好了挣的钱比驼工挣的钱还要多。归化街头流传这样的话：好汉不挣有数的钱。

驼道上所有这些道理和规矩戚二嫂是从小就熟悉的。

凌晨，驼队集中在关帝庙前的空地准备出发。领房人二斗子和驮头胡德全以及货主一同走进大殿，在外面静候着。

寂静中一阵毡靴踩踏土地的声音响起，驼夫蹇老三走到戚二嫂跟前，他的身后跟着一个大块头儿的男人，身穿一件狐皮坎肩，脚下蹬着一双包了皮头的匣子鞋。蹇老三伸手去扯那缰绳。

"做什么？"

"把缰绳拿过来。"

"凭什么？"戚二嫂紧紧地抓住缰绳不放手。

"差不多就行了，"蹇老三说，"我知道你的心境，也承认你是个女中豪杰，可是拉骆驼毕竟不是女人能做的事情。"

"你少废话！蹇掌柜，"戚二嫂说，"你我是有过约定的，我给你拉骆驼，你给我工钱。"

"那是闹着玩儿的事，你当真了？"

"我没跟你闹着玩！"

"哎！戚二嫂，你别不识相，你看看你的身边是什么人？"

"我不管。"

"这才是我正儿八经雇请的驼夫。"

"我才是你正儿八经雇请的驼夫!"

"戚二嫂,你别在这儿耍泼!今天你不能再趾高气扬,你不再是戚家掌柜!你已经没有骆驼了!你什么也不是啦!"

"我是没骆驼了。"

"你没有骆驼还有资格说话吗?"

"我有资格拉骆驼。"

"我不用你!"

"不用我就不行。"

"哈哈!这倒是怪事情了。我一个驼户掌柜要用谁来拉骆驼还由不了我自己个儿,莫非由你?"

"你说过的话要算数。"

"我说了,自古就没有女人拉骆驼的。"

…………

"嘿嘿……倒是有意思,没见过。"很多人感到有好戏,纷纷聚拢过来。

蹇老三有点急了,警告说:"再不松手我就动武的啦?"

"你动武吧,我接着哩。"

果然蹇老三伸出胳膊去抓戚二嫂的脖颈,分明是要锁她的喉。就见戚二嫂一闪身,让过蹇老三的胳膊,顺势一拉就把蹇老三拉了一个大马趴!

旁边那汉子见蹇老三弄了个嘴啃泥,乐得哈哈大笑起来,并且一边笑一边发表自己的观感:"戚二嫂有功夫,能看出来是练过拳脚的。蹇掌柜你不是这女人的对手。"

众人都往这边看。

二斗子戏谑道:"是谁欺负我们蹇三掌柜啦?"

王锅头走上前拉蹇三掌柜,"起来吧。"

蹇三掌柜猛一下甩开王锅头的手,"不用!"

"嘿嘿!倒耍开牛鼻啦。"

蹇三掌柜自己爬起来了。

"他妈的!这成什么事情了。"一边拍打着自己胸脯子上的土,蹇三掌柜一边走向骆驼。

"你忘记了,寒三掌柜?"二斗子走到寒三跟前,"你跟戚二嫂动什么武!她是什么出身你忘记了?从小就练拳脚,宇文家的名声,方圆百里无人不知无人不晓。"

寒三掌柜说:"我说正经事哩。"

二斗子说:"正经事你不会正经说?"

寒三掌柜说:"她二话没说就动手。"

"是你先动的手。"

王锅头说:"嗨,我来问戚二嫂。"

戚二嫂没等王锅头张嘴问,就自动答复寒三掌柜说:"我不是开玩笑,我就是要走驼道。"

"戚二嫂,你可想好了。"王锅头认真地说,"其实人家寒三掌柜说的话是有道理的,自古以来谁听说驼道上有女人走动吗?没有!"

"我知道过去没有过。"

"那你还在这里犟什么呢?赶快把缰绳交还人家,不要耽误了事情,驼队眼看就要起程了。"

"我正儿八经说一句话,我真的要走驼道!决不后退!"

这一回就连二斗子也感到意外,他脸色变了,一本正经地走到戚二嫂跟前,仔细观察着戚二嫂的脸,认定一切是事实后,问:"戚二嫂,你不后悔?"

"我不后悔。"

"自古以来——"

二斗子话还没说完就被戚二嫂打断了:"你不用再说什么自古以来了,王锅头和寒三掌柜都说了好几遍了。我知道自古以来没有女人走驼道,可是你想想自古以来没有的事多了,什么事都有个第一次。花木兰替父从军也是第一次,武则天当皇帝是第一次。我不能做武则天,我还不能做一回花木兰?花木兰去带兵打仗冲锋陷阵,我只不过是在驼道上走走……"

"好了!"二斗子把手举到头顶上制止了戚二嫂的话,然后果断地把手朝下一劈,"今天这驼道戚二嫂就走了!咱这些大老爷们谁也别再嚼舌头了!"

"哎！那我怎么办？"

这一回轮到那驼夫汉子惊愕了，他问蹇三掌柜。

蹇三掌柜回答他说："二斗子是领房人，他说了算。"

二斗子登上一个石头碌碡，高声喊道，"弟兄们，预备好了吗？"

接应二斗子的是惊天动地的喊声，"预备好了——"

"好，贴蔑儿拜兴村的驼队，现在起程！"

出村八里地驼队来到阴山脚下，驼队开始爬上盘山小道。寒风凛冽，吹得人直晃悠。被风搅起来的雪团就像白毛呼呼似的在人和驼的头上打旋，弄得人都睁不开眼。一阵阵凄厉的狼嗥声乘着风暴的间隙传过来，让人不由得心都发抖。

二斗子勒住骒马的缰绳，把马弄到道路的边上提醒大家："弟兄们！跟紧点，谁要是掉了队，十有八九可就成了狼拌汤。"

整个驼队没有人应答领房人的话。

二斗子等待着戚二嫂的驼列走到跟前，他抬腿翻身下马。

"二嫂，我替你牵驼，你来骑马。"

"我又不是领房人！"

"可你是个女人！"

"在驼道上没有什么男人女人，只有一种人，那就是驼夫！"

戚二嫂从二斗子身边走过去。

戚二嫂下决心走驼道，她就真的做到了。她以北方女性特有的禀赋闯荡了自古以来只属于男人们的驼道世界，把自己的名字刻在了贴蔑儿拜兴村的历史上，也刻在了归化城的历史上！

回忆几乎占据了戚二嫂在驼道上的全部旅程，飘飘大雪，漫长的旅程，凄冷的天气……全都变得虚无遥远。美好的回忆温暖着她的心。戚二嫂也不知道驼队是怎样扎下房子，怎样吃的饭，怎样睡的觉，昏昏沉沉的头脑里全都是情人海九年摇晃的影子。她无数次地对自己说："冤家呀！你是咋的就钻进我的心里了？你就不出来了……"

戚二嫂终于来到了草原上那个立有猛犸象牙化石的地方。驼队已经跋涉了整整两个月。掌柜子、驼夫们都忙着扎房子卸货垛子。戚二嫂迫不及待地把二斗子叫到一边问:"九哥就是在这根石柱子跟前病倒的吗?"

"是。"

"你没记错?"

"我不会记错的!"

戚二嫂跪下去,把一沓预先准备好的冥纸掏出来。二斗子拿出火镰和火石准备点着,戚二嫂又把冥纸收了起来。

她没有烧纸也没有磕头,站起来了,自言自语地说:"他没有死,我为什么要给他烧纸?他肯定在草原上的某个地方,像他这样的男子汉是不会轻易死去的!"

"我也是这样想的。"二斗子回应着。

"老天是不会灭能人的。"

黑夜里戚二嫂好几次悄悄走出帐篷,远远地冲那猛犸象的化石柱子凝视,"九年,不管你在哪里,我相信总有一天你还会回到贴蔑儿拜兴的……"

戚二嫂跟着驼队走恰克图,走着去走着回来,像一个真正的驼夫一样操持货物,牵引骆驼。该放驼,该找水,该拾粪,她一点儿不比那些男人差。

思想的痛苦使旅途的艰难变得迟钝了,似乎没有经过什么困难戚二嫂就跟着驼队完成了往返的全部路程。通行的驼夫都为戚二嫂的坚忍感到惊讶,而留在村子里的妇女们一个个更是对戚二嫂佩服有加,看她的目光露出毫不掩饰地崇拜。

一趟驼道走下来,戚二嫂挣脚费连做小买卖,给自己赚回了八峰健驼。她要重打锣鼓,白手起家,就像当年海九年初进贴蔑儿拜兴一样。

戚二嫂年年走驼道,驴打滚的买卖也是越做越大。

没有几年,戚二嫂的骆驼又发展到了一百多峰。在贴蔑儿拜兴,一百峰骆驼是一个坎,谁家的骆驼超过一百峰被认为是富裕户,在村子里说话就有分量,就会被人高看一眼。于是戚二嫂又一次成为贴蔑儿拜兴村的驼户掌柜,一个女性驼户掌柜。

一个驼户女掌柜的高大形象在驼村人们的面前和心里树立起来了,人们不再拿看待女人的眼光来看待戚二嫂。戚二嫂不仅有资格而且还有心计,许多时候她能帮着驮头胡德全出主意想办法,为大家谋利益。

至于蹇老三对戚二嫂更是佩服得五体投地,常常拿戚二嫂给他家牵过骆驼而引以为豪，一遇有机会总不放过拿这事来吹吹牛。

"不要看戚二嫂她现在又诈唬起来了，想当初我做过她的东家！"

对此许多人不以为然，"那有什么！"

"她还伺候过我，听从我的调遣，给我拉过骆驼。你有本事也让戚二嫂给你家的骆驼牵牵绳，让我看看。"

在村子北边关帝庙前的那棵三人抱不拢的大柳树下，老人们在晒太阳的时候，戚二嫂就经常成为他们议论的中心。

有人回忆起过去的事情，说："这会儿你们都看出来了，其实戚家的事早先在戚二掌柜还在的时候大部分也是戚二嫂做主的，这事我早就知道。"

"戚二嫂就是那穆桂英。你们看着，总有一天戚二嫂也会像当年的穆桂英一样挂帅出征。"

"你是说戚二嫂从军打仗吗？不可能，现在是什么时代了！"

"非也，我是说她能成为咱驼村和归化驼运行的领军人物，你们信不信？"

"这话我信。"

"我不信。"

"好，那么大伙儿就把眼睛睁大好好看着吧。"

"我要是能把她娶到手就好了，我就不用干活受苦了。"

"做你的美梦去吧。"

"回去照照镜子，看看自己长什么样再来说这种话吧。"

"撒泡尿就能照见了，不用回家。"

"拉倒吧，我知道戚二嫂才不会再随便嫁人呢。"

"嫁什么样的人？"

"我看她呀，是在等一个人。"

"等谁？"

"还用猜吗？骆驼脑袋都能想出来了！"

"谁？"

"海九年么！"

"说到海掌柜，真是可惜！"

"一条好汉子。"

"就怕是死得早连尸骨也找不到了。"

"他该活着，那是个命大的人。"

"凶多吉少，要知道这可是说的驼道上的事啊。"

"喂！看，戚二嫂走过来了……"

于是议论也就自动结束了。

几年驼道走下来，戚二嫂把驼道上的事情基本摸清了。再加上她从来做人就灵秀，对于驼运业务方面也常常能给胡驮头出些好点子，因此村子里有什么重大事情，胡德全都要把戚二嫂找来商量商量。没有戚二嫂的话，驮头是不随便做决定的，戚二嫂在驼村贴蔑儿拜兴的地位比过去更高了。

贴蔑儿拜兴的故事以自己特有的规律和特异的色彩向前走着，每一个段落都充满了传奇性。

黄泥小屋

不久,另一场风波又把贴蔑儿拜兴村人的注意力吸引住了。冲突的一方仍旧是刁三万和二斗子,而另一方则是势力强大的蹇家。

事情起因是这样的:海九年病倒在喀尔喀草原,一连好几年没有音讯,于是有人打起了海九年院子的主意。这个打海九年院子主意的人不是别人,正是蹇家老二。

为保卫海九年的院子,二斗子的态度非常坚决,也非常英勇。二斗子与蹇二在互不相让的情况下酿出一场搏斗。这天傍晚,二斗子看见蹇二掌柜收牧的时候把他家的驼群赶向了海九年的院子,早就注意着蹇二掌柜动向的二斗子就跟了过去。

蹇二掌柜要把驼群往海九年的院子里赶,二斗子挡在门前不准进。

蹇二掌柜骂道:"好狗还不挡道呢,你给我滚开。"

二斗子答道:"这是海九年的院子。"

"海九年已经死了。"

"海九年他还没死!"

"就是死了!"

"就是没死,有人看见他了!"

"在哪儿?是谁看见海九年了?"

"大盛魁的羊领房看见海九年了！"

"羊领房大概是撞见鬼了吧？"

"羊领房是大盛魁的领房人，他是归化城内有名的人，不信你们可以到大盛魁去找到他问问。"

"我没那闲工夫。"

"就算海九年没有死也回不来了，咦！我纳闷了，这事跟你二斗子有什么关系？"

"海九年的事就是我的事，海九年是我把兄弟，我俩在关帝庙磕过头！"二斗子态度强硬，"不能同日生，但愿同日死，我把兄弟的事就是我的事。"

"你放屁！"

"你好臭！"

两个人简单地对了几句话就开打了。蹇二掌柜抡起手中牧驼的红柳哨棍就抽向二斗子，二斗子低头一躲，顺势就将蹇二掌柜的哨棍夺下来丢在了一边。

说话间就有不少人聚集过来。

别看二斗子身材矮小，但是他的心意拳充分施展了威力，他的身体轻柔地摇摆着，像喝醉了酒似的显得软弱无力，然而脚下却像生了根的红柳坚定得很。当身材高出他一个半脑袋的蹇二一个饿虎扑食冲向二斗子的时候，就见二斗子身体向下一蹲，双手顺势一推，竟把蹇二扔出了一丈远。要知道蹇二这个能吃能做的驼夫的体重可在两百斤上下。

被摔在地上的蹇二脸也破了，身上沾满了尘土。在众人的哄笑声中，蹇二的脸羞涨得通红。当蹇二掌柜跳起来再次扑向二斗子的时候，刁三万从后面把他死死地抱住了。在海九年的院子这个问题上，刁三万的态度也是非常明确和坚定的，刁三万早就放出话了，"海九年生死未卜，现在谁想强占他的院子都不行！"

蹇二哪里肯服气，趁着刁三万不注意的当儿一个鹞子翻身将刁三万压倒在身下，两个人在尘土中翻滚着，忽而刁三万把蹇二压在身下，忽而蹇二又骑到刁三万的身上。这是两个体力相当的驼夫汉子。刁三万被人称作狼人，他的个子很高，超过了一米八。蹇二则是一个身材像牛一样壮实的汉子，谁也说不清楚这两个驼夫之间谁的力量更大一些。

看热闹的人越挤越多，人群随着打架人的滚动移动着。蹇二脸上的伤口淌着血，斗殴中的鲜血溅在他的嘴巴上、络腮胡子上和胸脯上，到处都是。刁三万的衣袖整个被扯下来，不知丢到哪里了，光光的臂膀上沾满了灰色的土，非常不幸的是他的裤腰带在扭打中散开了，红色的裤腰带——这一年是刁三万的逢九年——拖到了他的脚跟，眼看着裤子就要滑下来了，一个看热闹的孩子喊起来："刁掌柜，看你的裤子，屁股要露出来了。"

慌忙间刁三万把正在抵着蹇二下巴的一只手撤出来，急忙去抓他的裤子。围观的人预感到有好戏看了，都嘻嘻哈哈地笑起来，妇女们则拿手掩着嘴扭转了身子。这时候蹇二趁势骑到了刁三万的身上。这时候他俩翻滚着停在了一堆驼粪上，这是一堆隔年的驼粪，是海九年每天清扫院子堆积而成的。刁三万为了面子的缘故，一手揪着裤子一手抓着裤腰带，试图要把裤腰带重新挽起来，于是他整个人就失去了防御的能力，蹇二毫不犹豫地抓起一把驼粪塞进了刁三万的嘴里。

刁三万呜呜哇哇地喊叫着向外噗噗地喷着驼粪，他把自己的怨恨转移到二斗子身上。二斗子站在人群中无事人般嘻笑的样子被刁三万看见了，"二斗子，你这个没良心的干儿子，你就眼看着干爹被人欺压……"

"咱贴蔑儿拜兴村有规矩的，两个人打架，旁边的人是不能帮忙的。"二斗子给刁三万解释着，不改袖手旁观的态度。

随着一阵呐喊声，人们看到村道上蹇二的几个兄弟向这边跑过来，每个人的手里都抓着一件家什，或牧驼用的哨棍，或叉草用的铁钉耙。蹇氏兄弟气势汹汹地来到跟前，刚要拨开人群冲进场内，胡德全大张着手臂把他们拦住了。

"做什么？"蹇家老三质问胡德全，"胡驮头，为甚不让我们进去？"

胡德全笑道："你二哥和刁三万打架呢，你们一大帮兄弟都扑上去算什么事情！自古以来咱贴蔑儿拜兴就这规矩，你们谁也不准上手。"

胡德全以驮头的身份出面平息了这场殴斗。他把打架的人拉开了。蹇二拿袖子在脸上胡乱抹着，鲜血把他的衣袖都染红了。刁三万几乎是被胡德全抱着推离了人群，他一边拧着狼脖子一边噗噗地把一些血团子吐在地上，骂道："姓蹇的，你等着我家九年回来不把你的皮剥下来才怪。"

"不用等，"骞二被他的两个兄弟架着一跳一跳地还要冲过来，"我现在就把你的狼脖子拧断。"

"刁掌柜，"也不知道是谁在人群里冲刁三万喊，"什么时候开始海九年也成了你的干儿子？"

"麻三嫂的肚子成了杂货铺，什么怪玩意儿都能生出来。"

"哈哈哈……"

哄笑声把刁三万和骞二的咒骂声同时淹没了。

夜里麻三婶偎在刁三万身边，夫妻俩还在为海九年的院子操心呢。五个儿子挨排躺在他们的身边，五条小辫子像睡着的小蛇一样卧在炕沿儿边。麻三婶的目光在儿子们的头上看来看去，她抚摸着丈夫的脸颊，那脸被骞二打肿了，"他爹，前些天里你咋说那种话哩？"

"俺说甚话啦？"

"他海九年生死未卜。"

"这话咋不对了？"

"你说海九年不管是尸首还是活人总要回来的，要是海九年真的回来，他那院子咱刁家还能占住？"

"你也真傻哩，"刁三万说，"这话你也信？海九年能活着回来，这种事除了二斗子就没人信！你嫁到贴蔑儿拜兴十来年了，没见过你还没听说过？病倒在驼道上的人有谁活着回来了。"

"那倒也是，"麻三婶跟上了丈夫的思路，"北头起的耿寡妇就是个活例子，她男人就是在驼道上病倒以后再没见面。"

"对了，俺讲的就是这个理。"刁三万得意地说，"俺心里明镜似的，知道海九年一准儿是回不来了，可是俺嘴上就要说他还能回来。"

"就是说只要海九年的死讯不落实，谁也别想打他院子的主意。"

"咱也不说就占了海九年的院子，可是咱不怕，咱有二斗子，二斗子是海九年的拜把子兄弟，二斗子住海九年的院子谁也说不出个不字来。"

"那可不是，再怎么说二斗子也是咱干儿子。"

麻三婶再要说什么的时候，丈夫的鼾声已经起来了，并且越来越响。这个头脑简单的女人被一种从未有过的复杂思绪所困扰，她失眠了，一对单纯的眼睛望着黑暗的顶棚毫无睡意。她的脑子进而计算着，海九年那座宽敞的大院即使是分成五块给她的儿子们，每一块也还不算小呢。要知道想靠自己出卖苦力拉骆驼挣几个血汗钱，为这五个儿子盖五处院子娶五房媳妇，那真得把他两口子累得腰也弯了，背也驼了。

骞老二与二斗子殴斗事件之后不久，骞老五回到村里来了。

骞老五长到八岁的时候，骞家老太爷以每年三百两银子的价钱从归化城聘请了一位姓马的拳师，这位马拳师来自山西晋中，是心意拳的大师梁国义的嫡传弟子。骞老五从八岁开始跟着马拳师学习，学到十二岁的时候已经把心意拳的基本功夫学到手。

想当初骞老太爷请拳师教儿子学武术，为的是学成之后能够在驼队远行时做随队拳师。不曾想骞老五武艺学到手心思野漫，约了几位拳友云游天下，遍访名师切磋武艺去了，早把父亲的期望丢到了九霄云外。就是骞老太爷去世的时候，骞老五在家也只住了不足一个月。

这一次骞老五是为父亲的三周年祭日回来的。骞老五一回来，有人就把二斗子与他二哥的殴斗之事重新提了起来，骞老五托人与二斗子过了话，说是听说他武艺高强身手不凡，要与他切磋切磋。

消息一传到刁三万的耳朵里，狼人的心下立刻就慌了。他知道来者不善，善者不来，骞老五是要给他二哥报仇。

刁三万去找驮头胡德全讨主意。

胡德全劝道："依俺看你就让二斗子给骞家说几句软话、下颗软蛋过去算了。你可知道骞老五自幼便在梁拳师手下学艺，这许多年来他又云游四方遍访名师，说起来也该算是塞外武林高手了，二斗子与他过招如何能占得了便宜。"

刁三万进了一趟归化城，办了四色礼，预备带着二斗子去骞家登门拜访，可是二斗子就是不允。

"怕什么？"二斗子不肯服输，"切磋武艺嘛，谁胜谁负搁在其外。"

刁三万说："胡驮头说得在理，我说干儿你趁早认个输罢了。"

"还没有过招,我不能认输。"

见二斗子决心已下,刁三万也就不再说什么了。双方通过话之后,定了交手的日子。交手的地点选在村北的关帝庙前,双方都拜托胡德全来做中间人。说好了,切磋技艺,点到为止,伤害身体的事情绝不能做。

比武那天搴老五老早就来到关帝庙前等着二斗子,这位在武林间闯荡了十几年的职业拳师身着青衣皂衫,脚蹬踢倒山双梁牛鼻子鞋,上衣袖口和对襟排着密密麻麻的梅花形布盘纽扣,裤腿打着裹带。搴家七个弟兄一字排开站在搴老五的身后,个个怒目圆睁。

两人一过招,明眼人立刻就看出来了,搴老五下手极狠,招招都冲着二斗子的要害处。

不出众人所料,没有十个回合,就被搴老五用二斗子打搴二时的同样方法,一个借风扬沙把二斗子摔出了两丈多远。当时二斗子便口吐鲜血再也爬不起来了。

搴老五走过去,一只脚踏在二斗子的胸口上,问道:"我问你,那海九年的院子是归了你吗?"

二斗子已经说不出话来了,刁三万赶忙接过话头:"不归二斗子,不归二斗子。"

刁三万双手抱住搴老五踩在二斗子胸口上的腿,试图把那脚挪开,谁知那条腿就像生了根一般纹丝不动。

"请老五兄弟抬抬脚,"刁三万哀求道,"就让过二斗子这一回吧。千怪万怪就怪我没劝住他,二斗子他是有眼不识泰山,今日冒犯虎威,改日俺刁三万在归化城里的宴美园摆一桌海菜宴给你赔罪。"

没等搴老五说话,搴老二把刁三万的话打断了,"刁掌柜你少啰嗦,今天俺只要你言明一句话,海九年那院子是姓刁了吗?"

"不是,不是!"刁三万赶忙说,"九年那院子他姓海,怎么会姓刁呢?"

"既不姓刁,为甚你刁三万要把你家的骆驼赶到他的院子里去呢?"

"好好好,话说到此,我刁三万以后绝不再把骆驼往那院子里赶。"

"有这句话就好,"搴二又盯住刁三万,"你刁掌柜说话要算数。"

"我刁三万吐口唾沫是颗钉,绝不食言。"

蹇老五把脚从二斗子的胸口上挪开了。

刁三万一刻没敢耽误，套起一辆马车载着二斗子进归化城看大夫去了。

自那以后海九年的院子便归了蹇老二。刁三万把二斗子和他自己与海九年的骆驼全都撤回到自家院子里。

只是过了一个月，二斗子的身体刚刚恢复一点，就又赶着驼群返回了九年的院子。刁三万被二斗子的举动吓得脸色煞白，他追到二斗子的前面吼道："你不要命了？在炕上整整躺了十来天，刚刚能站起来，你又要去送死？"

"就是死，俺也要死在九哥的院子里。"

"俺可不跟你一起去送死，"刁三万说，"你把俺的骆驼给俺分出来，是死是活俺也管不了你了。咱爷儿俩把话说清楚，你的事情与俺刁三万再无瓜葛。"

刁三万把分出来的骆驼赶回了自家院子，二斗子把海九年的骆驼赶进了海九年的院子。海九年的黄泥小屋被蹇二占了，二斗子只好住在驼羔棚里。那时候蹇老五离开村子又云游去了，蹇老二拿二斗子也没办法。

一个信念支撑着二斗子，他相信他的把兄弟海九年是个福寿绵长的人，绝不会轻易死去。每隔几日二斗子都要跑到关帝庙里去焚香叩头，为海九年祈祷，求关老爷保佑他能活着回来。

这场冲突爆发的时候戚二嫂恰巧不在村子里，当时围观的人们就议论，倘若戚二嫂在场，估计蹇家也不敢那样猖狂。还有许多的说法。

"要说和海九年的院子有关系，那戚二嫂应该站出来。"

"他俩是有关系，可是说不到明面上不是。"

"可是论戚二嫂的脾性，早该冲上去了。"

"有难言之隐啊……"

"过去那个戚二嫂也不知道哪里去了，那个贤惠、善良、开朗、漂亮的女人……"

是的，戚二嫂是变了，有时候戚二嫂甚至会被自己现在的样子吓一跳。坚定而不莽撞，坚忍却不张扬，心事更是复杂了。戚二嫂更知道眼下对于她来说最重要的不是海九年的院子属于谁，而是确认海九年是否还活着！只要海九年能活着回到贴蔑儿拜兴，一切都不是问题。

她更愿意在回忆中重温海九年的形象和情感，经常像看另外一个人似的，在回忆里寻找昔日里自己的生活轨迹。

死而复生

这一日黄昏的时候,骞老二将自己的一百余峰骆驼赶回了海九年的院子。暮色愈来愈浓,骞老二把院门关好,将四只毛色不同的牧驼狗放出来。骞老二的老婆把鸡拢回了窝,把猪撵回了圈,几个孩子都喊回了家,一家大小围在炕上吃晚饭。

正当晚饭即将结束的时候,骞老二的老婆听到自家狗在院内院外突然嚣叫起来。那栅门上专门留有牧驼狗出进的通道,夜里即使院门紧闭,牧驼狗们也可以任意出进。听到狗叫声,骞老二的老婆首先停住了筷子,她问丈夫:"狗咋叫起来了?"

骞二正盘腿坐在炕上,端着一大海碗汤面呼呼噜噜地吃着,把最后几口饭拨进嘴里,把空了的碗往炕上一扔,脊背向后一仰靠着窗台坐起来。他看见老婆愣着神,目光越过自己的臂膀朝院子里看,并不在意,说道:"狗叫有甚稀罕,最厉害不过是狼进了村。咱那几只狗脖子上都戴着护颈圈呢,又不是没有和狼交过手,再凶的狼也弄不过咱家的狗。"

但是狗的叫声越来越厉害了,骞二夫妇听得出来,在自家狗混成一片的叫声中,明显地突出着另外两个奇怪的声音。这一回骞老二没用老婆提醒就迅速爬起来,双膝跪着往窗户外张望。几个孩子你看看我我看看你,目光中不由自主地流露出害怕的神情。骞二夫妇趴在窗户上向外看,隔着栅门模模糊糊地看见有几个黑影在栅门外面蹿来蹿去。

狗的嗥叫声此起彼伏，蹇二知道这是自家的牧驼狗与来犯者撕咬起来了。

"该不是暴客来了吧？"蹇二的老婆声音哆嗦着问自己的丈夫。

蹇二眼睛盯着窗户外面，斥骂女人："你别吓唬自己个儿，这会儿天还没黑透呢，哪里会有暴客？"

蹇二趿拉着鞋走到院子里去。今日狗的叫声确实不同往常，他听得出来，这声音里透着紧张与惶恐。一只杂毛狗蹿到了蹇二的跟前，这狗喉咙里嘶嘶地响着，发出来的叫声一个劲儿地打战。蹇二蹲下去用手摸摸那狗的脊梁，明显感觉到狗的身体在剧烈地哆嗦。一阵从不知名动物喉咙发出的嘶嘶响声吸引了蹇二，他注意到自家狗竟被吓得在尿尿！这情形让蹇二不由得心头打了一个激灵，他知道今日的事情不同寻常。蹇二抓起一根哨棍蹑手蹑脚地朝院门移过去。

院子外面狗的叫声和那种非狗非狼的叫声似乎小一些了，蹇二小心翼翼地拉开院门。说时迟那时快，一个黑影突然拔地而起冲他扑过来，酸味腥味臭味伴着那黑影把蹇二扑倒在地上，眼看他的喉咙就要被那动物咬住。

"回来，大黄！"

关键时刻一个声音把那怪物喝住了。倒在地上的蹇二趁势爬起来，他清楚地看见，一个高大的人影出现在他的面前。蹇二觉得那人的声音熟悉得很。

"你是谁？"蹇二觉得那黑影的身形和声音既熟悉又陌生。

一个声音答道："俺是海九年。"

"你是人是鬼？"

"俺是人，俺不是鬼。"

几只火把靠过来，蹇二掌柜看见其中有二斗子、戚二嫂和王锅头。他看看活着的海九年，又看看身边的二斗子、王锅头、戚二嫂。

轮着二斗子兴奋了，借着火把的光亮二斗子终于看清楚了，站在他眼前的汉子真的是他日思夜想的把兄弟海九年！在海九年的身边一左一右立着两只藏獒，两只藏獒身形犹如牛犊一般硕大，四只眼睛正虎视眈眈地望着蹇二。嚣叫着的藏獒被火把的光亮一照，黄色的尖利牙齿闪出湿漉漉的光亮。

许多火把照耀着，把院里院外的场面照得一片雪亮，蹇二的那两只护卫狗横躺在院门两侧不远的地方，早已经丢掉了性命，尸体被它们自己的鲜血浸泡着。

所有人都被眼前的情形吓傻了。

人群里二斗子泪眼婆娑，颤颤地叫了一声"九哥"，便扑了过去。

王锅头说："九年！我就知道，你是不会死的，你果然回来了。"

戚二嫂觉得自己的身体就像一根面条似的瘫软，她把手伸出去扶住身边的王锅头才没倒下。

突然昏厥的戚二嫂吸引了人们的注意力，王锅头抱着戚二嫂的肩膀，用眼睛在人群中寻找到了刁三万，喊道："狼人，你还看什么？赶快来呀……"

"做什么？"

刁三万犹犹豫豫地往前蹭着。

"快掐她的人中！"

刁三万这才醒悟过来，"好，我掐。"

戚二嫂终于醒转过来。她摇摇晃晃地走到海九年的跟前，很近地观察着海九年的脸，问道："你是人是鬼？"

"我是人，我是海九年！"

"你是哪个海九年？是人间的海九年，还是地狱里的海九年？"

"我是人间的海九年！"

"你不要吓唬我。"

"我就是海九年。你好好看仔细了。"

突然戚二嫂伸出一只手，啪地在海九年的脸上打了一下。戚二嫂下手非常狠，人们看到在她打过的地方清晰地映出了五个手指头的印子。

二斗子扑过去阻拦戚二嫂，"干什么？难道说你是疯了吗？"

"我要看看这个海九年到底是人是鬼。"

"明明是人么！"

"你别，"海九年拨开二斗子，"你让她打，让她打吧！"

旁边的人全都看着，戚二嫂又一连抽了海九年三个大巴掌，海九年一动不动。戚二嫂的声音已经颤抖了，她问："你真的是海九年？"

"是。"

"呜哇！我的老天爷啊，海九年他真的没死呀！"

戚二嫂放情地哭着、跳着，用自己的手使劲儿拍打自己的大腿。后来戚二嫂再凑近点，把鼻子伸到海九年的肩膀上，仔细嗅着，"你骗不了我，海九年身上的味道我是能闻出来的！"

一股熟悉的、亲切的味道钻进戚二嫂的鼻孔，进入她的胸膛。舒服！渗入灵魂的味道，让她说出自己的感想："你真的是九年啊！"

戚二嫂哭起来，声音呜呜咽咽的，但是脸上笑得无比灿烂。她也不顾周围人的感受，扑上前把自己的一双胳膊吊在九年的脖子上，一边哭一边骂："死鬼！你把人家可是害苦了啊！"

数落甚至咒骂，戚二嫂以她的特殊方式表达着特殊情感。

戚二嫂只顾自己痛快，容不得别人张嘴说话，惹得二斗子和众汉子不高兴了。

二斗子呜呜哇哇地哭着，拿肮脏的拳头擦着眼泪，变成五花脸了，嘴里嘟嘟囔囔地也不知道在说着什么。

首先是刁三万看不下去了，狼人发言了："喂！我说我说，戚二嫂，你这是在干什么？"

戚二嫂好像是没听见。

狼人生气了，骂起来："喂！我说，你顾忌一点儿脸面吧。众人可是都张着眼睛呢，都看见了！"

"看见就看见，我不管！"

"咋？海九年也不是属于你一个人的！海九年他还是我干儿子的拜把子兄弟呢。"狼人说，"总得让他也跟九年说说话吧？"

"胡说！"

"就是。"

"哈哈哈……"

"你给海九年做干儿子吧！"

"到底谁是谁的儿子还不一定呢！"

蹇老二不见了。当人们看到他重返回来的时候身后跟了五六个人，他们是蹇老大、蹇老三、蹇老四、蹇老六、蹇老七和蹇老八，以及他们的媳妇儿子一大堆，就连院子里的狗也跟来了。

海九年的藏獒喉咙里咆哮着发出低沉的警告。

"哎呀！"

海九年把自己的獒喝住了。

众人全都紧张地注意着蹇家兄弟的一举一动。

出乎人们预料的情形，蹇老大笑呵呵地走上前把双手抱在胸前，说道："啊呀呀，我当是谁呢，原来是海掌柜回来了！"

蹇老大身后的蹇家兄弟全都是满脸堆着笑容。

蹇老二说："海掌柜，我给你看守院子来。嘿嘿，你回来了院子就物归原主了！谁也别想占了去。"

"那就多谢了。"

海九年的重新现世改变了贴蔑儿拜兴村的生活节奏，也打破了几年来的格局。用一百年以后的话说，就是驼村的各种力量得到新的整合。旧有的矛盾，比如关于海九年宅院的争执烟消云散，一场你死我活的争斗瞬间就化为乌有。

对这一点，首先是刁三万想不通。有一天他把二斗子叫到自己家，正言正色地问："怎么回事？难道说九年一回来，原来那码事就没有啦？"

"什么事？干爹。"

"你是缺心眼还是怎的？"

"我咋啦？"

"我是说你和蹇老二的仇恨。"

"九年的院子他不是没有抢去么。"

"那也不行，不能就这么轻饶了他。你忘了他们弟兄几个怎么打你了？都快打死了，是我救了你，不然……"

"算了，事情过去了。"

"不行，不能就这么算了！"

"那怎么办?"

"让九年把他的藏獒放开咬他!"

二斗子笑了,说:"那还不立马把蹇老二给咬死啊?"

"不咬死也得跟他要个说法。你得跟九年把过去蹇家欺负你,还有我的事情仔细说说,让九年替咱做主!"

二斗子把刁三万的话和九年说了。

九年连想也没想就答复道:"人要是把所有的事情全都记着,那一个脑袋就装不下了。"

结果仅仅是第三天下午,出乎刁三万意料的事情发生了:蹇老二带着两个弟弟到海九年家来了。一进门蹇二掌柜就说:"海掌柜,你大难不死必有后福!为了你的归来,我们不能就这样平平淡淡,应该好好庆祝一下!"

当时在场的人都说好。

"大喜的日子么,"蹇老二说,"今天我们蹇家做东,请海掌柜喝酒!"

在场的胡德全赶忙说:"我正在和海掌柜说这事呢,得有个先来后到。"

蹇老四说:"我们已经把牛也杀倒了,正在大锅里煮着呢。"

"酒也打回来了!"

众人你看看我我看你,突然都哈哈大笑起来。

"那就恭敬不如从命了。"海九年说,"谢谢了!"

"不用谢,哈哈哈!大喜的事情来了么。"

"我们得好好庆祝一下!"

"喝酒!"

"一醉方休!"

都是意想不到的结果,一个接一个地出现了。从戚二嫂到二斗子,从刁三万到蹇家兄弟,他们的表现都出乎人们的意料。

喝酒的时候胡德全向大伙儿表达了自己的疑惑:"这是怎么了,贴蔑儿拜兴村的人全都神经了,错乱了?"

"是高兴的,"刁三万讽刺胡德全,"你不明白吗?"

"哼！鬼知道。刚才还剑拔弩张要看打呢，转眼间就变得和亲家一样了。"

晚上，夜已经很深了，戚二嫂还在和海九年说话。

在刁三万家喝完酒已经是午夜了，海九年直接回到戚二嫂的院子里。戚二嫂强迫海九年在吃自己做的饭。她毫无顾忌地抚摩自己情人的手和脸，吃饭的时候不让他自己动手，戚二嫂一筷子一筷子地喂他吃饭，就那么久久地看着他咀嚼，为他擦去嘴角的菜汤。她的温情的目光就连一分钟也没有离开过海九年。

第二天还没到中午，蹇老三就到戚二嫂家来了。他又来请海九年喝酒。

"你的酒已经喝过了。"

"那是我们蹇家全体的酒，这回是我蹇三个人的酒，一定得给面子。"

"昨天的酒还没醒呢！"

"那没关系，喝了今天的酒，昨天的酒就醒了。"

"你胡说！"

"女人不懂喝酒的事情。"

"别的女人不懂，可我懂！"

"好好好，你懂！行了吧，该叫海掌柜起身了，太阳照到屁股上了。"

"昨晚上戚二嫂把海掌柜用狠了吧！"

"狗嘴吐不出象牙！"

戚二嫂差不多每天都要为海九年换洗衣服。几天几夜把海九年关在屋子里，不让他与别人见面！戚二嫂的行为引起二斗子的强烈不满，他站在戚二嫂的院子门前去叫骂。

"开门！妖婆子……我要见九哥！不然我就放火烧了你的大院！"

刁三万也来助阵，出口便直击对方的要害："你要独霸海九年吗？别忘记，你还没有明媒正娶呢，你没有这个资格。"

过了一会儿终于把戚二嫂惹火了，她一阵风似的从上房冲出来，站在院子里回敬道："没资格我就是要这样，你想怎的？你刁三万有资格吗？"

"你办不到！海九年是我们大家的。"

"是我的把兄弟。"

"海掌柜，你自己说说看，你到底是和谁亲近？"

"你还要不要我们这些弟兄？"

戚二嫂院子外边人越聚越多。

海九年隔着窗户喊："要！你们先回去吧，改日咱们再一起喝酒。"

"戚二嫂没把你害死吧？"

"我活得好好的！"

结果出现了戏剧性的场面，刁三万一声喊，汉子们冲进了戚二嫂的房子，许多只驼夫汉子的手共同使劲，把海九年高高地托着从屋子里给抬出来了！

戚二嫂一阵眼泪一阵笑地在后面追赶，毫无效果地喊着叫着骂着。她的努力一概无济于事。

海九年和驼夫汉子们在一起高高兴兴地喝酒，通宵达旦。

在刁三万家喝酒的时候，海九年突然想起一个话题，他问二斗子："二斗子，那几年你找不到我，你没有想过把我埋了吗？"

"有，我好几次想要埋你哩。"

"为什么又没埋呢？"

"可是我的心就是通不过，就是不相信你真的死了，心里就是不相信！"

海掌柜名声大振

海九年的传奇故事不胫而走,很快就突破了贴蔑儿拜兴村的范围传播到了周边的许多村庄和乡镇,又过了不久海九年的故事就在归化城里传播开了。

一连三天贴蔑儿拜兴村的驼夫们为海九年的死而复生庆贺着。三天以后事情反过来,改为海九年做东,请贴蔑儿拜兴村的老少爷们儿。

一大帮驼夫汉子跟着海九年开进了归化城,下馆子喝酒,逛街看戏……哪儿热闹哪儿去,可是高兴坏了贴蔑儿拜兴村的驼户掌柜子们儿。

戚二嫂也像男人们一样,每次都跟着大伙儿一起进归化城里去乐和,喝酒,逛街,看戏,日子过得好不痛快!每次进城的时候,驼村的汉子们全都是骑着马或是骆驼,他们一走整个村子就安静下来,就像没有人似的,用麻三婶的话说,就是驼村唱了空城计了。

对于戚二嫂能跟着汉子们进城去乐和,麻三婶很是眼馋。她和蹇家的几个女人串通了一遍就向海九年提出了要求:"你们男人到归化城里疯去,难道我们女人就只能是看着吗?"

"可以去啊,"海九年说,"谁想去都行。"

"我们没有马骑。"

"骑骆驼去。"

"干吗骑骆驼，我叫我家三万套上马车不就得了。"

"好主意，马车能坐六七个人。"

"那回我们坐了九个人。"

"好，你们能去的我都请客，下馆子，看戏，我结账！"

海九年许诺以后就离开妇女堆儿，已经走出几十丈了，听见后面有女人喊："海掌柜！我们逛街买东西你也给结账吗？"

"那我不管。"

"可是你为什么给戚二嫂结账呢？"

"我看见戚二嫂买了一串新疆玉石的念珠。"

"还有呢，是一个金子打成的头发簪子。"

"想要什么叫你们自己家的男人买……"

海九年的声音在村巷的拐弯处消失了。

秋天，海九年再次拓展了自己的院子，推倒了旧院墙，往东扩出了两丈三，紧挨着白驼寡妇家院子的西墙，用夯土的方法筑起来一道新墙，往西扩出了三丈远，往南扩了一丈。整个院子宽宽展展，用刁三万的话讲就是，这院子宽展得都能够跑马了。海九年从牛桥买回一头糟牛，杀了招待帮忙的村人。

二斗子陪着海九年三下归化城的驼桥，三次总共买回了两百八十峰骆驼，清一色的科布多健驼。经过三年繁殖，三只母驼给他生了五只骆驼崽子，如今三只驼崽已经长出了四对牙，也成了能干活的健驼。加上新买回来的驼，海九年的院子里，骆驼数量一下子就成了两百九十六峰。在贴蔑儿拜兴村的养驼户中，海九年排到了第六的位置，于是海九年在贴蔑儿拜兴村一下变得举足轻重了！

拓展完了院子，买回来的骆驼都圈进了院子，海九年花十八两银子请来了归化城的戏班子，在村中关帝庙唱了一场大戏，戏名叫作《群英会》。戏未开演，海九年就叫人杀了一口猪，班主和戏子、锣鼓班子都美美地吃了一顿。于是在关帝庙前的戏台上，无论是戏子们唱念做打，还是锣鼓班子的伴奏都非常卖力。吃罢饭，戏子们化妆，锣鼓班子先吹打起来。锣鼓点一响，村里人就聚到了关帝庙前，黑压压的人群涌动着，关帝庙两侧和对面的树上、房顶上爬满了年轻人。待到大戏正式开演，周围十里八乡的人们就都陆陆续续地赶来了。

入夜以后《群英会》结束，看戏的人意犹未尽，都嗷嗷地喊叫着不肯离去。后来不知道谁打听到了东家的名字，于是人群里就又"海九年"、"海掌柜"地喊起来。海九年知道大家的兴致是不能够违背的，于是就找戏班的班主商量加演一场戏。

班主仰脸望望夜空，为难地说："海掌柜，这时辰怕是都过了子时了。你看这，戏子们正在卸妆，锣鼓班子也已经把家伙装进了箱，是不是改日再唱？"

"不行，"海九年望望台下的观众，"这成百上千的乡亲心火正旺呢，就是让他们回去也睡不着觉。"

班主有点犹豫了。

海九年趁机又劝说道："再说了，咱归化这地场只要是远行的驼队归来，那就是天天都过年，什么亥时子时的不在话下。"

"那么好吧，"班主妥协了，"既然话说到这儿，大伙儿的兴致又这么高，我们梨园班既不能拂了海掌柜的面子，也不能扫了大家的兴，我们就再加演一场。这样，海掌柜大富大贵大人大量，您就再出点血，我们再唱一出《文昭关》。"

"多少银子你说个数。"

"十八两银子。"

当下海九年即向台下的人宣布演一出《文昭关》，人们立刻欢呼起来。于是进了箱的锣鼓、胡琴重新拿出来，吱吱扭扭的胡琴调音的声音又响起来，演员们匆匆忙忙地按照新戏的需要对着镜子描画脸谱。不一会儿锣鼓点就像一阵疾骤旋风似的刮起来，《文昭关》开演了！

一等一的好女人

暑伏天，天气闷热得厉害，从早上太阳就像一个巨大的火球悬挂在村庄的上空，炽热的光线直泻而下炙烤着大地，草尖都被晒焦了，一整天人们都躲在屋子里不敢出去。过了几天，灰色的云彩就从四面八方向归化城聚来，接着就下起了大雨。夏天的日子对贴蔑儿拜兴村来说，是既悠闲又散漫的。

在那些日头暴晒和大雨滂沱的日子里，二斗子还有胡德全、七哥、王锅头这些人都聚在海九年的屋子里，大家围坐在宽敞的大炕上听海九年讲述他在俄罗斯所经历的有趣事情。

许多漫长的白昼和短促的夜晚就像流水似的滑过去了，异域风情深深地吸引着人们的注意力。

戚二嫂到海九年院子里来了。那是一个下大雨的日子，戚二嫂两手撑着一个驼毛口袋在头顶上挡着雨跑进了海九年的屋子。屋门吭当一响，大家看见戚二嫂出现在眼前。那时候大伙儿正在被海九年讲述的故事引逗得哈哈大笑，也不知道是为了什么，看见戚二嫂进来大家立刻都止住了笑。

戚二嫂脸涨得通红，两只脚拼命地在地上跺着。

海九年问："戚二嫂，有什么事吗？"

这话显然问得非常蠢,戚二嫂一时不知道说什么好。

二斗子帮着戚二嫂把尴尬的局面打破了,"戚二嫂,我们正在瞎聊呢,你也上炕来吧。"

"不了,该是做饭的时候了。"戚二嫂说,"俺来找海掌柜要面起子,还是去年走外路的时候俺就托他带点胡杨泪回来,那玩意儿起面可比面肥好使呢。"

海九年哼哼着站起身跳下了炕,他走到摆在地上的红躺柜跟前,揭开柜盖儿翻腾着。等海九年把脑袋从柜盖儿下抬起来的时候,发现屋子里除了戚二嫂已经没有别人了。戚二嫂依旧在当地站着,海九年手里拿着一个蓝花布的小包裹,两个人你看我我看你,一时间竟谁也找不到话说。屋子里的空气好像一下子凝固了,海九年听见自己呼哧呼哧地直喘气。

"这几日咋见不着你人影?"戚二嫂轻柔的声音在海九年听了却像是擂鼓般的震动,"你是有意躲俺吗?"

"没有。"海九年眼睛四下里看着,吞吞吐吐地回答,"前天夜里还在你那儿。"

"那是为甚?俺院子里是喂着老虎哩还是养着狼呢,能把你堂堂海九年吓得进也不敢进了?"

"俺是跟弟兄们侃大山呢,抽不开身……"

"聊得挺红火吧?"戚二嫂鼻子里哼了一声。

海九年僵硬的脸慢慢舒展开来,他笑了。戚二嫂感觉到海九年的心思,她挪动着身子向自己喜欢的男人凑过来。

海九年伸出大手一把就把她揽进了怀里,戚二嫂像面条似的身子在海九年的怀里扭动着,骂道:"你他妈的……真是要把人折磨死了!"